우리가 정말 알아야 할 동양고전

삼국지 3

펴낸곳 / (주)현암사
펴낸이 / 조근태
지은이 / 나관중
옮긴이 / 정원기
그린이 / 왕굉희 외 60명

주간 · 기획 / 형난옥
교정 · 교열 / 김성재
편집 진행 / 김영화 · 최일규
표지 디자인 / ph413
본문 디자인 / 정해욱
제작 / 조은미

초판 발행 / 2008년 10월 25일
등록일 / 1951년 12월 24일 · 10-126

주소 / 서울시 마포구 아현 2동 627-5 · 우편번호 121-862
전화 / 365-5051 · 팩스 / 313-2729
홈페이지 / www.hyeonamsa.com
E-mail / editor@hyeonamsa.com

ISBN 978-89-323-1506-5 03820
ISBN 978-89-323-1515-7 (전10권)

三國志 정역삼국지 3

나관중 지음

정원기 옮김

왕굉희 외 60명 그림

현암사

천년 고전 『삼국지』를 옮기며

국내 번역 상황

천년이 넘는 조성 과정을 거쳐 14세기 후반에 완성된 『삼국지』는 6백 년이란 장구한 세월을 넘겼는데도 갈수록 독자들의 사랑을 더욱 끌어들이는 마력을 발휘하고 있다. 우리나라에는 조선 중기에 처음 소개된 이래로 필사본에서 구활자본에 이르기까지 현대어 번역 이전 판본이 이미 1백 종을 넘었다. 번역도 조선시대부터 완역과 부분 번역, 번안繙案(개작), 재창작 등 다양한 방식으로 진행되었으며 번역의 저본이 된 대상은 가정본·이탁오본·모종강본 등이었다. 그런데 현대어 번역이 시작되고부터는 모종강본 일색으로 통일되었다.

최근 인하대학교 한국학연구소에서 발표한 연구 결과에 의하면, 1920~2004년에 한국어로 출간된 완역본 『삼국지』가 모종강본毛宗崗本 계열의 중국본(즉 정역류正譯類)이 58종, 요시카와 에이지吉川英治 계열을 위주로 한 일본본(즉 번안된 일본판 중역류重譯類)이 59종, 국내 작가에 의한 독자적 재창작 및 평역(즉 번안류)이 27종으로 모두 144종이고, 거기다 축약본 86종까지 합치면 230종이나 된다고 한다. 뿐만 아니라 만화 극 장르(애니메이션·영화·드라마·대본·연극), 참고서 등으로 발전한 응용서까지 포함하면 무려 342종이 넘고, 그 가운데는 발행 부수가 수십 쇄를 넘기는 종류도 상당수 된다고 하니, 근·현대기 한국에서 간행된 그 어떤 소설도 경쟁을 불허한다고 하지 않을 수 없다.

그런데 여기서 한 가지 놀라운 사실은 이렇게 144종이 넘는 정역류, 번안류, 번안된 일본판 중역류 가운데 단 한 종도 중국문학 전공자가 체계적인 『삼국지』 학습을 통하여 성실하고 책임 있는 완역을 시도한 경우를 찾아볼 수 없다는 것이다.

지금까지 국내에 번역 출간된 기존 『삼국지』에 나타난 문제점을 살펴보면, 무엇보다 중대한 것은 '『삼국지』 자체에 대한 무지'이다. 요약하면 『삼국지』 판본에 대한 무지, 저본 선택에 대한 무지, 원작자에 대한 무지로 나눌 수 있다. 이러한 무지는 어느 누구의 『삼국지』를 막론하고 종합적인 것으로, 그야말로 국내 기존 번역은 '『삼국지』의 근본에 대한 무지'에서 출발했다고 해도 과언이 아니다.

그 다음으로 중요한 문제는 '번역상의 오류'이다. 대별하면 저절 저본의 선택에서 비롯한 2차 오류, 원문을 한글로 옮기는 과정에서 발생한 3차 오류로 나눌 수가 있다. 이러한 오류도 거의 전반적인 현상으로 번역서의 대부분을 차지한다.

셋째 문제는 역자 자신이 원본을 마주하고 진지한 번역 작업을 수행한 것이 아니라 초창기의 부실한 번역을 토대로 기술적 변형 및 교묘한 가필과 윤색을 가한 경우나 아예 번안된 일어판을 재번역한 역본이 많다는 사실이다. 그러면서도 저마다 이구동성으로 '시중에 나도는 판본에 오류가 많아 자신이 원전을 방증할 만한 여러 책을 참고해서 완역했다'는 식이다. 이 때문에 수십 년 동안 동일 오류가 개선될 줄 모르고 답습되어 온 상황이다.

이러한 현상은 저명 문학가의 번역일수록 두드러지는 경향이 있는데, 그 자체가 내포한 엄청난 양의 오역으로 말미암아 재중 동포 작가가 단행본을 출간하여 신랄하게 비판하는 국제적 망신까지 당하는 일도 벌어졌다.

그러면 이와 같은 현상은 왜 일어나는 것일까? 이런 현상이 우리 풍토에서 고질적으로 반복되는 이유를 중문학자인 홍상훈 선생은 "기존 『삼국지』 번역이 중국 고전 소설에 대해 문외한에 가까운 이들에 의해 주도되었을 뿐만 아니라 상업성 높은 필자를 내세운 사이비 번역본이 국내 출판 시장을 주도하고 있기 때문"이라고 지적했다. 그렇다면 이렇게 사이비 번역이 판치는 우리 풍토에서 『삼국지연의』의 실체를 올바로 소개해 줄 정역은 진정 나오기 어려운 것일까?

진정한 정역

이 책은 나관중羅貫中이 엮고 모종강毛宗崗이 개편한 작품을 선뻐쥔沈伯俊의 교리 과정을 거쳐 중국 고전문학을 전공한 역자가 책임 의식을 가지고 번역한 『삼국지』다. 국내 『삼국지』 전래 사상 최초로 가장 확실한 저본을 통한 정역이라고 할 수 있다. 앞에서 살펴본 바와 같이 지금까지는 문명文名이나 광고에 현혹된 『삼국지』 시대로, 과장·변형·왜곡되거나 어딘가 결함을 가진 『삼국지』가 독자를 오도해 왔다. 우리는 이제 중국의 실체를 있는 그대로 파악하기 위해서라도 '과장되거나 왜곡된 『삼국지』' 읽기에서 과감히 벗어나야 한다. 다행히 지금은 『삼국지연의』를 다시 연의한 작품에 대한 비평과 반성으로부터 시작된 정역 붐이 한창이다. 그러나 『삼국지』 정역이란 한문을 좀 안다고 되는 것이 아니며, 글재주만으로 되는 것도 아니다. 더욱이 명성이나 의욕만 앞세운다면 더욱 곤란하다. 널린 게 『삼국지』, 손에 잡히는 게 『삼국지』지만『삼국지』의 실체를 있는 그대로 보여 준『삼국지』는 없었다. 그야말로『삼국지』를 전공한 전문가가 없었기 때문이다. 그러면『삼국지』의 정체는 무엇인가?

나관중 원본의 변화 발전

전형적 세대 누적형 역사소설인『삼국지』는 크게 보아 세 차례의 집대성을 거친 작품이다. 첫 번째는 나관중 원본이다. 14세기 후반인 원말 명초元末明初에 나관중은 천년이 넘는 세월을 거치며 다양한 형태의 민간 예술로 변화 발전해 오던『삼국』이야기를 중국 최초의 완성된 장편 연의소설演義小說로 집대성하기에 이른다. 그런데 육필 원고로 된 이 나관중 본은 종적이 사라지고 수많은 필사본으로 전해지며 변화 발전해 오다가 150년 정도의 세월이 흐른 명대明代 가정嘉靖 임오년壬午年(1522년)에 최초의 목각 인쇄본으로 출간되기에 이른다. 이것이 이른바 가정본嘉靖本(일명 홍치본弘治本)으로, 두 번째의 집대성이다. 그 후 다시 1백 수십 년의 세월 동안 유례없는 출판 호황기를 거치며 '가정본' 및 '지전본志傳本' 계열로 분화되어 발전을 거듭해 오다가 17세기 후반 청대淸代 초기에 모종강에 의해 다시 한 번 집대성되기에 이른다. 이것이 바로 모종강본으로, 세 번째의 집대성이다.

가정본과 모종강본 사이인 명대 만력萬曆·천계天啓 연간에는 출판 경쟁이 치열하게 벌어져 여러 출판사에서 각기 총력을 다 해 다양한 종류의『삼국지』를 시장에 내놓았다. 당시 유행한 판본이 지금도 30여 종이나 남아 있다. 그러나 모종강본이 한 번 세상에 나오자 가정본은 물론 그 이후에 나타난 수많은 종류의 판본은 모두 경쟁력을 상실하고 말았다. 모종강본이 독서 시장을 장악하게 된 것이다. 모종강본은 그 이후로『삼국지』의 대명사가 되어 3백 년이 흐른 오늘날까지도 베스트셀러의 자리를 유지하고 있다. 따라서 지금 우리가 읽고 있는 144종이 넘는 국내『삼국지』는 예외 없이 모두 모종강본을 모태로 한 것이다. 그런데 대부분의 번역자는 나관중 이름만 내세우고 모종강 이름은 언급조차 하지 않고 있다. 게다가 일부 번역가는 가정본을 나관중의 원작으로 오인하고 있을 뿐만 아니라 가정본을 모종강본보다 우수한 작품이라 억단하는 경우도 있다. 그러나 사실상 나관중의 손으로 편집된 원본은 찾을 길이 없고, 찾는다고 해보아야 형편없이 얇고 볼품없는 육필 원고에 불과할 따름이다. 왜냐하면 나관중『삼국지』는 원본 형태를 유지하며 정체하고 있었던 게 아니라 모종강본 출현 이전 3백 년이란 세월 동안 부단히 진화되어 왔기 때문이다.

모종강본의 특징과 가치

모종강은 자字가 서시序始이고 호號는 혈암孑庵으로, 명나라 숭정崇禎 5년(1632년)에 출생하여 80세 가까이 살았다. 그는 눈 먼 부친(모륜毛綸)의『삼국지』평점評點 작업을 도우며『삼국지』공부를 시작하여 마침내『삼국지』를 개작하기에 이르렀다. 첫 작업은 부친이 생존한 청나라 강희康熙 5년(1666년) 이전에 이루어졌다. 그러나 경제적인 이유로 출판하지 못하자 부친이 세상을 떠난 후에도 쉼 없는 원고 수정 작업을 계속하다 마침내 강희 18년(1679년)에 정식 출판을 하게 되었다. 이것이 바로 '취경당본醉耕堂本'인데, 모종강의 육필 원고를 출간한 최초의 목판본으로 간주된다. 취경당본이 나온 이후로 모종강본은 다시 필사본·목각본·석인본石印本·연鉛 활자본 형태로 널리 전파되면서 각기 조금씩 다른 판본이 수십 종 이상으로 늘어났다. 학계에서 표현하는 청대 판본 70여 종 대다수는 바로 모종강본인 셈이다.

　모종강본은 장기간에 걸쳐 여러 차례 출판되면서 책 이름도 몇 차례나 바뀌었다. 명칭의 변화를 시간 순서로 나열하면 사대기서제일종四大奇書第一種→제일재자서第一才子書→관화당제일재자서貫華堂第一才子書→수상김비제일재자서繡像金批第一才子書→삼국지연의三國志演義→삼국연의三國演義가 된다. 여기서 사대기서제일종(일명 고본삼국지사대기서제일종古本三國志四大奇書第一種)이 바로 모종강본『삼국지』의 본래 명칭이다. 이것은 강희 18년에 간행된 취경당본의 명칭인데, 여기에는 김성탄의 서문序文이 아닌 이어李漁(이립옹李笠翁)의 서문이 실려 있다. 조선 숙종肅宗 연간에 유입되어 1700년을 전후로 국내에 널리 간행된 판본은 바로 모종강의 제3세대 판본에 속하는 관화당제일재자서 종류이다.

　모종강본의 특징은 '어떻게『삼국지』를 읽어야 하는가'(별책 부록에 수록)에서 잘 나타난다. 모종강은 '어떻게『삼국지』를 읽어야 하는가'를 통해 작가로서의 역사관과 가치관을 드러냄은 물론『삼국지』의 문체와 서사 기법까지 상세히 분석했다. 즉

『삼국지』가 사대 기서 중에서도 첫 자리에 위치해야 할 당위성이나, 가정본에서는 피상적 서술에 불과하던 '정통론'과 '존유폄조尊劉貶曹'도 확실한 작가적 의도로 논리 정연한 사상적 체계를 이루었다. 그의 개편 작업은 앞서 나온 '이탁오본李卓吾本'에 대한 불만에서 출발했다. 협비夾批와 총평을 가하는 데서부터 시작하여 문체를 다듬고, 줄거리마다 적절한 첨삭을 가하며, 각 회목을 정돈하고, 논찬論贊이나 비문碑文 등을 삭제하며, 저질 시가를 유명 시인의 시가로 대체함으로써 문장의 합리성, 인물 성격의 통일성, 등장인물의 생동감, 스토리의 흥미도를 대폭 증가시켰다. 이에 과거 3백 년 간 내려오던 『삼국지』의 면모를 일신하고 종합적인 예술적 가치를 한 차원 제고시킴으로써 마침내 최종 집대성을 이루기에 이른다. 따라서 모종강본은 실질적인 면에서 과거 유통된 모든 『삼국지연의』의 최종 결정판이며, 개편자인 모종강 역시 『삼국지연의』 창작에 직접 참여한 작가임을 부정할 수 없다.

왜 교리본인가?

그런데 『삼국지연의』 원문 중에는 역사소설로서 갖추어야 할 기본적 사실에 위배되는 결함이 적지 않았다. 이 결함은 기술적인 면에서 발생한 문제이므로 '기술적 착오'라고 할 수 있다. '기술적 착오'는 작가의 창작 의도는 물론 작품상의 허구나 서사 기법과는 전혀 상관없이 발생한 것들로, 그 원인은 작가의 능력 한계나 집필상의 오류, 필사나 간행 과정에서 생긴 오류 등으로 나눌 수 있다. 이러한 오류들은 최종 결정판인 모종강본에 이르러 일정 부분 삭제되거나 수정되었다. 하지만 그 중 대부분은 그대로 답습되며 사안에 따라 모종강본 자체에서 새로 발생시킨 오류도 적지 않다.

선뻬췬의 '교리본'은 바로 이러한 '기술적 착오'를 교정 정리한 판본이다. 여기서 '교리校理'란 '교감 및 교정 정리'를 줄인 말인데, 이 교리본은 26년 간 『삼국지연의』 연구에만 몰두해 온 선뻬췬 선생의 노작勞作이다. 선 선생은 『교리본 삼국연의』 작업을 진행하면서 취경당본 『사대기서제일종』을 저본으로, 선성당본善成堂本과 대도당본大道堂本 『제일재자서』를 보조본으로 삼고, 가정본과 지전본 류는 물론 관련 사서史書나 전적을 광범위하게 참고했다. 장기간에 걸친 교리 작업이 완성되자 중국 저명 학자인 츠언랴오陳遼, 주이쉬앤朱一玄, 치우전성丘振聲 선생들로부터 '심본沈本 삼국지연의', '삼국지연의 판본사상 새로운 이정표', '모종강 이후 최고의 판본'이란 격찬을 받았다. 따라서 본 번역의 범위는 기술적 착오 부분까지 포함하였다. 이는 타쓰마시 요우스케立間祥介 교수의 일어판 및 모스 로버츠Moss Roberts 교수의 영문판에서도 손대지 못한 작업이다.

모종강본을 교정 정리한 것으로 선뻐쿤의 '교리본' 이전에도 인민문학출판사人民文學出版社의 '정리본整理本'과 사천문예출판사四川文藝出版社의 '신교주본新校注本'이 있다. 하지만 이들의 작업은 전면적이고 지속적이지 못했고, 여러 이유로 일정 한계를 넘어서지 못한 채 중단되고 말았다. 따라서 이들의 '기술적인 착오' 정리는 선뻐쿤의 교리본에서 완성한 숫자에 비하면 그 10분의 1 정도에 불과하다.

준비 작업까지 치면 8년이란 세월이 지났고, 본격적으로 투자한 시간만 해도 5년이나 된다. 더욱이 최종 3년은 거의 모두 이 작업에 몰두한 시간이라 해도 과언이 아니다. 뿐만 아니라 지금까지 출간된 『최근 삼국지연의 연구 동향』→『삼국지평화』→『설창사화 화관색전』→『여인 삼국지』→『삼국지 사전』→『다르게 읽는 삼국지 이야기』→『삼국지 상식 백가지』→『삼국지 시가 감상』등의 작업이 이번 정역을 귀결점으로 모두 하나의 고리로 연결되어 있다. 한마디로 말해 지난 10여 년 동안의 『삼국지』 관련 연구와 번역 작업은 모두 이번 정역을 탄생시키기 위한 기초 작업이었던 셈이다. 동시에 그동안 나름대로 계획하고 실행해 온 일련의 『삼국지』 관련 프로젝트 역시 일단락을 보게 되었다.

완벽한 번역이란 하나의 이상일지 모른다. 그러나 역자는 자신이 수행한 작업에 나름대로 자부심을 가진다. 왜냐하면 단순한 의욕이나 열정만으로 손을 댄 것이 아니라 충분한 사전 학습과 면밀한 기초 작업을 거치면서 이루어 낸 번역이기 때문이다. 따라서 근 1세기 동안이나 답습되어 온 왜곡과 과장과 오류로 점철된 사이비 번역의 공해를 걸어 내고 일반 독자에게는 원전 본래의 진미를, 연구나 재창작을 계획하는 전문가에게는 신뢰할 수 있는 한국어 텍스트를 제공할 수 있게 되기를 기대한다. 특히 원전의 1차적 오류까지 해소한 선뻐쿤의 '교리 일람표'를 별책 부록으로 발행하니, 기간된 『삼국지 시가 감상』과 곧 개정증보판이 나올 『삼국지 사전』 등과 연계한다면 『삼국지』에 관한 이해를 한 차원 높이리라 생각한다.

2008년 10월
옮긴이 정원기

차례

주요 등장인물

유비 현덕

관우 운장

장비 익덕

강유 백약

등애 중영

제갈량 공명

황충 한승

조운 자룡

유선 공사

조조 맹덕

사마염 안세

손견 문대

여포 봉선

등애 사재

손책 백부

조비 자환

원소 본초

주유 공근

허저 중강

손권 중모

25

사흘 만에 작은 잔치 닷새 만에 큰 잔치

토산에 주둔한 관우는 세 가지 약속을 받고
백마현을 구한 조조는 겹겹의 포위를 풀다
屯土山關公約三事 救白馬曹操解重圍

정욱이 계책을 바쳤다.

"운장은 만 명이라도 당할 수 있는 사람이니 지모를 쓰지 않고는
잡을 수 없습니다. 지금 즉시 투항한 유비 수하의 병졸들을 하비성으
로 들여보내 관공에게 도망쳐서 돌아오는 길이라고 말하고 성안에
매복했다가 내응토록 하는 것입니다. 그런 다음 관공을 밖으로
끌어내어 싸우다가 패한 척 달아나 다른 곳으로 유인
하고, 그 틈에 정예 군사들을 지휘하여 돌아갈 길을
끊은 다음 그를 설득하면 될 것입니다."

조조는 즉시 항복한 서
주 군사 수십 명
에게 곧장 하비
로 가서 관공에
게 투항하라고 했다. 관공은 그들을 이전의 서
주 병졸인 줄만 알고 성에 머물게 하고 전혀 의

심하지 않았다.

　이튿날 하후돈이 선봉이 되어 군사 5천 명을 거느리고 와서 싸움을 걸었다. 관공이 나오지 않자 하후돈은 병졸들을 시켜 성 밑에서 욕설을 퍼붓게 했다. 크게 노한 관공은 3천 명의 군사를 이끌고 성밖으로 달려 나와 하후돈과 맞붙었다. 10여 합을 싸우다가 하후돈이 말머리를 돌려 달아났다. 관공이 쫓아가자 하후돈은 싸우다간 달아나기를 반복했다. 20리쯤 뒤쫓던 관공은 하비성을 잃지나 않을까 걱정이 되어 얼른 군사를 거느리고 되돌아오는데, 문득 '쾅!' 하는 포 소리와 함께 왼쪽에서는 서황, 오른쪽에서는 허저가 이끄는 두 부대의 군사가 나타나 퇴로를 끊었다. 관공이 길을 뚫고 내달리자 길 양쪽에 매복하고 있던 군사들이 강한 쇠뇌를 1백 벌이나 벌려 놓고 쏘아 붙였다. 쇠뇌의 살이 메뚜기 떼처럼 새카맣게 날아왔다. 관공은 쏟아지는 화살을 뚫고 나가지 못해 군사를 되돌려 세웠다. 그러자 서황과 허저가 다시 덤벼들었다. 관공은 있는 힘을 다하여 두 사람을 물리치고 군사를 이끌고 하비로 돌아가려고 했으나, 이번에는 하후돈이 다시 길을 막으며 쳐들어왔다.

　관공은 날이 저물 때까지 싸웠지만 돌아갈 길이라고는 없었다. 하는 수 없이 어느 작은 토산土山으로 올라가 군사를 산마루에 주둔시키고 잠시 쉬기로 했다. 조조의 군사들은 토산을 단단히 에워쌌다. 관공이 산 위에서 멀리 바라보니 하비성 안에서 불빛이 하늘을 찌를 듯 치솟고 있었다. 거짓 항복한 병졸들이 몰래 성문을 열어 주어 조조가 친히 대군을 이끌고 성으로 들어가 불을 질러 관공의 마음이 교란시키려는 것이었다. 하비에 불길이 솟구치는 것을 본 관공은 놀랍고 당황스러웠다. 밤새 몇 차례나 포위망을 뚫고 산 아래로 내려갔으나

섭웅 그림

그때마다 어지러이 날아드는 화살에 막혀 되돌아오곤 했다.

먼동이 틀 무렵 그는 다시 한번 산 아래로 돌격하려고 군사를 정돈하고 있었다. 그때 한 사람이 말을 달려 산을 올라오는 게 보였다. 자세히 보니 바로 장료였다. 관우는 마주 나가며 물었다.

"문원은 나하고 싸우러 오시는가?"

장료가 대답했다.

"아닙니다. 친구의 옛 정을 생각해서 특별히 만나러 왔소이다."

장료는 칼을 땅에 던진 다음 말에서 뛰어내리더니 관우와 인사를 나누었다. 두 사람은 산꼭대기에 자리를 잡고 앉았다. 관공이 물었다.

"문원은 혹시 관 아무개를 설득하러 온 게 아니오?"

장료가 대답했다.

"그렇지 않소이다. 지난날 형께서 이 아우를 구해 주셨는데 오늘 아우가 어찌 형을 구해 드리지 않을 수 있겠소이까?"

관공이 다시 물었다.

"그렇다면 문원은 나를 도와주러 오셨소?"

장료가 대답했다.

"그 역시 아닙니다."

관공은 의아했다.

"나를 도와줄 것도 아니라면 이곳엔 무엇을 하러 오셨소?"

장료가 말했다.

"현덕은 죽었는지 살았는지 알 수가 없고 익덕도 생사를 모르는 형편입니다. 어젯밤 조 공께서 이미 하비를 깨뜨렸는데 성안의 군사나 백성들 중 죽거나 다친 사람은 아무도 없습니다. 현덕의 식솔들

은 놀라지 않도록 사람을 보내 호위하고 있습니다. 조공이 현덕의 식
솔들을 이렇게 대접하고 계시다는 것을 형께 알려 드리려고 이 아우
가 일부러 왔소이다."

관공은 노기를 띠고 말했다.

"그 말은 나를 설득하려는 게 아닌가? 내 지금 비록 막다른 골목에
처했다지만 죽음 보기를 고향에 돌아가는 정도로 알고 있다. 그대는
속히 돌아가라. 내 즉시 산을 내려가 적을 맞아 싸울 것이다."

장료가 너털웃음을 터뜨렸다.

"형의 그 말씀이야말로 천하의 웃음거리가 되지 않겠소이까?"

관공이 물었다.

"내가 충의를 받들어 죽거늘 어찌 천하의 웃음거리가 된단 말
이오?"

장료가 대답했다.

"형이 지금 여기서 죽는다면 그 죄가 세 가지나 됩니다."

"세 가지 죄가 무엇인지 어디 말해 보시오."

장료가 말했다.

"처음 유사군이 형과 형제의 의를 맺을 때 생사를 같이 하겠다고
맹세했다고 들었습니다. 그런데 지금 유사군이 싸움에 패했다고 형
이 바로 전사한다면 이후 유사군이 다시 나타나 형의 도움을 구해도
얻을 수 없을 테니 그때의 맹세를 저버리는 일이 아니겠소이까? 이
게 첫 번째 죄입니다. 또 유사군은 식솔을 형에게 부탁했는데 형이
지금 전사하시면 두 부인은 의지할 데가 없어지니 사군의 무거운 부
탁을 저버리는 것이 됩니다. 이게 두 번째 죄입니다. 형은 무예가 남
달리 뛰어난데다 경서經書와 사서史書까지 통달하시면서 유사군과

함께 기울어지는 한나라 황실을 바로 잡을 생각은 하지 않고 부질없이 끓는 물이나 타는 불길 속으로 뛰어들어 한낱 필부의 용맹이나 떨치려 하시니 어찌 옳다고 하겠소이까? 이게 세 번째 죄입니다. 형께서 이렇게 세 가지 죄를 지으려 하시니 이 아우가 충고하지 않을 수 없소이다."

관공은 한동안 말없이 있더니 장료에게 물었다.

"그대가 나의 세 가지 죄를 말했는데, 그럼 나더러 어떻게 하란 말이오?"

장료가 대답했다.

"지금 사방이 모두 조공의 군사이니 항복하지 않으면 죽을 수밖에 없소이다. 여기서 헛되이 목숨을 버려도 이로울 게 없으니 차라리 잠시 조공께 항복하는 게 나을 것이오. 그리하여 차차 유사군의 소식을 알아보고 계신 곳을 알게 되면 그때 찾아가는 게 나을 것이오. 그리되면 첫째로 두 부인을 보호할 수 있고, 둘째로 도원桃園에서 한 약속을 어기지 않게 되며, 셋째로 몸도 보전할 수 있게 됩니다. 이로운 점이 이처럼 세 가지나 되니 형은 자세히 따져 보아야 하오리다."

관공도 마음이 움직였다.

"형이 세 가지 유리함을 이야기했으니 나는 세 가지 약속을 받을까 하오. 승상께서 이를 들어주시면 내 곧 갑옷을 벗겠지만 들어주시지 않는다면 차라리 세 가지 죄를 받고 죽는 편을 택하겠소."

장료가 말했다.

"승상께서는 너그럽고 도량이 넓으신 분인데 무슨 일인들 용납하지 못하시겠습니까? 세 가지가 무엇인지 들어봅시다."

관공이 말했다.

"첫째로 나는 황숙과 함께 한나라 황실을 붙들어 세우기로 맹세했소. 지금은 다만 한나라 황제께 항복하는 것이지 조조에게 항복하는게 아니오. 둘째로 앞으로 두 분 형수님께 황숙의 녹봉을 내려 부양하고, 지위가 높고 낮고 간에 누구도 두 분 거처의 문안으로 들어가지 못하게 해야 하오. 셋째로 유황숙의 행방을 알기만 하면 천리든 만 리든 상관없이 즉시 작별하고 떠날 것이오. 이 셋 중 하나라도 빠지면 결단코 항복하지 않겠소. 문원께선 어서 급히 회답을 주시기 바라오."

장료는 응낙하고 말에 올라 조조에게 돌아갔다. 우선 관우가 한나라에 항복할 뿐 조조에게는 항복하지 않는다는 첫 조건을 이야기했다. 조조가 웃으면서 말했다.

"나는 한나라의 승상이니 한나라가 바로 나요. 그거야 들어줄 수 있지."

장료가 다시 보고했다.

"두 부인께 황숙의 녹봉을 받게 하고, 지위 고하를 막론하고 어느 누구라도 그 분들의 거처에 들어가지 못하게 해 달라고 합니다."

조조가 대답했다.

"황숙의 녹봉에 갑절을 보태 주지. 안팎을 엄하게 금하는 것이야 우리 가문의 법도이니 다시 무엇을 의심하리오!"

장료가 마지막 조건을 말했다.

"현덕의 소식을 알기만 하면 아무리 멀더라도 반드시 찾아가겠
답니다."

이 말을 들은 조조는 머리를 가로저었다.

"그렇다면 운장을 길러서 어디에 쓴단 말인가? 그 일은 들어주기
어려운걸."

장료가 말했다.

"예양豫讓*이 말한 '중인과 국사의 논의衆人國士之論'도 듣지 못하셨
습니까? 현덕은 운장에게 두터운 은혜를 베푼 데 지나지 않습니다.
승상께서 그보다 더욱 두터운 은혜를 베풀어 마음을 사로잡는다면
운장이 복종하지 않을 것을 걱정할 필요가 어디 있겠습니까?"

이에 조조도 허락했다.

"문원의 말이 옳도다. 내 그 세 가지 조건을 모두 들어주겠소."

장료는 다시 산으로 올라가 관공에게 조조가 모든 조건을 받아들
였다고 전했다. 관공이 말했다.

"그렇더라도 승상께서 잠시 군사를 물려 내가 성에 들어가 두 분
형수님을 뵙게 해주신다면 이 사실을 형수님들께 여쭌 다음에 항복
하겠소."

장료가 되돌아와 조조에게 아뢰었다. 조조는 즉시 군사들에게

* 예양│전국시대 진晉나라 사람. 유명한 자객. 처음에 범范씨와 중항中行씨를 섬기다가 그들이 망한 뒤 진경
晉卿 지백智伯(순요荀瑤)의 가신이 되었다. 뒤에 지백이 조양자趙襄子에게 멸망당하자 양자襄子를 죽여 지백
의 원수를 갚고자 세 번이나 시도했으나 세 번 모두 실패하고 양자에게 체포되었다. 양자가 그가 지백에
게만 특별히 충성을 바치는 까닭을 묻자 이렇게 대답했다. "범씨와 중항씨는 나를 보통 사람衆人으로 대
우했으므로 나 역시 보통 사람으로 보답했다. 그러나 지백은 나를 국사國士로 대우했기에 나 역시 국사로
서 보답하고자 할 뿐이다."

30리 밖으로 물러나라고 명했다. 순욱이 말했다.

"안 됩니다. 속임수가 있을지도 모릅니다."

조조가 대꾸했다.

"운장은 의로운 사람이야, 결코 신의를 저버리지 않을 것이오."

마침내 군사를 이끌고 물러섰다.

관공이 군사를 거느리고 하비로 들어가 살펴보니 백성들은 아무런 동요 없이 안정된 모습이었다. 두 형수를 만나려고 곧장 부중으로 들어가자, 감부인과 미부인은 관공이 왔다는 말을 듣고 급히 나와 맞이했다. 관공은 계단 아래서 절을 올렸다.

"두 분 형수님을 놀라시게 했으니, 모두가 저의 죄입니다."

두 부인이 물었다.

"황숙께서는 지금 어디에 계신가요?"

관공은 대답하기가 난처했다.

"어디로 가셨는지 모르겠습니다."

두 부인이 다시 물었다.

"큰 서방님께선 장차 어떻게 하려 하세요?"

관공이 대답했다.

"관 아무개는 성밖에 나가 죽기를 무릅쓰고 싸우다가 토산에서 포위를 당했습니다. 장료가 항복을 권하기에 세 가지를 약속하라고 했더니 조조가 세 가지를 다 들어주겠다며 군사를 물려 저를 성안으로 들여보냈습니다. 그러나 형수님들의 의견을 듣지 못했기에 함부로 결정할 수가 없었습니다."

두 부인이 물었다.

"세 가지 일이란 어떤 것들이지요?"

진백일 그림

610

관공은 세 가지 내용을 상세하게 이야기했다. 감부인이 말했다.

"어제 조조의 군사가 성으로 들어올 때는 틀림없이 죽는 줄만 알았어요. 그런데 털끝 하나 다치지 않고 병졸 하나 문안으로 들어오지 못하게 할 줄이야 누가 알았겠어요? 서방님께서 이미 승낙을 받으셨다면 구태여 우리 두 사람에게 물을 필요가 있나요? 다만 뒷날 서방님께서 황숙을 찾아가려 할 때 조조가 용납하지 않으면 어쩔까 걱정될 뿐이지요."

관공이 말했다.

"형수님들께서는 마음을 놓으십시오. 제게도 생각이 있습니다."

"서방님께서 알아서 처리하세요. 구태여 저희 같은 아녀자에게 일일이 물으실 게 없어요."

관공은 인사하고 물러나 기병 수십 명을 데리고 조조를 만나러 갔다. 조조는 친히 원문까지 나와 맞이했다. 관공이 말에서 내려 절하자 조조가 황급히 답례를 했다. 관공이 입을 열었다.

"패전지장을 죽이지 않으신 은혜에 깊이 감사합니다."

조조가 응답했다.

"평소 운장의 충의를 흠모하던 차에 오늘 다행히 이처럼 만나게 되었으니 평생의 소원을 풀었소이다."

관공은 다짐을 받으려 했다.

"문원이 대신 아뢴 세 가지 일을 승상께서 허락해 주셨습니다. 식언을 하시지는 않으리라 생각합니다."

조조가 다짐했다.

"내가 이미 내뱉은 말이오. 어찌 신의를 저버리겠소."

관공이 다시 말했다.

"관 아무개는 황숙께서 계신 곳을 알기만 하면 물불을 가리지 않고 반드시 찾아가겠습니다. 그때 미처 작별 인사를 드리지 못하더라도 용서해 주시기 바랍니다."

조조가 대답했다.

"현덕이 살아 있다면 반드시 공을 보내 드리겠소. 그러나 난군 중에서 돌아가시지나 않았을까 염려되는구려. 공은 마음 놓고 두루 알아보시오."

관공이 절을 올리며 감사하자, 조조는 잔치를 베풀어 대접했다.

이튿날 조조는 군사를 거두어 허창으로 돌아갔다. 관공은 수레를 마련하여 두 형수를 태우고 직접 호위하며 나아갔다. 길에서 역관에 들어 쉬게 되었는데, 조조는 짐짓 유비와 관우 사이에 있는 군신君臣의 예의를 어지럽혀 보려고 관우와 두 형수를 한 방에 거처하게 했다. 그러나 관우는 촛불을 밝히고 날이 밝을 때까지 문밖에 서 있으면서 털끝만치도 피로한 기색을 보이지 않았다. 조조는 관우의 그런 행동을 보고 더욱 감복하며 존경했다.

허창에 이른 조조는 관공에게 저택 한 채를 내주며 거기서 살도록 했다. 관공은 저택 마당을 두 개의 뜰로 나누고 늙은 군사 열 명을 뽑아 안채로 통하는 문을 지키게 하고 자신은 바깥채에 거주했다. 조조가 관공을 데리고 황궁으로 들어가 헌제를 알현하자, 헌제는 관공을 편장군偏將軍으로 임명했다. 관공은 사은하고 집으로 돌아갔다.

조조는 이튿날 큰 잔치를 베풀고 여러 모사와 무사들을 한 자리에 모았는데, 관공을 주빈의 예로 대접하여 상석에 앉혔다. 그리고 집으로 돌아갈 때는 비단과 금그릇, 은그릇들을 갖추어 선물했다. 관공은 선물들을 모두 두 형수에게 주어 간수하게 했다. 관공이 허창에 당도

섭웅 그림

한 그날부터 조조는 관공을 매우 두텁게 대접했으니, 사흘에 한번씩 작은 잔치를 열고 닷새에 한번씩 큰 잔치를 열어 주었다. 또 미녀 열 명을 보내 관공의 시중을 들게 했다. 그러나 관공은 미녀들을 모두 안채로 들여보내 두 형수를 모시게 했다. 또 사흘에 한번씩 안채 문 밖에서 허리를 굽혀 인사하면서 두 분 형수의 안부를 물었다.

"두 분 형수님은 평안하십니까?"

그러면 두 부인은 황숙의 일이 어찌되었느냐고 묻고는 이렇게 일 렀다.

"서방님께서 편하실 대로 하세요."

그 말이 떨어져야 비로소 관공은 조심스레 물러 나왔다. 그 소문을 들은 조조는 다시 한번 탄복해 마지않았다.

하루는 보니 관공이 입고 있는 녹색 비단 전포가 너무 낡아 해져 있었다. 조조는 즉시 사람을 불러 관공의 신체 치수를 재게 하고 귀한 비단으로 전포 한 벌을 지어 선사했다. 전포를 받은 관공은 헌 전포를 벗고 새 전포를 입더니 그 위에 다시 낡은 전포를 걸쳐 입었다. 조조가 웃으면서 물었다.

"운장께선 어찌하여 이처럼 검소하시오?"

관공이 대답했다.

"저는 검소한 게 아니올시다. 낡은 전포는 바로 유황숙께서 내려 주신 것이라 이 옷을 입고 있으면 형님의 얼굴을 뵙는 것 같기 때문입니다. 승상께서 새 옷을 내려 주셨다 하여 어찌 감히 형님께서 내리신 정을 잊으오리까? 그래서 낡은 옷을 겉에 입은 것입니다."

조조가 탄식했다.

"참으로 의로운 사나이로군!"

입으로는 칭찬했으나 속으로는 기분이 좋지 않았다.

하루는 관공이 집에 있는데 갑자기 보고가 들어왔다.

"안뜰의 두 부인께서 통곡하시다가 땅바닥에 쓰러지셨습니다. 무슨 까닭인지 모르겠으니 장군께서 어서 들어가 보시지요."

이에 관공은 의관을 정제하고 안채 문밖으로 가서 땅에 꿇어앉아 두 형수가 슬피 우는 까닭을 물었다. 감부인이 대답했다.

"내가 간밤에 황숙께서 흙구덩이에 빠지신 꿈을 꾸었어요. 깨어나서 미부인과 의논해 보니 아마도 구천에 계실 것 같은 생각이 들었어요! 그래서 이렇게 우는 거예요."

관공이 위로했다.

"꿈은 믿을 게 못 됩니다. 형수님께서 형님을 그리시다 보니 그런 꿈을 꾸신 것입니다. 너무 걱정하지 마십시오."

이렇게 이야기를 하고 있는 사이 마침 조조가 사람을 보내 관공을 잔치에 청했다. 관공은 두 형수에게 인사를 올리고 조조가 있는 곳으로 갔다. 관공의 얼굴에 눈물 자국이 있는 것을 본 조조가 까닭을 물었다. 관공이 대답했다.

"두 분 형수님께서 형님을 그리며 통곡하시니, 저 역시 슬프지 않을 수가 없었습니다."

조조는 웃으면서 좋은 말로 위로하고 연거푸 술을 권했다. 관공은 술기운이 거나해지자 수염을 쓰다듬으며 탄식했다.

"살아서 나라에 보답하지 못하고 형님마저 등졌으니 헛된 사람이 되었구나!"

관공의 모습을 바라보던 조조가 물었다.

"운장의 수염은 몇 올이나 되오?"

섭웅 그림

관공이 대답했다.

"수백 올은 되겠지요. 해마다 가을이면 서너 올씩 빠집니다. 겨울에는 검은 천으로 주머니를 만들어 싸 둡니다. 수염이 부러질까 걱정해서지요."

그 말을 들은 조조는 비단 주머니를 만들게 하여 관공에게 주고 수염을 잘 보호하라고 했다. 다음날 조회 때 임금을 알현하러 들어갔을 때 관공이 가슴 앞에 비단 주머니를 드리운 것을 보고 헌제가 그 이유를 물었다. 관공이 아뢰었다.

"신의 수염이 제법 길기 때문에 승상께서 수염을 담을 비단 주머니를 내렸습니다."

헌제는 그 자리에서 주머니를 풀고 수염을 보이라고 일렀다. 주머니를 풀자 관공의 수염이 배 아래까지 드리웠다. 헌제가 보더니 말했다.

"참으로 미염공美髥公이구려!"

이때부터 사람들은 관공을 '미염공'이라고 불렀다.

하루는 조조가 관공을 청해 잔치를 베풀었다. 술자리가 끝나고 승상부를 나온 조조가 관공을 배웅하다가 비쩍 마른 관공의 말을 보았다. 조조가 물었다.

"공의 말은 왜 이토록 여위었소?"

관공이 대답했다.

"천한 몸이 제법 무겁다 보니 말이 견디지 못하여 늘 이처럼 여윕니다."

조조는 마구馬具를 갖추어 말 한 필을 끌고 오라고 분부했다. 조금 뒤 말이 끌려왔다. 그 말은 몸뚱이가 달아오른 숯덩이처럼 붉고 아주 웅장했다. 조조가 말을 가리키며 물었다.

"공은 이 말을 알아보겠소?"

관공이 되물었다.

"혹시 여포가 타던 적토마가 아니옵니까?"

"그렇소."

조조는 안장과 고삐를 갖추어 적토마를 관공에게 선사했다. 관공은 두 번 절하며 사례했다. 조조는 은근히 불쾌했다.

"내가 미녀와 금은과 비단을 여러 차례 보내 주었지만 공은 아직한번도 절한 적이 없었소. 그런데 오늘 말 한 마리에 이처럼 기뻐하며 두 번이나 절을 하다니, 어찌하여 사람은 천하게 여기고 짐승을 더 귀하게 여기시오?"

관공이 대답했다.

"저는 이 말이 하루에 천리를 간다는 사실을 알고 있습니다. 오늘다행히 이 말을 얻었으니 형님이 계신 곳을 알게 되었을 때 하루면만나 뵈올 수 있지 않겠습니까?"

깜짝 놀란 조조는 적토마 준 것을 후회했다. 관우는 인사를 하고떠났다. 후세 사람이 시를 지어 감탄했다.

위엄이 삼국을 뒤덮으니 영웅 이름 드날리고 /
한 집을 나누어서 사니 의기 또한 드높아라. //
간특한 승상 쓸데없이 갖은 대접 다 하지만 /
어찌 알랴 관운장 끝내 항복하지 않을 줄을.
威傾三國著英豪, 一宅分居義氣高. 姦相枉將虛禮待, 豈知關羽不降曹.

조조가 장료를 불러 말했다.

"내가 운장을 박대하지 않았건만 그는 늘 떠날 마음만 품고 있으니 어인 일이오?"

장료가 대답했다.

"제가 가서 그의 심정을 알아보겠습니다."

그러고는 이튿날 관공을 찾아갔다. 인사를 마치자 장료가 물었다.

"제가 형을 승상께 추천했는데 혹시 푸대접을 받은 적은 없었소이까?"

관공이 대답했다.

"승상의 두터운 호의에는 깊이 감사하고 있소. 다만 몸은 비록 여기 있지만 황숙을 그리는 마음은 순간도 사라지지 않고 있소."

장료가 말했다.

"형의 말씀은 틀렸소이다. 세상을 살아가며 경중을 구분하지 못하면 장부가 아니지요. 현덕이 형을 대한 것이 승상보다 더 지극했다고 보기 어렵거늘 어찌하여 형은 떠날 생각만 하시오?"

관공이 응수했다.

"조공께서 나를 매우 후하게 대해 주시는 것은 잘 알고 있소. 그러나 유황숙의 두터운 은혜와 생사를 같이 하기로 맹세한 일은 저버릴 수가 없소. 나는 언제까지 이곳에 머무르지는 않을 것이오. 그러나 가더라도 반드시 공을 세워 조공의 은혜를 갚고 떠날 생각이오."

장료가 물었다.

"현덕이 이미 세상을 떠나셨다면 공은 어디로 가시겠습니까?"

관공은 단호한 어조로 대답했다.

"지하까지 따라가리다."

장료는 관공이 끝내 남아 있지 않으리라는 사실을 알았다. 관우에게 작별을 고한 장료는 조조에게 돌아가 사실대로 이야기했다. 조조는 한숨을 쉬며 말했다.

"주인을 섬기면서 그 본분을 잊지 않으니 천하의 의사義士로다!"

순욱이 한마디 했다.

"저 사람이 공을 세운 다음에야 떠나겠다고 했으니 공을 세울 기회를 주지 않으면 가지 못할 것입니다."

조조도 그 말을 옳게 여겼다.

한편 원소에게 몸을 의탁하고 있는 유비는 근심 걱정으로 밤낮을 지내고 있었다. 원소가 물었다.

"현덕은 무슨 까닭으로 늘 근심이 가득하오?"

현덕이 대답했다.

"두 동생의 소식을 알 수가 없고 가족 또한 조조의 손에 떨어져, 위로는 나라에 보답하지 못하고 아래로는 가정도 지키지 못하고 있습니다. 어찌 근심이 없겠습니까?"

원소가 말했다.

"내가 허도로 진군하려고 한 지는 오래되었소. 지금은 바야흐로 따뜻한 봄이라 군사를 일으키기 좋은 때요."

곧바로 조조를 깨뜨릴 계책을 상의하는데 전풍이 간했다.

"전에 조조가 서주를 공격하느라 허도가 텅 비었을 때 미처 진군하지 못했는데, 지금은 서주가 이미 함락되고 조조의 군사 또한 기세가 날카로우니 가볍게 대적해서는 안 됩니다. 버티면서 저들에게 틈이 생기기를 기다려 움직이는 편이 좋겠습니다."

"내가 좀 생각을 해보지."

이번에는 원소가 유비에게 물었다.

"전풍은 나에게 굳게 지키라고만 하는데, 어떠하오?"

현덕이 대답했다.

"조조는 임금을 속이는 역적입니다. 명공께서 토벌하지 않으신다
면 천하의 대의를 잃지나 않을까 염려스럽습니다."

원소가 말했다.

"현덕의 말씀이 참으로 옳소."

마침내 원소는 군사를 일으키려 했다. 전풍이 다시 말리자 원소
는 버럭 화를 냈다.

"글이나 희롱하며 무武를 깔보는 자들이 나에게 대의를 잃게 할
작정이냐!"

전풍이 머리를 조아리며 간절히 말했다.

"신의 말을 듣지 않고 출병하시면 이롭지 못할 것입니다."

원소는 크게 노하여 전풍의 목을 치려고 했으나 유비가 적극 말리
는 바람에 목은 치지 않았지만 감옥에 가두었다. 전풍이 옥에 갇히
는 것을 본 저수는 일가친척을 모아 놓고 전 재산을 털어 나누어 주
며 말했다.

"나는 지금 군사를 따라 싸우러 나가오. 이긴다면 더할 나위 없
이 위세를 떨치게 되겠지만, 패전하는 날에는 내 한 몸조차 보존하
지 못할 것이오."

친척들은 모두 눈물을 흘리면서 저수를 배웅했다.

원소는 대장 안량을 선봉으로 삼아 백마白馬로 진격하게 했다. 저

수가 간했다.

"안량은 성정이 편협합니다. 비록 날래고 용감하기는 하지만 그 한 사람에게 모든 일을 전담시켜서는 아니 됩니다."

그러나 원소는 그 말을 듣지 않았다.

"나의 상장이다. 자네들 따위가 헤아릴 바가 아닐세."

대군이 진격하여 여양에 이르자 동군 태수 유연劉延이 위급한 소식을 허창에 알렸다. 조조는 급히 군사를 일으켜 적군과 맞설 일을 상의했다. 관공이 이 소식을 듣고 승상부로 찾아가 조조를 알현했다.

"승상께서 군사를 일으키신다는 말씀을 들었습니다. 저를 선봉으로 삼아 주십시오."

조조가 말했다.

"아직 장군에게까지 폐를 끼칠 정도는 아니오. 조만간 일이 생기면 당연히 부탁드리리다."

이에 관공은 물러 나왔다. 조조는 15만 대군을 세 부대로 나누어 진군했다. 길을 가는 도중에 유연의 급보가 연달아 날아들었다. 조조는 우선 5만 군사를 이끌고 몸소 백마에 이르러 토산을 의지하고 자리를 잡았다. 멀리 바라보니 산 앞에 펼쳐진 널찍한 벌판에 안량의 선발대인 정예 병사 10만 명이 진세를 벌이고 있었다. 그 기세에 놀란 조조는 여포의 장수였던 송헌宋憲을 돌아보며 말했다.

"자네가 여포 수하의 맹장이라는 말을 들었다. 오늘 여기서 안량과 한번 싸워 보도록 하라."

송헌은 명령을 받고 창을 들더니 말에 올라 곧바로 진 앞으로 달려갔다. 안량은 큰칼을 비껴든 채 진문 앞 깃발 아래 말을 세우고 있었다. 송헌의 말이 다가오는 것을 본 안량은 외마디 고함을 지르며 말을 달려 나와 송헌을 맞이했다. 그러나 싸움이 세 합도 이루어지기 전에 안량의 칼이 번쩍 올라갔다 내려오자 송헌의 목이 진 앞에 떨어졌다. 조조는 깜짝 놀랐다.

"참으로 용장이로구나!"

위속魏續이 나섰다.

"저의 동료를 죽였으니 제가 가서 원수를 갚게 해주십시오!"

섭웅 그림

조조가 허락했다. 위속은 말에 올라 긴 창을 들고 곧바로 진 앞으로 달려 나가며 안량에게 크게 욕설을 퍼부었다. 안량은 대꾸도 하지 않고 마주 달려왔다. 말과 말이 서로 어울린 지 단 한 합에 안량은 위속의 머리를 겨누고 칼을 내려찍었다. 위속은 머리가 반으로 갈라진 채 말 아래로 굴러 떨어졌다. 조조가 장수들을 보고 물었다.

"이제는 누가 감히 맞서겠는가?"

그 소리가 떨어지자마자 서황이 진 앞으로 달려 나갔다. 그러나 서황도 안량과 20합을 싸우다가 패하여 본진으로 돌아왔다. 이를 본 장수들이 부들부들 떨었다. 조조가 군사를 거두자 안량도 군사를 이끌고 물러갔다.

장수를 연거푸 둘씩이나 잃은 조조는 심정이 울적했다. 정욱이 나서서 말했다.

"제가 안량을 대적할 만한 사람을 한명 추천하겠습니다."

조조가 그 사람이 누구인지 물었다.

"관공이 아니면 안 되겠습니다."

조조가 말했다.

"그 사람은 공을 세우면 떠날 것이 걱정이오."

정욱이 말했다.

"유비가 살아 있다면 반드시 원소에게로 갔을 것입니다. 지금 운장을 시켜 원소의 군사를 깨뜨리게 하면 원소는 틀림없이 유비를 의심하여 죽일 것입니다. 유비가 죽고 나면 운장이 다시 어디로 가겠습니까?"

이 말을 들은 조조는 크게 기뻐하고는 즉시 사람을 보내 관공을 불러오게 했다. 관공은 즉시 안으로 들어가 두 형수께 작별 인사를 했다. 두 형수가 당부했다.

"서방님께서 이번에 가시거든 황숙의 소식을 좀 알아보세요."

응낙하고 나온 관공은 청룡도를 들고 적토마에 올라 몇 명을 이끌고 곧장 백마로 가서 조조를 만났다. 조조가 지금까지의 형편을 알려주었다.

"안량이 연거푸 장수 둘을 죽이는 바람에 그 용맹을 당할 수가 없구려. 그래서 대책을 상의하려고 특별히 운장을 청했소이다."

관공이 말했다.

"제가 한번 살펴보도록 해주십시오."

조조가 술상을 차려 대접하고 있는데 별안간 안량이 싸움을 걸고 있다는 보고가 들어왔다. 조조는 관공을 이끌고 토산으로 올라가 적진을 살펴보았다. 조조와 관우는 자리에 앉고 여러 장수들은 빙 둘러섰다. 조조가 산 아래에 벌여 놓은 안량의 진세를 가리켰다. 깃발이 선명하고 창칼이 수풀처럼 늘어선 광경이 질서 정연하면서도 위엄이 가득했다. 조조가 관우를 보고 말했다.

"하북의 인마가 저처럼 웅장하구려!"

관공은 대수롭지 않다는 듯 대꾸했다.

"제가 보기에는 흙으로 빚은 닭이나 기와로 구운 개 같

소이다."

조조가 또 손가락으로 적진을 가리켰다.

"저기 저 해 가리개 밑에 수놓은 전포를 입고 금빛 갑옷을 걸친 채 말을 세우고 칼을 든 자가 바로 안량이오."

관광은 눈을 들어 한번 바라보더니 조조에게 말했다.

"제가 보건대 안량 따위는 머리를 팔러 나온 장사치로 보일 뿐이오이다!"

조조가 충고했다.

"가벼이 보아서는 아니 되오."

관공이 몸을 일으켰다.

"제가 비록 재주는 없으나 만 명의 적군 속으로 뛰어들어 안량의 수급을 베어다 승상께 바치오리다."

장료가 한마디 했다.

"군중에는 농담이 없는 법입니다. 운장께서는 경솔히 나서지 마십시오."

관공은 분연히 말에 오르더니 청룡도를 거꾸로 들고 산 아래로 내달렸다. 봉의 눈을 부릅뜨고 누에 눈썹을 곤두세운 채 곧바로 적진으로 돌격해 들어갔다. 하북의 군사들은 물결이 갈라지듯 양옆으로 갈라지고 관공은 그대로 안량에게 달려들었다. 마침 해 가리개 밑에 있던 안량은 관공이 돌진해 오는 광경을 보고 막 입을 열어 무언가를 물으려 했다. 그러나 관공이 탄 적토마가 어찌나 빨랐던지 어느새 코앞까지 뛰어들었다. 안량은 미처 손을 써 볼 겨를도 없이 운장이 내지른 칼에 찔려 말 아래로 떨어졌다. 관우는 말에서 훌쩍 뛰어내리더니 안량의 머리를 잘라 말목에 매달았다. 그러고는 몸을 날려 다시 말 등에 올라 칼을 들고 적진을 빠져나오는데, 마치 무인지경을 드나드는 것만 같았다. 하북의 장병들은 너무나 놀란 나머지 싸우지도 않고 스스로 혼란에 빠졌다. 조조의 군사가 이런 기회를 타고 공격하자 사상자가 이루 헤아릴 수가 없었고 말과 병기를 빼앗은 것만 해도 극히 많았다. 관공이 말고삐를 놓아 산에 오르자 장수들이 모두 축하해 마지않았다.

안량의 수급을 바치자 조조가 찬탄했다.

"장군은 참으로 신인神人이구려!"

관공이 겸손하게 대답했다.

"저 같은 사람이야 족히 입에 담을 거리도 못 됩니다. 제 아우 장익덕은 백만 적군 속에서도 상장의 머리 취하기를 마치 주머니 속 물건 꺼내듯 합니다."

크게 놀란 조조가 좌우에 늘어선 장수들을 돌아보며 말했다.

"이후로 장익덕을 만나거든 섣불리 대적하지 말지어다."

그러고는 장비의 이름을 옷깃에다 적어 놓게 했다.

한편 안량의 패잔병들은 쫓겨 돌아가다가 도중에서 원소를 만났다. 얼굴이 붉고 수염이 긴 장수가 큰칼을 들고 필마단기로 진에 뛰어들어 안량의 목을 베어 버리는 바람에 크게 패했다고 보고했다. 크게 놀란 원소가 물었다.

"그 사람이 누구이냐?"

저수가 대답했다.

"그는 필시 유현덕의 아우인 관운장일 것입니다."

크게 노한 원소가 현덕을 손가락질하며 소리쳤다.

"네 아우란 놈이 내가 소중히 여기는 장수를 죽였으니 너는 틀림없이 그와 내통했을 것이다. 너 같은 자를 살려 두어 무슨 소용이 있겠느냐?"

즉시 도부수들을 불러 현덕을 끌고 나가 목을 치라고 했다. 바로 다음 대구와 같다.

첫 만남에선 자리 위의 손님이었는데 /
오늘은 영락없는 계단 아래 죄수일세
初見方爲座上客　此日幾同階下囚

현덕의 목숨은 어찌될 것인가, 다음 회를 보라.

26

떠나는 관운장

원본초는 싸움에 패하여 장수를 잃고
관운장은 도장을 걸고 황금을 봉하다
袁本初敗兵折將 關雲長掛印封金

원소가 현덕의 목을 베려 하자 현덕은 차분하게 말했다.

"명공께서는 어찌 한쪽 말만 들으시고 지금까지 쌓은 정을 끊으려 하십니까? 저는 서주에서 식솔을 잃고 흩어진 뒤로 둘째인 운장이 살았는지 죽었는지도 모르고 있습니다. 세상에는 모습이 같은 자가 적지 않은 터에 얼굴이 붉고 수염이 긴 사람이라 하여 어찌 그게 바로 관우라 단정하겠습니까? 명공께서는 어찌하여 자세히 살펴보시지 않습니까?"

원소는 본래 주견이 없는 사람이었다. 현덕의 말을 듣자 당장 저수를 나무랐다.

"자네 말을 잘못 듣고 하마터면 좋은 사람을 죽일 뻔하지 않았는가!"

마침내 현덕을 군막 윗자리로 청하고 안

량의 원수 갚을 일을 논의했다. 그때 군막 아래 있던 한 사람이 나섰다.

"안량은 저와는 형제 같은 사이였는데 이번에 조조 도적놈에게 죽었으니 제가 어찌 그 원한을 갚지 않을 수 있겠습니까?"

현덕이 보니 그 사람은 키가 8척에다 얼굴은 해태 같이 생겼다. 바로 하북의 명장 문추文醜였다. 원소는 크게 기뻐했다.

"자네가 아니면 안량의 원수를 갚을 수가 없을 걸세. 내가 군사 10만 명을 줄 테니 얼른 황하를 건너 조조 도적놈을 쫓아가 죽이도록 하라!"

저수가 말렸다.

"안 됩니다. 지금은 연진延津(황하의 나루터)에 주둔하면서 일부 군사를 관도로 나누어 보내는 것이 상책입니다. 경솔하게 황하를 건넜다가 혹시 변고라도 생기는 날에는 모두가 살아 돌아오지 못할 수도 있습니다."

원소는 벌컥 화를 냈다.

"이 모두가 너희들이 군사의 사기를 떨어뜨리고 시간을 끌며 큰일에 훼방을 놓았기 때문이 아니냐! 군사를 부릴 때는 신속함이 중요하다는 말도 듣지 못했단 말이냐?"

저수는 군막에서 물러나 탄식했다.

"윗사람은 자기 생각만 고집하고 아랫사람은 공만 세우려 드니 유유히 흘러가는 황하를 내가 과연 건널 것인가?"

마침내 저수는 병을 핑계로 일을 의논하러 나

오지 않았다. 현덕이 말했다.

"제가 큰 은혜를 입고도 갚을 길이 없었으니 이번에 문장군과 함께 가고 싶습니다. 그리하여 첫째로는 명공의 은덕에 보답하고, 둘째로는 운장의 확실한 소식을 알아볼까 합니다."

원소는 기뻐하며 문추를 불러 유비와 함께 선발대를 통솔하라고 했다. 문추가 말했다.

"유현덕은 여러 번 전투에 패한 장수이니 군사에 이로울 게 없습니다. 그러나 기왕 주공께서 보내시겠다니 저는 그에게 군사 3만 명을 나누어 주어 후대로 삼겠습니다."

이리하여 문추는 7만 명의 군사를 거느리고 앞서 가면서 현덕에게는 3만 명의 군사를 거느리고 뒤따르게 했다.

한편 조조는 운장이 안량을 벤 것을 보고 한층 더 우러러보고 존경했다. 그리하여 조정에 표문을 올려 운장을 한수정후漢壽亭侯로 봉하고 도장을 주조해 주었다.

이때 갑자기 보고가 들어왔다. 원소의 대장 문추가 황하를 건너 이미 연진을 점거했다는 것이었다. 이에 조조는 우선 사람을 보내 백마의 주민들을 서하西河로 옮기게 한 다음, 직접 군사를 거느리고 적군을 맞아 싸우러 갔다. 그런데 후군이 앞서고 전군이 뒤에 가며, 군량과 말먹이 풀이 앞서 가고 군사는 그 뒤를 따르라고 명령했다. 이상한 명령이라 여건呂虔이 물었다.

"군량과 말먹이 풀을 앞세우고 군사를 뒤따르게 하신 것은 무슨 뜻입니까?"

조조가 대답했다.

"군량과 말먹이 풀이 뒤에 오다가 번번이 노략질을 당했네. 그래서 앞서 가게 한 것일세."

여건이 다시 물었다.

"만약 적군을 만나 겁탈 당하면 어떻게 합니까?"

조조가 말했다.

"적군이 오거든 그때 다시 보기로 하지."

여건은 의혹을 풀 수가 없었다. 조조는 황하 연안을 따라 군량과 말먹이 풀, 치중 등을 연진까지 운반하라고 명했다. 이때 조조는 중군에 있었는데 갑자기 전군에서 고함치는 소리가 들렸다. 급히 사람을 시켜 알아보았더니 이렇게 보고했다.

"하북의 대장 문추의 군사가 이르자 우리 군사들이 군량과 말먹이 풀을 버리고 사방으로 흩어져 달아납니다. 후군은 또 멀리 떨어져 있으니 어떻게 해야 합니까?"

조조는 채찍을 들어 남쪽에 있는 토산土山을 가리켰다.

"저기로 잠시 피하도록 하라."

군사들이 우르르 토산 언덕으로 달려 올라갔다. 조조는 다시 군사들에게 갑옷과 투구를 벗고 잠시 쉬면서 말을 모두 풀어놓으라고 했다. 어느덧 문추의 군사가 몰려왔다. 장수들이 소리쳤다.

"도적들이 들이닥칩니다! 얼른 말을 수습하여 백마 쪽으로 후퇴해야 합니다!"

순유가 급히 말렸다.

"지금 바야흐로 향기로운 미끼로 적을 꾀고 있는 판인데 무엇 때문에 물러간단 말이오?"

조조가 급히 순유에게 눈짓을 하며 웃자 순유도 그 뜻을 알아채고 입을 다물었다. 군량과 말먹이 풀을 실은 수레들을 얻은 문추의 군

장홍비 그림

사들이 이번에는 말을 빼앗으려고 달려들었다. 약탈에 정신이 팔리다 보니 대오가 뒤죽박죽이 되었다. 조조는 그걸 보고 즉시 영을 내려 일제히 토산 아래로 달려 내려가 적을 공격토록 했다. 문추의 군사들은 크게 어지러워졌다. 조조의 군사가 에워싸고 몰려들자 문추가 용감하게 나서며 단신으로 싸웠다. 그러나 그의 군사들은 자기편끼리 마구 짓밟는 혼란에 빠져 있었다. 아무리 멈추라고 소리를 쳤지만 막을 수가 없자 문추도 하는 수 없이 말머리를 돌려 달아났다. 조조가 토산에서 문추를 가리키며 물었다.

"문추는 하북의 명장이다. 누가 사로잡을 수 있겠는가?"

장료와 서황이 나는 듯이 말을 몰아 달려 나가며 소리쳤다.

"문추는 달아나지 말라!"

문추가 머리를 돌려보니 두 장수가 바싹 따라왔다. 철창을 말안장 고리에 건 문추는 활에 살을 메겨 장료를 겨누고 쏘았다. 서황이 크게 소리를 질렀다.

"적장은 화살을 쏘지 말라!"

장료가 급히 고개를 숙여 피하자 날아온 화살이 투구를 맞혀 투구 위에 달린 술이 툭 떨어져 나갔다. 성이 난 장료가 다시 힘을 내어 쫓아가는데 두 번째 화살이 그가 탄 말의 뺨에 꽂혔다. 말이 앞발굽을 꿇고 쓰러지는 바람에 장료도 땅에 굴러 떨어졌다. 문추가 말을 돌려 달려들자 서황이 급히 큰 도끼를 휘둘러 막았다. 문득 문추의 배후로 수많은 군사가 일제히 몰려왔다. 서황은 당해 내지 못할 것이라 짐작하고 말머리를 돌려 달아났다. 문추가 강변을 따라 추격했다.

그때 여남은 명의 기병이 깃발을 휘날리며 나타나는데, 한 장수가 앞장서서 칼을 들고 날듯이 말을 달려왔다. 바로 관운장이었다. 운장은 벼락같이 호통을 쳤다.

"적장은 달아나지 말라!"

그러고는 문추와 어울렸다. 칼과 창이 부딪친 지 세 합도 되기 전에 덜컥 겁이 난 문추는 말머리를 돌려 강을 감싸고돌며 도망을 쳤다. 그러나 적토마를 탄 관우가 순식간에 문추를 따라잡았다. 청룡도를 번쩍 들어 뒤통수를 찍은 운장은 문추의 목을 잘라 말 아래로 떨어뜨리고 말았다. 토산 위에서 관공이 문추를 베는 광경을 보고 있던 조조는 대군을 휘몰아 덮쳐들었다. 하북의 군사는 태반이 물에 빠지고 군량이며 말먹이 풀, 말들은 고스란히 조조의 손으로 되돌아왔다.

운장은 기병 몇 명만 데리고 동에 번쩍 서에 번쩍 하며 적을 쳐 무찔렀다. 한창 싸우고 있는 사이 유현덕이 3만 명의 군사를 거느리고 뒤따라 도착했다. 앞에서 정탐을 맡은 군사가 소식을 탐지하여 현덕에게 보고했다.

"이번에도 얼굴이 붉고 수염이 긴 자가 문추의 목을 잘랐다고 합니다."

현덕은 황망히 말을 몰아 싸움터로 다가갔다. 강 건너편을 바라보니 한 떼의 인마가 나는 듯이 오가는데, 깃발에는 '한수정후 관운장 漢壽亭侯關雲長'이라는 일곱 글자가 뚜렷이 적혀 있었다. 현덕은 남몰래 하늘과 땅에 감사했다.

'내 아우가 과연 조조한테 있었구나!'

바야흐로 운장을 불러 만나 보려는데 조조의 대군이 몰려들었다. 현덕은 하는 수 없이 군사를 거두어 돌아갔다.

이때 원소는 문추와 호응하느라 관도까지 와서 영채를 세웠다. 곽도와 심배가 들어와 원소를 뵙고 일러바쳤다.

"이번에도 관 아무개가 문추를 죽였는데, 유비는 짐짓 모르는 체하고 있습니다."

원소는 크게 노하여 욕을 했다.

"귀 큰 도적놈! 어찌 감히 이럴 수가 있단 말이냐!"

잠시 후 현덕이 당도하자 원소가 무사들에게 군막 밖으로 끌어내 목을 치라고 호령했다. 현덕이 물었다.

"저한테 무슨 죄가 있소이까?"

원소가 소리쳤다.

"너는 일부러 네 아우를 시켜 다시 나의 대장 한 사람을 죽이게 했다. 그러고도 어찌 죄가 없단 말이냐?"

현덕이 말했다.

"죽더라도 말이나 한마디 하고 죽게 해주십시오. 조조는 평소부터 이 유비를 꺼려 왔습니다. 그는 지금 이 유비가 명공의 처소에 있는 것을 알고 명공을 돕지나 않을까 두려워서 일부러 운장을 시켜 두 장수를 죽인 것입니다. 명공께서 알게 되면 반드시 노하실 테니까요. 이는 공의 손을 빌려 유비를 죽이려는 수작입니다. 명공께서는 깊이 생각해 보시기 바랍니다."

이 말을 듣자 원소의 태도는 돌변했다.

"현덕의 말이 옳소. 너희들 말을 듣다가 하마터면 어진 사람을 해쳤다는 악명을 얻을 뻔했구나."

그러고는 좌우의 사람들을 꾸짖어 물리치고 현덕을 군막 윗자리에 올라와 앉으라고 청했다. 현덕이 사례하며 말했다.

"명공께서 너그럽게 용서해 주신 큰 은혜를 입고 보니 보답할 길이 없소이다. 그래서 심복 하나를 보내 운장에게 밀서를 전할까 합니다. 이 유비의 소식을 알게 되면 운장은 틀림없이 밤중이라도 달려올 것입니다. 그가 오면 명공을 보좌하면서 함께 조조를 쳐 죽이고 안량과 문추의 원수를 갚으면 어떠하겠습니까?"

원소는 대단히 기뻐하며 말했다.

"내가 운장을 얻는다면 안량과 문추 열 사람보다 나을 것이오."

유비는 편지를 썼지만 보낼 만한 사람이 없었다.

원소는 관도의 북쪽에 있는 무양武陽으로 군사를 물린 다음 수십 리에 걸쳐 영채를 세우고 눌러앉아 움직이지 않았다. 조조도 하후돈에게 군사를 거느리고 관도의 요충지들을 지키게 한 다음 자신은 군사를 수습하여 허도로 회군했다. 허도로 돌아온 조조는 관원들을 모아 큰 잔치를 베풀어 운장의 공로를 치하했다. 술자리에서 조조는 여건에게 설명했다.

"전날 내가 군량과 말먹이 풀을 앞세워 그것을 미끼로 적을 꾀려 했는데, 내 생각을 아는 사람은 순공달公達(순유의 자)뿐이더군."

여러 사람은 모두들 탄복했다. 한창 흥겹게 술을 마시고 있는데 갑자기 보고가 들어왔다.

"여남의 황건 무리 유벽劉辟과 공도龔都가 사납게 날뛴다고 하옵니다. 조홍이 여러 차례 싸웠지만 이기지 못하여 군사를 보내 구원해 달라고 합니다."

그 말을 듣고 운장이 나섰다.

"관 아무개가 견마지로犬馬之勞를 다하여 여남의 도적들을 무찌르고자 합니다."

조조가 만류했다.

"운장이 세운 큰 공을 아직 제대로 갚지도 못했는데, 어찌 다시 나가 싸우는 수고를 끼치겠소?"

관공이 말했다.

"관 아무개는 오랫동안 한가하게 보내면 반드시 병이 납니다. 원컨대 다시 한번 가고 싶습니다."

조조는 그 뜻을 장하게 여겨 5만 명의 군사를 점검하고 우금과 악진을 부장副將으로 삼아 다음날 바로 떠나게 했다. 그러자 순욱이 은밀히 조조에게 속삭였다.

"운장에게는 늘 유비에게로 돌아가려는 마음이 있습니다. 만약 유비의 소식을 알기만 하면 반드시 떠날 것이니 자주 출정시키지 말아야 합니다."

조조가 말했다.

"이번에 공을 세우면 다시는 출정시키지 않겠소."

한편 운장은 군사를 거느리고 여남 부군에 이르러 영채를 세웠다. 그날 밤이었다. 영채 밖에서 첩자 두 명이 병졸들에게 잡혀 왔다. 운장이 보니 그 가운데 안면 있는 사람이 하나 있었다. 바로 손건이었다. 관공은 옆 사람들을 꾸짖어 물리친 다음 손건에게 물었다.

"공은 서주에서 뿔뿔이 흩어진 다음 여태껏 소식이 없더니, 오늘 어떻게 이곳에 계시오?"

손건이 대답했다.

"저는 난리 통에 도망을 쳐 여남에서 떠돌았는데 다행히 유벽이 거두어 주었습니다. 장군께선 어찌하여 조조에게 가 계십니까? 감부인과 미부인께선 무고하십니까?"

관우는 지난 사연을 한바탕 자세하게 이야기했다. 듣고 난 손건이 말했다.

"근래 현덕공께서 원소에게 가 계신다는 걸 알고 찾아가려 했으나 기회가 없었습니다. 그런데 유벽과 공도가 원소에게 귀순하여 조조 치는 일을 돕기로 한데다가 천행으로 장군께서 여기 오셨다는 걸 알았습니다. 그래서 특별히 병졸들에게 길을 안내하게 하여 저를 첩자로 보내 장군께 소식을 알리게 했습니다. 내일 두 사람이 거짓으로 한바탕 패한 척하고 물러날 테니 공께서는 속히 두 부인을 모시고 원소에게로 가서 현덕공과 만나도록 하십시오."

관공이 말했다.

"형님께서 원소에게 가 계신다니 밤중을 가리지 않고 찾아가야 마땅하오. 다만 유감스럽게도 내가 원소의 장수를 두 명이나 죽였으니 지금쯤 무슨 사고가 일어나지 않았을까 걱정이 되는구려."

손건이 말했다.

"그럼 내가 먼저 가서 그쪽의 허실을 알아본 뒤 다시 와서 장군께 알리겠습니다."

관공이 말했다.

"형님을 한번 만나 뵐 수만 있다면 비록 만 번 죽는 한이 있더라도 마다하지 않을 것이오. 이제 허창으로 돌아가는 대로 조조에게 작별을 고하겠소."

밤이 되자 관공은 비밀리에 손건을 떠나보냈다.

다음날 관공이 군사를 거느리고 출전하자 공도가 갑옷을 걸치고 진 앞으로 나왔다. 관공이 꾸짖었다.

"너희들은 어찌하여 조정을 배반하느냐?"

공도가 응수했다.

"너야말로 주인을 배반하고 어찌 도리어 나를 나무란단 말이냐?"

관공이 물었다.

"내가 어째서 주인을 배반했다는 말이냐?"

공도가 대꾸했다.

"유현덕은 원본초에게 가 계시는데 너는 도리어 조조를 따르니 무슨 까닭이냐?"

관공은 더 이상 입씨름을 하지 않겠다는 듯 말을 다그쳐 몰고 청룡도를 휘두르며 달려 나갔다. 그러자 공도는 곧바로 달아나고 관공은 그 뒤를 쫓았다. 공도가 몸을 돌리며 소리쳤다.

"옛 주인의 은혜를 잊어서는 아니 되오. 공은 속히 진군하시오. 내가 여남을 양보하리다."

운장은 그 뜻을 알아차리고 군사를 몰아 덮쳐들었다. 유벽과 공도는 패하여 쫓기는 척하며 사방으로 흩어졌다. 운장은 주와 현을 빼앗고 백성들을 위로하여 안정시킨 다음 허창으로 군사를 되돌렸다. 조조가 성밖에까지 나와 영접하며 장병들에게 상을 내려 위로했다.

승전을 축하하는 연회가 끝나고 집으로 돌아간 운장은 안채 문밖에서 두 형수에게 인사를 올렸다. 감부인이 물었다.

"서방님께서는 두 차례나 출정하셨으니 황숙의 소식을 들으셨겠지요?"

관공이 대답했다.

"아직 못 들었습니다."

관공이 물러 나오자 두 부인이 문안에서 큰소리로 통곡을 했다.

"아마 황숙께서는 돌아가셨을 거야! 큰 서방님께선 우리가 괴로워할까 봐 일부러 숨기고 말씀하시지 않는 거야."

두 여인은 엉엉 소리를 내며 슬피 울었다. 이때 마침 관공을 따라갔던 늙은 군사 하나가 좀처럼 곡성이 그치지 않는 것을 보고 사실을 알려주었다.

"부인들께서는 울음을 그치십시오. 주인님께서는 지금 하북의 원소에게 가 계시다 하옵니다."

부인들이 물었다.

"네가 어떻게 그것을 아느냐?"

군사가 대답했다.

"관장군을 따라 출전했다가 누군가 진중에서 그런 말을 하는 걸 들었습니다."

부인들은 급히 운장을 불러 나무랐다.

"황숙께서는 아직 한번도 서방님을 배신한 적이 없는데 서방님께선 조조의 은혜를 입더니 금세 옛날의 의리를 잊어버리시는군요. 우리에게 사실대로 말하지 않는 것은 무엇 때문인가요?"

관공은 머리를 조아리며 대답했다.

"형님께서는 지금 확실히 하북에 계십니다. 아직 형수님들께 말

쓸드리지 못한 것은 비밀이 새 나갈까 걱정해서입니다. 이 일은 서서히 처리해야지 조급하게 서두르면 아니 됩니다."

감부인이 말했다.

"서방님께서는 어서 서둘러 주세요."

물러 나온 관공은 떠날 방도를 강구하느라 앉으나 서나 편안하지 못했다.

그런데 유비가 하북에 있다는 사실을 알아낸 우금이 조조에게 보고했다. 조조는 장료를 보내 관공의 생각을 알아보게 했다. 한창 고민에 싸여 앉아 있는 관공에게 장료가 찾아와 축하했다.

"형이 싸움터에서 현덕의 소식을 들었다는 소문을 듣고 특별히 축하하러 왔습니다."

관공이 대답했다.

"옛 주인이 비록 살아 계시다 하나 얼굴 한번 뵙지 못했으니 기쁠 게 어디 있겠소?"

장료가 물었다.

"형과 현덕의 교분을 이 아우와 형의 교제와 비교한다면 어떠합니까?"

관공이 대답했다.

"나와 형이야 벗으로 사귀고 있지만 나와 현덕은 벗이면서도 형제 사이요, 형제이면서도 군신 사이니 어찌 한 자리에 놓고 논할 수 있겠소?"

장료가 물었다.

"지금 현덕이 하북에 계신다 하니 형은 거기로 따라가시려오?"

관공이 대답했다.

"지난날 한 말을 어길 리 있겠소? 문원께선 나를 위해 승상께 내 뜻을 전해 주서야 하겠소."

장료는 조조에게 돌아가 관공의 말을 전했다. 조조가 말했다.

"나에게 그를 붙잡아 둘 계책이 있소."

한편 관공이 한창 떠날 궁리를 하고 있는데 옛 친구가 찾아왔다는 전갈이 들어왔다. 그러나 청해 들이고 보니 전혀 모르는 사람이었다. 관공이 물었다.

"공은 뉘시오?"

그 사람이 대답했다.

"저는 원소의 부하로 있는 남양 사람 진진陳震입니다."

깜짝 놀란 관공은 급히 좌우를 물리쳤다.

"선생께서 이곳까지 오셨으니 틀림없이 무언가 일이 있는 거지요?"

진진은 편지 한 통을 꺼내 관공에게 넘겨주었다. 펼쳐 보니 바로 현덕의 글이었다. 대체로 이런 내용이었다.

유비는 족하와 더불어 도원에서 결의할 때부터 함께 죽기로 맹세했소. 그런데 지금 어찌하여 중도에서 맹세를 위반하고 은혜와 의리마저 끊었소? 그대가 기필코 공명을 세우고 부귀를 누리려 한다면 이 유비의 머리를 바쳐 그 공을 온전히 이루도록 해 드리리다. 글로는 하고 싶은 말을 다 할 수 없으니 죽음으로써 그대의 처분을 기다릴 뿐이오.

관공은 편지를 읽고 대성통곡을 했다.

"제가 형님을 찾으려 하지 않은 게 아니라 어디 계신지 알 수가 없었소이다. 부귀를 도모하여 옛날의 맹세를 저버릴 리가 있겠소?"

진진이 말했다.

"현덕께서는 공을 간절히 그리워하고 계십니다. 공께서 옛날의 맹세를 저버리지 않으셨다면 마땅히 속히 가서 만나 보셔야지요."

관공이 말했다.

"사람이 하늘과 땅 사이에 태어나 시작과 끝을 분명히 하지 않으면 군자라고 할 수가 없소. 내가 올 때 당당하게 왔으니 떠날 때도 확실하지 않아서는 아니 되오. 지금 편지를 쓸 테니 수고스럽겠지만 공이 우선 형님께 전해 주시오. 나는 조공께 작별 인사를 하고 두 형수님을 모시고 찾아뵙겠소."

진진이 물었다.

"만약 조공이 허락하지 않으면 어찌하시렵니까?"

관공의 대답은 단호했다.

"차라리 죽을지언정 어찌 여기 오래 머물겠소?"

진진이 재촉했다.

"그럼 속히 답장을 써 주시어 유사군의 학수고대鶴首苦待하는 마음을 풀어 드리시오."

관공은 회답 편지를 썼다.

듣자오니 의로운 자는 마음을 저버리지 아니하고 충성스러운 자는 죽음을 돌아보지 아니한다 하더이다. 관우는 어릴 적부터 글을 읽어 예의를 대략 알고 있는데, 양각애羊角哀와 좌백도左伯桃 의 일을 보고 일찍이 세 번 탄식하며 눈물을 흘렸나이다. 전에 하비를 지킬 때 안으로는 모아 둔 식량이 없고 밖으로는 구원병이 없었기에 즉시 죽어서 충의를 보이려 했으나 귀하신 두 분 형수님이 계시어 감히 목을 잘라 몸을 버리지 못하고 부탁하신 바를 저버린 채 잠시 남에게 몸을 붙이고 뒷날 다시 만나기를 바랐나이다. 그러다가 근래 여남에 가서야 비로소 형님의 소식을 알게 되었으니 응당 조공과 작별하고 즉시 두 분 형수님을 모시고 돌아가겠나이다. 관우가 만일 조금이라도 다른 마음을 품었다면 귀신과 사람이 다함께 죽일 것이옵니다. 일편단심을 고스란히 털어놓으려 해도 붓과 종이로는 다 표현할 수 없사옵니다. 만나 뵙고 절을 올릴 날이 오래지 않으니, 삼가 살펴 주시기 바라나이다.

진진은 글을 받아서 돌아갔다.

관공은 안으로 들어가 두 형수에게 알린 다음 조조에게 작별을 고하려고 승상부로 찾아갔다. 그러나 관공이 찾아온 뜻을 잘 아는 조조는 만나지 않으려고 문에다 회피패回避牌를 내걸었다. 관공은 우울한 심정으로 집에 돌아와 처음부터 데리고 있었던 종들에게 언제든지 떠날 수 있도록 수레와 말을 갖추어 채비하라고 명하고, 집안 사람들에게 조조가 선물한 물건들은 그대로 남겨 두고 털끝만치도 가져가서는 안 된다고 일렀다. 다음날 다시 조조에게 작별 인사를 하려고 승상부로 찾아갔으나 문 앞에는 또 회피패가 걸려 있었다. 연거푸 몇 차례를 찾아갔으나 조조를 만나지 못한 관공은 장료에게라도 말해 보려고 장료의 집을 찾았다. 그러나 장료 역시 병이 났다고 핑계 대며 나오지 않았다. 관공은 생각했다.

*양각애와 좌백도ㅣ둘 다 전국시대 사람으로 친한 친구였다. 초나라의 관리가 되기 위해 함께 길을 떠난 두 사람은 중간에 눈보라를 만나게 된다. 옷이 얇고 식량도 부족해 그대로 가다가는 둘 다 죽을 판이 되자 좌백도가 자신의 옷과 식량을 양각애에게 주고 얼어 죽었다. 뒷날 높은 벼슬에 오른 양각애는 좌백도의 시신을 찾아 예로써 장사지내고 스스로 목숨을 끊어 먼저 죽은 친구에게 보답했다.

'이는 조승상이 나를 떠나지 못하게 하려는 것이다. 그러나 내 이미 떠나려고 마음먹었으니 어찌 더 이상 머무를 수 있겠는가?'

그리고는 즉시 조조에게 작별을 고하는 편지 한 통을 썼다. 그 내

대굉해 그림

용은 대략 다음과 같다.

관우가 젊은 시절부터 황숙을 섬기면서 함께 살고 함께 죽기로 맹세한 것은 실로 황천과 후토께서도 들었사옵니다. 전날 하비를 지키지 못하고 세 가지 일을 청하여 이미 허락을 받았사옵니다. 이제 옛 주인께서 원소의 군중에 계시다는 사실을 알았으니 지난날의 맹세를 돌이켜 생각건대 어찌 어기거나 저버릴 수 있겠나이까? 새로운 은혜가 두터우나 옛날의 의리를 잊을 수 없사옵니다. 이에 특별히 글을 받들어 작별을 고하오니 부디 굽어 살펴 주옵소서. 나머지 못다 갚은 은혜는 다른 날 갚게 되기를 바라나이다.

편지를 쓰고 나서 단단히 봉하여 사람을 시켜 승상부로 가서 전하라고 했다. 그러고는 여러 차례에 걸쳐 받은 금과 은을 하나하나 봉하여 창고에 넣는 한편 한수정후의 인수는 대청에 높이 걸어 두고 두 부인을 청하여 수레에 오르게 했다. 적토마에 오른 관공은 청룡도를 들고 이전부터 따르던 일꾼들만 거느린 채 수레를 호송하여 곧장 북문으로 나갔다. 문을 지키던 관리가 못 나가게 막았다. 그러나 관공이 청룡도를 비껴들고 눈을 부릅뜨며 큰소리로 호통을 치자 문지기들은 모두 피해 물러났다. 성문을 벗어난 관공은 일꾼들에게 분부했다.

"너희들은 수레를 호송하여 먼저 가거라. 뒤쫓는 자가 있어도 내가 막을 테니 두 부인을 놀라시게 하지 말라."

종자들은 수레를 밀며 큰길로 나아갔다.

한편 조조는 마침 관공에 대한 일을 의논하며 어떻게 해야 할지 결정을 내리지 못하고 있는데, 좌우가 관공이 편지를 올렸다고 보고했다. 편지를 읽은 조조는 크게 놀랐다.

"운장이 가 버렸구나!"

그때 북문을 지키던 장수가 나는 듯이 달려와 보고했다.

"관공이 군사들의 제지에도 불구하고 성문을 뚫고 나갔습니다. 수레와 말을 탄 사람까지 20여 명이 모두 북쪽을 향해 갔습니다."

뒤따라 관공의 저택에 있던 사람들도 와서 보고했다.

"관공은 내려 주신 금은 따위 물건을 모두 창고에 봉해 두었습니다. 미녀 열 명은 따로 안채에 들게 하고 한수정후의 인수는 대청에 걸어 두었습니다. 승상께서 보내 주신 일꾼들은 하나도 데려가지 않고 원래 따르던 자들만 데리고 몸에 지닐 수 있는 짐들만 챙겨서 북문으로 나갔습니다."

사람들은 모두 깜짝 놀랐다. 이때 한 장수가 선뜻 나서며 소리쳤다.

"제가 철갑기병 3천 명을 이끌고 가서 관 아무개를 사로잡아다 승상께 바치겠습니다!"

사람들이 보니 장군 채양蔡陽이었다. 바로 다음 대구와 같다.

만 길이나 깊은 용의 굴을 벗어나려 하는데 /
다시 삼천 명 이리 같은 군사들을 만나누나.
欲離萬丈蛟龍穴 又遇三千狼虎兵

채양이 관공을 쫓아가려고 하는데 결국 어떻게 될 것인가, 다음 회를 보라.

27

다섯 관문을 지나며 여섯 장수를 베다

미염공은 천리 길을 말 한 필로 달리고
한수정후는 다섯 관에서 여섯 장수를 베다
美髯公千里走單騎 漢壽侯五關斬六將

조조 수하의 장수들 가운데 장료를 제외하면 운장과 교분이 두터운 사람은 서황 하나뿐이었다. 나머지 장수들도 모두 관우를 존경하고 따랐으나 유독 채양만은 관우를 대수롭지 않게 여겼다. 이 때문에 오늘 관우가 떠났다는 말을 듣고 추격하려고 한 것이었다. 그러나 조조는 승낙하지 않았다.

"옛 주인을 잊지 않고, 오고 가는 것이 분명하니 진정한 장부일세. 자네들도 다 그를 본받아야 할 것이야."

끝내 채양을 꾸짖어 물리치고 뒤쫓지 못하게 했다. 정욱이 말했다.

"승상께서는 관 아무개를 매우 후대하셨는데 오늘 그가 작별 인사도 하지 않고 떠나면서 허튼소리를 적은 종잇조각이나 남기다니 높으신 위엄을 모독한 죄가 큽니다. 만일 원소에게 가도록 놓아준다면 호랑이에게 날개를 달아 주는 격이 됩니다. 차라리 쫓아가 죽여서 후환을 끊는 것이 좋겠습니다.”

조조가 대답했다.

“내가 예전에 허락한 일인데 어찌 신의를 저버린단 말이오? 그 사람은 나름대로 자기 주인을 위하는 일이니 뒤쫓지 마시오.”

조조가 장료에게 일렀다.

“운장이 금과 은을 창고에 넣어 봉하고 한수정후의 인수를 걸어 두었다면, 재물로도 그 마음을 움직일 수가 없고 작위나 봉록으로도 그 뜻을 바꿀 수가 없는 것이오. 이런 사람을 나는 가슴 깊이 존경하오. 그가 멀리 가지는 못했을 것이오. 내 어차피 그와 사귀었으니 인정이나 베풀어야겠소. 그대가 한발 앞서 가서 그를 멈추게 하고 내가 가서 전송하며 노자와 전포라도 선사하여 훗날의 기념으로 삼게 해주시오.”

장료는 명을 받들고 혼자 말에 올라 먼저 떠나고, 조조는 수십 기의 기병을 이끌고 뒤따라갔다.

운장이 탄 적토마는 하루에 천릿길을 가는 명마이므로 본래 남들이 따라잡을 수 없었겠지만 수레를 호송하다 보니 고삐를 놓아 마음껏 달릴 수가 없었다. 그래서 고삐를 당기며 천천히 가고 있는데 등 뒤에서 누군가 큰소리로 외쳤다.

“운장은 잠시 걸음을 늦추시오!”

돌아보니 장료가 말을 다그쳐 몰고 달려왔다. 관공은 수레를 호위하는 부하들에게 큰길만 따라 계속 가라고 이르고, 고삐를 당겨 적토마를 세우고 청룡도를 단단히 잡은 채 물었다.

"문원이 설마 내 발길을 되돌리려고 쫓아온 건 아니겠지요?"

장료가 대답했다.

"아니올시다. 승상께서는 형이 먼 길을 떠나신 것을 아시고 전송이나 하시려고 합니다. 그래서 특별히 저를 먼저 보내 형의 발걸음을 멈추도록 한 것일 뿐 다른 뜻은 없소이다."

운장이 말했다.

"설령 승상의 철갑기병이 올지라도 나는 죽기로써 싸울 것이오!"

마침내 다리 위에 말을 세우고 먼 곳을 바라보았다. 조조가 수십 명의 기병을 거느리고 나는 듯이 달려왔다. 조조 뒤에 따라오는 사람들은 허저, 서황, 우금, 이전 등의 무리였다. 조조는 관공이 칼을 비껴든 채 다리 위에 말을 세우고 있는 모습을 보자 장수들에게 말을 멈추어 세우고 좌우로 늘어서게 했다. 관공은 아무도 손에 병기를 들고 있지 않은 것을 보고서야 비로소 마음을 놓았다. 조조가 말을 건넸다.

"운장은 어찌 이리 서둘러 떠나시오?"

관공은 말 위에서 몸을 약간 굽히며 대답했다.

"관 아무개는 일찍이 승상께 말씀드린 적이 있습니다. 이제 옛 주인께서 하북에 계신다 하므로 급히 떠나지 않을 수가 없게 되었습니다. 몇 번이나 승상부로 갔으나 만나 뵐 수가 없어 작별을 고하는 글을 올렸습니다. 황금은 창고에 넣어 봉하고 관작의 인수는 대청에 걸어 승상께 돌려 드리도록 했습니다. 승상께서는 지난날 하신 말씀을 잊지 마시기 바랍니다."

조조가 말했다.

"천하의 신망을 얻고자 하는 내가 어찌 한번 한 말을 어길 리가 있 겠소? 장군이 가는 길에 노자가 모자라지나 않을까 염려되어 특별히 노자를 준비하여 전송하러 왔소이다."

한 장수가 말에 탄 채 황금 한 쟁반을 받들고 건너왔다. 관공이 말 했다.

"여러 차례 내려 주신 은혜를 입어 아직 노자는 남아 있소이다. 황 금은 거두어 두셨다가 장병들에게 상으로 내리십시오."

조조가 말했다.

"적은 선물로 장군이 세운 크나큰 공을 만분의 일이나마 갚으려는 것뿐인데 어찌 기어이 물리치신단 말이오?"

운장이 대답했다.

"보잘것없는 수고였을 뿐인데 무엇을 입에 올리시는지요?"

조조는 웃었다.

"운장은 천하의 의사義士인데 내가 박복하여 붙들어 둘 수 없는 것 이 한스럽구려. 비단 전포 한 벌로 약소하나마 나의 성의를 나타낼 까 하오."

조조의 명을 받고 장수 한명이 말에서 내려 두 손으로 전포를 받 들고 건너왔다. 운장은 다른 변이라도 일어나지 않을까 염려되었다. 그래서 감히 말에서 내리지 못하고 청룡도 끝으로 비단 전포를 걸어 올려서 몸에 걸쳤다. 그러고는 고삐를 당겨 말머리를 돌리며 감사 의 인사를 했다.

"승상께서 하사하신 전포를 감사히 받았으니 다른 날 다시 만나 뵙겠소이다."

그러고는 다리에서 내려가 북쪽을 향하여 달려갔다. 이를 본 허저

千里走單騎

원휘·봉준 그림

가 몹시 분개했다.

"이자의 무례가 너무 지나칩니다. 어찌하여 체포하지 않으십니까?"

조조가 만류했다.

"저 사람은 필마단기인데 우리는 수십 명이 넘으니 어찌 의심하지 않겠는가? 내 이미 허락한 이상 추격해서는 아니 되네."

조조는 장수들을 이끌고 성으로 돌아가는 동안 운장 생각으로 탄식을 그치지 않았다.

조조가 돌아간 일은 이야기하지 않기로 한다. 관공은 수레를 뒤쫓아 약 30리나 달려갔지만 어디로 갔는지 도무지 보이지 않았다. 당황한 운장은 사방으로 말을 달리며 찾아보았다. 그때 별안간 산마루에서 누군가 고함을 질렀다.

"관장군께서는 잠시 멈추십시오!"

관우가 눈을 들어 바라보니 한 소년이 나타났다. 누런 수건을 쓰고 비단옷을 입은 그는 창을 들고 말을 탔는데, 말목에는 사람 머리가 하나 매달려 있었다. 1백여 명의 보졸을 거느린 소년은 나는 듯이 달려왔다. 관공이 물었다.

"자네는 누구인가?"

소년은 창을 버리고 말에서 내리더니 땅에 엎드려 절을 올렸다. 무슨 속임수나 있지 않을까 염려한 관공은 말을 멈추어 세운 채 칼을 단단히 잡고 물었다.

"장사, 이름을 알려주게."

그가 대답했다.

"저는 양양 사람으로 이름은 요화廖化이고 자는 원검元儉이라 합니다. 세상이 어지러워 강호를 떠돌면서 5백여 명의 무리를 모아 노략질로 살아왔습니다. 그런데 조금 전 동료 두원杜遠이 산을 내려가 순시하다가 두 부인을 잡아 산으로 끌고 왔습니다. 제가 종자들에게 물어보니 대한 유황숙의 부인들이실 뿐만 아니라 장군께서 호송하신다고 하기에 즉시 산 아래로 보내 드리려 했습니다. 그런데 두원이 불손한 말을 하여 제가 죽였습니다. 이제 그 머리를 장군께 바치면서 벌을 청하는 바입니다."

관공이 물었다.

"두 부인은 어디에 계시는가?"

요화가 대답했다.

"지금 산에 계십니다."

관공은 급히 산 아래로 모셔 오라고 지시했다. 얼마 후 1백여 명의 무리들이 수레를 옹위하며 다가왔다. 말에서 내려 칼을 놓은 관공은 수레 앞으로 가서 양손을 맞잡고 코앞까지 올리는 차수叉手 인사를 하며 공손하게 안부를 물었다.

"두 분 형수님께서는 놀라지 않으셨습니까?"

두 부인이 대답했다.

"요장군이 보호해 주지 않았다면 두원에게 욕을 당했을 거예요."

관공이 좌우에게 물었다.

"요화가 어떻게 부인들을 구하더냐?"

좌우가 대답했다.

"두원이 부인들을 잡아 산으로 올라가서는 요화에게 한 사람씩 나누어 아내로 삼자고 했습니다. 요화는 두 부인의 내력을 물어보더니 절을 올리며 매우 정중히 모셨습니다. 두원은 요화의 말을 듣지 않다가 요화의 손에 피살되고 말았습니다."

이 말을 들은 관공은 비로소 요화에게 절을 올리며 감사를 표했다. 그러자 요화는 자신의 부하들을 관우에게 바치겠다고 했다. 그러나 요화는 결국 황건의 잔당이므로 곁에 둘 수 없다고 생각한 관공은 마침내 감사를 표하며 물리쳤다. 요화가 다시 절하면서 금과 비단을 바쳤지만 역시 받지 않았다. 마침내 요화는 관공에게 절을 올려 작별을 고하고 졸개들과 함께 산으로 돌아갔다.

운장은 조조가 전포를 선사한 일을 두 형수에게 보고하고 수레를 재촉하여 앞으로 나아갔다. 날이 저물어 하룻밤 쉬어 가려고 한 시골 장원莊園으로 찾아들었다. 장원 주인이 나와서 맞이하는데, 수염과 머리카락이 새하얗게 센 노인이었다. 노인이 물었다.

"장군께선 성씨와 함자가 어떻게 되는지요?"

관공은 예를 올리며 대답했다.

"저는 유현덕의 아우 관 아무개올시다."

노인이 다시 물었다.

"그러면 혹시 안량과 문추의 목을 벤 관공이 아니시오?"

"그렇소이다."

노인은 대단히 기뻐하면서 즉시 장원 안으로 들어오게 했다. 관공이 노인에게 말했다.

"수레 위에는 부인 두 분도 계시오."

그러자 노인은 즉시 아내와 딸을 불러 부인들을 영접하게 했다. 두 부인이 초당草堂에 이르자 관공이 가슴 앞에 두 손을 모아 쥔 채 두 부인의 곁에 섰다. 노인이 관공에게 앉기를 청하자 관공이 대답했다.

"존귀하신 형수님들이 계시는데 어찌 감히 앉을 수 있겠소이까?"

노인은 아내와 딸에게 두 부인을 내실로 모셔 접대하라 이르고, 자신은 초당에서 관공을 대접했다. 관공이 이름을 묻자 노인이 대답했다.

"나는 호화胡華인데, 환제 때에 의랑으로 있다가 벼슬을 그만두고 고향으로 돌아왔소이다. 지금 내 아이 호반胡班이 형양滎陽 태수 왕식王植의 종사로 있소이다. 장군께서 그곳을 지나신다면 제 아이에게 편지 한 통을 부치고 싶습니다그려."

관공은 선선히 응낙했다. 이튿날 아침 식사를 마치고 나서 관공은 두 형수를 청하여 수레에 태우고 호화의 편지를 받아 간직했다. 호화와 작별하고 길을 골라 낙양으로 떠났다. 얼마쯤 가다 보니 앞에 관이 하나 나왔다. 동령관東嶺關이라 했다. 관을 지키는 장수는 공수孔秀인데, 5백 명의 군사를 거느리고 고갯마루에서 지키고 있었다. 관공이 수레를 호위하여 고갯길로 올라가자 군사들이 공수에게 보고했다. 공수가 관을 나와 맞이했다. 관공은 말에서 내려 공수에게 예를 올렸다. 공수가 물었다.

"장군께선 어디로 가십니까?"

관공이 대답했다.

"이 몸은 승상께 작별하고 형님을 찾아 하북으로 가는 길이오."

공수가 다시 물었다.

"하북의 원소는 승상의 적입니다. 장군께서 이번에 가신다면 틀림없이 승상께서 내리신 증빙 문서가 있을 테지요?"

관공이 대답했다.

"급히 떠나다 보니 얻어 두지 못했소."

공수가 말했다.

"증빙 문서가 없다면 승상께 사람을 보내어 보고한 다음에야 보내 드릴 수 있소이다."

관공이 다급한 목소리로 말했다.

"사람을 보내 보고할 때까지 기다리다간 내 일정에 차질이 생기게 되오."

공수는 단호했다.

"법에 정해져 있으니 그렇게 하지 않을 수 없소이다."

관공은 부아가 치밀었다.

"너는 이 관에서 나를 통과시키지 못하겠다는 것이냐?"

공수의 말도 고울 리 없었다.

"네가 꼭 지나가겠다면 가족을 볼모로 남겨 두도록 하라."

크게 노한 관공은 칼을 들어 공수를 죽이려 했다. 공수는 관문 안

으로 물러나더니 북을 울려 군사를 모으고는 갑옷을 걸치고 말에 올라 관 아래로 쳐내려 왔다. 공수가 큰소리로 호통을 쳤다.

"네가 감히 관을 지나가겠다는 거냐?"

관공은 수레를 약간 뒤로 물리게 하더니 칼을 들고 말을 달려가서는 한마디도 하지 않고 곧바로 공수에게 덮쳐들었다. 공수도 창을 꼬나들고 마주 나왔다. 그러나 두 말이 어울리자마자 단 1합 만에 강철 칼이 번쩍이는 곳에 공수의 시체가 말 아래로 떨어져 엎어졌다. 병졸들이 즉시 달아나는데 관공이 소리쳤다.

"군사들은 달아나지 말라! 내가 공수를 죽인 것은 부득이하여 그랬을 뿐이니 너희들과는 상관이 없다. 너희들은 내 말을 조승상께 전하라. 공수가 나를 해치려 했기 때문에 그를 죽인 것이다."

군사들은 모두 관공의 말 앞에 엎드려 절을 올렸다.

관공은 수레에 탄 두 부인을 모시고 동령관을 빠져나가 낙양을 바

진전승 그림

라고 나아갔다. 어느 사이 군사들이 낙양 태수 한복韓福에게 이 사실을 보고했다. 한복이 급히 여러 장수를 모아 대책을 상의했다. 아장牙將(하급 장수) 맹탄孟坦이 말했다.

"승상의 증빙 문서가 없다면 제 맘대로 가는 것입니다. 막지 않으면 틀림없이 처벌을 받을 것입니다."

한복이 걱정했다.

"관공은 용맹하여 안량과 문추 같은 장수들도 모두 그의 손에 죽었네. 힘으로는 맞설 수 없으니 반드시 계책을 내어 사로잡아야 하네."

맹탄이 말했다.

"저에게 계책이 한 가지 있습니다. 우선 녹각鹿角으로 관문의 입구를 막고 기다리다가 그가 오면 소장이 군사를 이끌고 나가 싸우겠습니다. 그러다가 짐짓 패한 척하고 그를 유인할 테니 공께서는 그때 추격하는 그에게 화살을 쏘십시오. 관 아무개가 말에서 떨어질 때 즉시 사로잡아 허도로 압송하면 반드시 무거운 상을 받을 것입니다."

막 상의를 마쳤는데 관공의 수레가 이미 도착했다는 보고가 들어왔다. 활에 살을 메겨 시위를 가득히 당긴 한복은 1천 명의 군사를 관 앞에 늘여 세우고 물었다.

"거기 오는 사람은 누구요?"

관공은 말 위에서 몸을 굽히며 대답했다.

"나는 한수정후 관 아무개요. 감히 지나갈 길을 좀 빌릴까 하오."

한복이 물었다.

"조승상의 증빙 문서가 있소?"

관공이 대답했다.

"일이 많아 미처 얻지 두지 못했소."

한복이 말했다.

"나는 승상의 명을 받들고 이곳을 지키면서 왕래하는 첩자를 조사하는 일을 맡고 있소. 증빙 문서가 없다면 도망치는 것이오."

관공이 노했다.

"동령관을 지키던 공수가 이미 내 손에 죽었거늘 너 또한 죽고 싶은 것이냐?"

한복이 자기편을 돌아보며 물었다.

"누가 저놈을 사로잡겠느냐?"

맹탄이 말을 달려 나오더니 쌍칼을 휘두르며 관공에게 덤벼들었다. 관공은 수레를 조금 뒤로 물리게 하더니 말을 다그쳐 몰며 마주 달려 나왔다. 그러나 세 합도 되지 않아서 맹탄은 말머리를 돌려 달아났다. 관공이 뒤쫓아 갔다. 맹탄은 관공을 유인하는 데만 몰두했으나 뜻밖에도 관공의 말은 너무나 빨랐다. 어느새 따라잡은 관공은 단칼에 맹탄을 두 동강으로 내버렸다.

관공이 말머리를 돌려 돌아오려 할 때였다. 문 앞에서 엿보고 있던 한복이 온 힘을 다하여 화살 한 대를 쏘았다. 화살은 정통으로 관공의 왼팔에 꽂혔다. 관공이 즉시 입으로 화살을 물어 뽑자 피가 그치지 않고 흘러내렸다. 나는 듯이 말을 몰아 한복에게로 달려간 관공은 무서운 기세로 군사들을 흩어 버렸다. 한복은 너무나 급한 나머지 도망치지도 못하고 있는데 관공이 칼을 들어 내리쳤다. 칼을 맞은 한복은 머리부터 어깨까지 두 토막으로 잘려 말 아래로 떨어지고 말았다. 관공은 병졸들을 무찔러 흩어 버리고는 수레를 호위했다.

비단을 잘라 화살 맞은 상처를 싸맨 관공은 길에 어떤 흉계라도 있지 않을까 염려되어 그곳에서 오래 머물지 못하고 밤길을 재촉해 곧바로 사수관泗水關으로 나아갔다. 관을 지키는 장수는 병주 사람 변희卞喜였는데, 유성추流星錘를 곧잘 다루었다. 그는 원래 황건의 잔당이었으나 후에 조조에게 투항하여 관을 지키는 데 뽑혀 왔다. 관공이 곧 도착할 거라는 소식을 들은 변희는 궁리 끝에 한 가지 계책을 짜냈다. 관 앞에 있는 진국사鎭國寺에 도부수 2백여 명을 매복시키고 관공을 절로 유인하여 잔을 던져 신호를 보내면 관공을 죽인다는 계책이었다. 미리 배치를 마친 변희가 관을 나와 관공을 영접했다. 변희가 나와 마중하는 것을 본 관공은 즉시 말에서 내려 인사를 나누었다. 변희가 짐짓 관공을 구슬렸다.

"장군께선 천하에 명성을 떨치신 분인데 누군들 존경하고 우러러보지 않겠습니까? 이제 황숙께로 돌아가신다니 족히 그 충의를 알 수 있군요!"

관공은 어쩔 수 없이 공수와 한복을 죽인 사연을 설명했다. 변희가 다시 좋은 말로 위로했다.

"장군께서 그들을 죽인 것은 옳은 일입니다. 제가 승상을 뵈면 장군의 억울한 사정을 대신 말씀드리겠습니다."

관공은 대단히 기뻤다. 두 사람은 함께 말에 올라 사수관을 지나 진국사 앞에 당도했다. 스님들이 종을 울리며 나와 영접했다.

진국사는 한명제明帝*가 친히 부처님 앞에 향을 사르던 사찰이었다. 본사에는 30명이 넘는 스님들이 있었는데, 그 가운데 관우의 고향 사람으로 법명을 보정普淨이라 부르는 스님이 있었다. 이때 보정은 변희의 속셈을 알아채고 앞으로 나아가 관공에게 그간의 소식을

---

*명제 | 이름은 유장劉莊, 동한 제2대 황제로 서기 28년에 태어나 58년 제위에 올라 75년에 서거. 천축으로 사자를 보내 불경과 불상을 가져오게 하고 중국 최초의 사찰인 백마사白馬寺를 건립했다.

초성근 그림

물었다.

"장군께서는 포동蒲東을 떠나신 지 몇 해나 되셨지요?"

관공이 대답했다.

"근 20년이 되었구려."

보정이 다시 물었다.

"아직도 빈승貧僧을 알아보시겠습니까?"

"고향을 떠난 지 오래 되어 알아보지 못하겠소."

보정이 말했다.

"빈승의 집은 장군 댁과 개울 하나를 사이에 두고 있었습니다."

변희는 보정이 고향 이야기를 꺼내는 걸 보고 비밀이 새 나가지나 않을까 걱정되어 보정을 꾸짖었다.

"내가 장군을 연회에 모시려는데 너 같은 중놈 따위가 웬 말이 그리 많단 말이냐!"

관우가 말렸다.

"그렇지 않소. 고향 사람끼리 만났으니 어찌 옛 정을 풀어 보고 싶지 않겠소?"

보정은 주지가 사용하는 방장方丈으로 관공을 청해 차를 대접하려 했다. 관공이 말했다.

"두 부인께서 수레에 계시니 그분들께 먼저 차를 드리시오."

보정은 두 부인에게 먼저 차를 갖다 드리게 하고 관공을 청해 방장으로 들어갔다. 보정이 차고 있던 계도戒刀(스님들이 차는 칼)를 손으로 슬쩍 들어 보이며 관공에게 눈짓을 보냈다. 그 뜻을 알아 챈 관공은 좌우에게 명하여 칼을 들고 바짝 따라붙으라고 일렀다. 뒤이어 변희가 연회석을 준비해 놓은 법당으로 관공을 청했다. 관공이 한

마디 했다.

"변군邊君이 관 아무개를 청한 것은 좋은 뜻에서요, 아니면 나쁜 뜻에서요?"

변희가 미처 대답도 하기 전이었다. 어느새 관공이 벽면에 드리운 큰 휘장 속에 도부수들이 숨어 있는 것을 보았다. 이에 변희를 보고 버럭 호통을 쳤다.

"나는 너를 좋은 사람으로 여겼거늘 어찌 감히 이럴 수가 있느냐?"

변희는 일이 탄로 난 것을 알고 크게 외쳤다.

"좌우는 손을 써라!"

좌우에 숨어 있던 도부수들이 손을 놀리려 했으나 어느 틈에 관공이 휘두르는 검에 모조리 찍혀 죽고 말았다. 변희는 법당에서 내려가 회랑을 돌아 도망쳤다. 관공은 검을 버리고 대신 청룡도를 집어 들고 뒤쫓아 갔다. 변희가 눈치 채지 못하게 유성추를 꺼내 관공을 겨누고 던졌다. 관공은 날아오는 유성추를 청룡도로 막아 내고 변희를 따라 잡아서는 단칼에 두 토막으로 쪼개 버렸다. 즉시 몸을 돌려 두 형수를 바라보니 어느 사이 군사들이 에워싸고 있었다. 변희의 군사들은 관공이 다가오는 것을 보자 사방으로 흩어져 달아났다. 관공은 병졸들을 모두 쫓아 버리고 나서 보정에게 감사를 드렸다.

"만일 대사가 아니었다면 저 도적놈에게 해를 당했을 것이오."

보정이 대답했다.

"빈승도 이곳에 있기가 어렵게 되었으니 가사와 바리때를 챙겨 다른 곳으로 구름처럼 떠돌까 합니다. 뒷날 기회가 있으면 만나겠지요. 장군께서는 부디 몸조심하시구려."

관공은 감사를 표하고 수레를 호송하여 형양으로 떠났다.

형양 태수 왕식은 한복의 사돈이었다. 관공이 한복을 죽였다는 소식을 전해들은 왕식은 관공을 몰래 죽이기로 상의한 다음 사람을 시켜 관문을 지키게 했다. 관공이 도착하자 왕식은 관을 나와 반갑게 웃으며 맞이했다. 관공이 형님을 찾아가는 사정을 하소연하자 왕식이 말했다.

"장군께서는 먼 길에 말을 타고 오시느라 노고가 크고 부인들께서는 수레 위에서 지치셨을 테니 잠시 성으로 드시지요. 역관에서 하룻밤 푹 쉬고 내일 길에 오르셔도 늦지 않을 것입니다."

왕식이 매우 정중하면서도 친절하게 대하는 것을 본 관공은 마침내 두 형수를 모시고 성으로 들어갔다. 역관에는 이미 자리가 마련되어 있었다. 왕식이 연회를 베풀고 청했지만 관공은 사양하고 가지 않았다. 그러자 왕식은 사람을 시켜 잔치 음식을 역관으로 보내 주었다. 관공은 먼 길에 고생을 했기 때문에 두 형수에게 저녁 식사를 대접하자마자 곧 본채에서 편히 쉬시게 하고, 따르는 자들에게도 말을 배불리 먹인 후 각자 편히 쉬라고 분부했다. 그런 뒤 관공 역시 갑옷을 벗고 휴식을 취했다.

한편 왕식은 종사 호반胡班을 불러 은밀히 영을 내렸다.

"관 아무개는 승상을 배신하고 달아났을 뿐만 아니라 도중에 태수와 관을 지키는 장군들까지 죽였으니 그 죄가 가볍지 않다. 하지만 이 사람은 무예와 용맹이 뛰어나 당하기 어렵다. 너는 오늘밤 군사 1천 명을 점검하여 역관을 포위하되, 한 사람이 하나씩 횃불을 들고 있다가 3경이 되거든 일제히 불을 질러라. 안에 있는 자들은 누구든 가리지 말고 모조리 태워 죽여라. 나 역시 군사를 이끌고 지원하겠다."

명을 받은 호반은 곧바로 군사를 점검하고 비밀리에 마른 장작과 불쏘시개 따위를 역관 문 앞에 옮겨 놓고 시간이 되면 일을 일으키기로 약속했다. 호반은 혼자 곰곰 생각했다.

'내가 관운장의 명성을 들은 지는 오랜데 어떻게 생겼는지는 모른다. 어디 한번 들여다보기나 하자.'

역관 안으로 들어간 호반이 역관의 아전에게 물었다.

"관장군은 어디 계시느냐?"

아전이 대답했다.

"대청에서 책을 읽고 계시는 분이 바로 그분입니다."

호반은 소리 없이 발걸음을 옮겨 대청 앞으로 다가갔다. 관공은 왼손으로 긴 수염을 여유 있게 잡고 등불 밑에서 나지막한 상에 기대어 책을 읽고 있었다. 이 광경을 본 호반의 입에서는 자신도 모르게 탄성이 튀어나왔다.

"참으로 하늘에 있는 사람 같구나!"

인기척을 느낀 관공이 누구냐고 물었다. 호반은 안으로 들어가 절을 올렸다.

"형양 태수 수하에 있는 종사 호반입니다."

관공이 물었다.

"그렇다면 혹시 허도 성밖에 사시는 호화 노인의 아드님이 아닌가?"

"그렇습니다."

관공은 아랫사람을 불러 편지를 찾게 하고선 호반에게 넘겨주었다. 호반은 편지를 읽고 나더니 탄식했다.

"하마터면 충성스럽고 좋은 분을 죽일 뻔했군!"

그러고는 은밀히 고했다.

"왕식이 어질지 못한 마음을 품고 장군을 해치려 합니다. 몰래 사람들을 풀어 역관을 사면으로 에워싸고 3경에 불을 지르기로 약속되어 있습니다. 지금 제가 먼저 가서 성문을 열어 놓을 테니 장군께서는 급히 짐을 수습하여 성을 나가십시오."

크게 놀란 관공은 황급히 갑옷을 걸치고 칼을 들고 말에 올랐다. 두 형수를 청해 수레에 태우고 일행이 모두 역관을 빠져나오니, 과연 병졸들이 제각기 횃불을 든 채 명령을 기다리고 있는 모습이 보였다. 관공이 급히 성벽 가까이로 가자 성문은 이미 열려 있었다. 관공이 수레를 재촉하여 부랴부랴 성밖으로 나갔다. 이때 호반은 불을 지르러 되돌아갔다. 관공이 몇 리도 가지 못했을 때였다. 뒤에서 횃불을 환히 비추며 인마들이 쫓아왔다. 앞장선 왕식이 목청을 돋우어 소리쳤다.

"관 아무개는 달아나지 말라!"

관공은 말고삐를 당겨 말을 세우고 큰소리로 꾸짖었다.

"하찮은 녀석! 내 너와 원수진 일이 없거늘 어찌하여 나를 태워 죽이려 하느냐?"

왕식은 말을 다그쳐 몰며 창을 꼬나들고 곧바로 관공에게 달려들었다. 그러나 관공은 덤벼드는 왕식의 허리를 단칼에 후려쳐 두 동강으로 잘라 버렸다. 나머지 인마도 뒤쫓으며 모조리 흩어 놓았다. 관공은 수레를 재촉하여 다그쳐 길을 가며 내내 호반에게 감사해 마지않았다.

일행이 활주滑州 경계에 이르렀을 때 누군가 유연劉延에게 이 사실을 보고했다. 유연은 수십 기의 군사를 거느리고 성밖으로 마중을 나왔다. 관공은 말 위에서 몸을 약간 구부리며 인사를 했다.

"태수께서는 헤어진 후로 무고하시오?"

유연이 물었다.

"공은 지금 어디로 가시오?"

"승상을 하직하고 우리 형님을 찾아가는 길이오."

유연이 다시 물었다.

"현덕은 원소에게 있다고 하던데 원소는 바로 승상의 원수요. 공이 가도록 허락하셨을 리가 있소?"

관공이 대답했다.

"옛날에 언약한 바가 있소이다."

유연이 말했다.

"지금 황하 나루터의 요충지는 하후돈의 수하 장수 진기秦琪가 지키고 있는데, 장군이 강을 건너지 못하게 하지나 않을까 그게 걱정이구려."

관공이 물었다.

"태수께서 배를 내주시면 어떻겠소?"

유연이 대답했다.

"배는 있지만 감히 내드릴 수는 없소이다."

관공이 말했다.

"내가 전날 안량과 문추를 베어서 족하의 재액을 풀어 주지 않았소? 그런데 오늘 고작 나룻배 한 척을 주지 않으려 하다니 어찌 이럴 수가 있소?"

유연이 대답했다.

"하후돈이 알면 틀림없이 나에게 죄를 물을 것이니 그게 두렵소이다."

유연이 쓸모없는 인간임을 안 관공은 더 이상 말을 걸지 않고 수레를 재촉하여 앞으로 나아갔다. 황하 나루터에 이르자 진기가 군사를 이끌고 나와 물었다.

"거기 오는 사람은 누구요?"

관공이 대답했다.

"한수정후 관 아무개요."

진기가 다시 물었다.

"지금 어디로 가려는 거요?"

관공이 대답했다.

"하북으로 형님 유현덕을 찾아가려 하오. 삼가 배를 빌려 강을 건널까 하오."

진기가 또 물었다.

"승상의 공문은 어디에 있소?"

관공이 대답했다.

"나는 승상의 절제를 받지 않거늘 무슨 공문이 있겠소?"

진기가 단호히 선언했다.

"나는 하후장군의 장령을 받들어 요충지를 지키고 있다. 네가 날개를 달았다 해도 강을 건너지는 못할 것이다!"

관공은 크게 노했다.

"너는 내가 오는 도중에 앞을 막는 자들을 모조리 도륙했다는 사실을 모른단 말이냐?"

진기가 응수했다.

"네가 죽인 자들이라야 고작 이름 없는 하급 장수들일 뿐이다. 감히 나를 죽이겠다는 말이냐?"

관공은 한층 더 노했다.

"네가 그래, 안량이나 문추보다 낫단 말이냐?"

진기도 크게 노하여 칼을 쳐들고 말을 달려 곧바로 관공에게 덤벼들었다. 두 말이 어울리자마자 단 한 합 만에 관공의 칼이 번쩍임과 동시에 진기의 머리가 땅바닥으로 떨어졌다. 관공이 소리쳤다.

"나를 막으려던 자는 이미 죽었다. 나머지 사람들은 놀라 도망갈 필요가 없다. 속히 배를 준비하여 우리를 강 건너로 호송토록 하라."

군사들은 급히 노를 저어 배를 강기슭에 갖다 댔다. 관공은 두 형수를 배에 오르게 하여 강을 건넜다. 황하를 건너편은 바로 원소의 땅이었다. 관공은 그동안 험준한 관문 다섯 곳을 지나면서 여섯 명의 장수를 베어 죽인 것이었다. 후인이 시를 지어 찬탄했다.

관인도 황금도 남겨둔 채 조조를 하직하고 /
그리던 형님 찾아 머나먼 길을 돌아가네. //
하루에 천리 가는 적토마 위에 높이 앉아 /
청룡언월도 한 자루로 다섯 관문 지나가네.

충의의 마음 뻗쳐올라 온 우주에 가득 차니 /
영웅의 기상 이로부터 온 천하 진동시켰네. //
혼자 가며 여섯 장수 베어 적수가 없었으니 /
그 이름 붓끝에 남아 길이길이 전해지누나.

威震華夏 丙子年獻 志田作於北京畫虎齋府記

조지전 그림

挂印封金辭漢相, 尋兄遙望遠途還. 馬騎赤免行千里, 刀偃青龍出五關.

忠義慨然冲宇宙, 英雄從此震江山. 獨行斬將應無敵, 今古留題翰墨間.

관공은 말 위에서 스스로 탄식했다.

"내가 오는 도중에 사람을 죽이고 싶지 않았지만 일이 부득이 그렇게 되었구나. 조공이 알면 틀림없이 나를 은혜도 모르는 사람으로 여기겠지."

한참 길을 가고 있는데 별안간 북쪽에서 말 탄 사람 하나가 달려오면서 크게 외쳤다.

"운장은 잠깐 멈추시오!"

관공이 말고삐를 당기며 살펴보니 바로 손건이었다. 관공이 물었다.

"여남에서 헤어진 이래 지금껏 줄곧 소식이 없더니 도대체 어떻게 된 일이오?"

손건이 대답했다.

"유벽과 공도는 장군께서 회군하신 후 여남을 다시 빼앗았습니다. 그러고는 저를 하북으로 파견하여 원소와 우호 관계를 맺고 현덕을 모셔다 함께 조조를 깨뜨릴 계책을 모의하자고 했습니다. 그런데 뜻밖에도 하북의 장수와 모사들은 서로 시샘을 하더군요. 전풍은 아직도 옥중에 갇혀 있고, 저수는 추방당하여 쓰이지도 못했으며, 심배와 곽도는 서로 권력을 다투고 있는데다 원소는 의심이 많고 주견이 없어 결단을 내리지 못하는 형편입니다. 저는 유황숙과 상의하여 우선 몸을 뺄 계책을 강구하기로 했습니다. 황숙께서는 유벽을 만나기 위해 이미 여남으로 가셨습니다. 장군께서 이런 형편을 모르고 원소 있는 곳으로 가셨다가 혹시 해나 입지 않으실까 염려되었지요. 그래서 황숙께서 특별히 저를 보내 도중에서 영접토록 하신 것입니다. 그런데 다행히 여기서 만났군요. 장군께서는 속히 여남으로 가시어 황숙을 만나십시오."

관우는 손건에게 부인들을 뵙게 했다. 부인들은 남편의 동정을 물었다. 손건은 지난 일을 자세히 이야기해 주었다.

"원소가 두 번이나 황숙을 죽이려 했지만 지금은 다행히 그곳을 빠져나와 여남으로 가셨습니다. 부인들께서는 운장과 함께 그곳으로 가시면 만나 뵐 수 있을 것입니다."

두 부인은 얼굴을 가리고 눈물을 흘렸다. 관공은 손건의 말에 따라 하북으로 가지 않고 곧장 여남 길로 들어섰다. 한참 길을 가고 있는데 등 뒤에서 흙먼지가 뽀얗게 일어나더니 한 떼의 인마가 쫓아왔다. 앞장선 하후돈이 크게 외쳤다.

"관 아무개는 달아나지 말라!"

이야말로 다음 대구와 같다.

여섯 장수 관을 막다 부질없이 죽더니 /
한 군사가 길을 막으며 다시 싸우자네
六將阻關徒受死　一軍攔路復爭鋒

관우는 결국 어떻게 위기를 벗어날까, 다음 회를 보라.

28

고성古城의 해후

채양의 목을 잘라 형과 아우 의심 풀고
고성에서 만난 주인과 신하 의리로 뭉치다
斬蔡陽兄弟釋疑 會古城主臣聚義

관공이 손건과 함께 두 형수를 보호하여 여남으로 떠났는데, 뜻밖에
도 하후돈이 3백 명이 넘는 기병을 거느리고 뒤를 쫓아왔다. 관공은
손건에게 수레를 호위하여 앞서 가게 하고 몸을 돌려 말을 세우고
칼을 단단히 잡고 물었다.

"네가 나를 쫓아오다니, 승상께서
큰 도량을 잃으셨단 말이냐?"

하후돈이 대꾸했다.

"승상의 공문이 없는데도 너는 길
에서 사람을 죽였다. 뿐만 아니라 내
수하 장수의 목까지 잘랐으
니 무례하기 짝이 없다! 내
특별히 너를 사로잡아 승상
께 바쳐 처벌하게 하리라!"

말을 마치자 즉시 말을 다그쳐

몰며 창을 꼬나들고 싸우려 했다. 이때 뒤에서 기마 하나가 나는 듯이 달려오며 소리쳤다.

"운장과 싸워서는 아니 되오!"

관공은 말고삐를 틀어쥔 채 움직이지 않았다. 달려온 사람은 품에서 공문을 꺼내며 하후돈에게 말했다.

"승상께서는 관장군의 충의를 존경하고 사랑하신 나머지 가는 도중 혹시 관이나 요새에서 막지 않을까 걱정하셨습니다. 그래서 특별히 저더러 공문을 지니고 여러 곳을 두루 돌게 하셨습니다."

하후돈이 물었다.

"관 아무개가 오는 길에 관을 지키던 장수들을 죽인 사실도 승상께서 아시느냐?"

사자가 대답했다.

"그것은 아직 모르십니다."

하후돈이 말했다.

"그렇다면 나는 저자를 사로잡아 승상을 찾아뵙겠다. 놓아주시는 건 승상께서 알아서 하실 것이야."

관공은 노했다.

"내 어찌 너 따위를 두려워하겠느냐!"

양 발로 말배를 들이차며 칼을 들고 곧바로 하후돈에게 덤벼들었다. 하후돈도 창을 꼬나 잡고 맞받아 나왔다. 두 말이 서로 어울리며 싸우기 시작한 지 10합이 못 되었을 때였다. 갑자기 또 하나의 기마가 나는 듯이 달려오며 외쳤다.

"두 장군께서는 잠깐 멈추시오!"

하후돈은 창을 멈추더니 사자에게 물었다.

"승상께서 관 아무개를 사로잡으라고 하시더냐?"

사자가 대답했다.

"아닙니다. 승상께서는 관을 지키는 장수들이 관장군이 가시는 길을 막지나 않을까 걱정하셨습니다. 그래서 다시 저에게 공문을 지니고 달려와 놓아 보내라고 하셨습니다."

하후돈이 다시 물었다.

"승상께서는 길에서 그가 사람을 죽인 일도 아시느냐?"

사자가 대답했다.

"모르십니다."

하후돈이 말했다.

"사람 죽인 걸 모르신다면 놓아줄 수 없다."

그러고는 수하의 군사를 지휘하여 관공을 에워싸게 했다. 관공은 크게 노하여 청룡도를 휘두르며 맞아 싸우러 나섰다. 두 사람이 막 무기를 부딪치려는 순간이었다. 진 뒤편에서 한 사람이 나는 듯이 말을 달려오면서 소리쳤다.

"운장과 원양元讓(하후돈의 자)은 싸우지 마시오!"

여러 사람이 보니 바로 장료였다. 관공과 하후돈은 각기 고삐를 당겨 말을 멈추어 세웠다. 장료가 가까이 다가오더니 말했다.

"승상의 명령을 받들고 왔소이다. 운장이 관을 지키던 장수들을 죽였다는 소식을 들으시고 길에서 더 막는 사람이 있을까 염려하시어 특별히 나를 보내셨소. 승상께선 각지의 관문과 요충지에 전하여 운장이 마음대로 가도록 놓아주라고 하셨소."

하후돈이 말했다.

"진기는 채양의 생질이오. 채양이 진기를 나한테 부탁했는데, 지금 관 아무개에게 목이 잘렸는데 어떻게 가만있겠소?"

장료가 대답했다.

"내가 채장군을 만나면 잘 말씀드려 노여움을 풀도록 하겠소. 이미 승상께서 큰 도량으로 운장을 보내 주라고 하신 마당이니, 공들이 승상의 뜻을 어겨서는 아니 되오."

하후돈은 하는 수 없이 군사를 조금 뒤로 물렸다. 장료가 관공에게 물었다.

"운장은 지금 어디로 가시려 하오?"

관공이 대답했다.

"형님께서 원소와 함께 계시지 않는다는 소식을 들었으니 이제 천하를 두루 돌아다니면서 찾아볼 작정이오."

장료가 다시 물었다.

"현덕의 행방을 모르신다면 잠시 승상께 돌아가시는 것이 어떻겠소이까?"

관공은 빙그레 웃음을 지으며 대답했다.

"어찌 그리할 수야 있겠소? 문원은 돌아가서 승상을 뵙고 나를 위해 사죄의 말씀이나 전해 주시면 다행이겠소."

말을 마친 관공은 양손을 맞잡고 예를 올리며 작별을 고했다. 이리하여 장료와 하후돈은 군사를 거느리고 돌아갔다.

수레를 따라잡은 관공은 손건에게 방금 일어난 일들을 설명해 주었다. 두 사람은 말머리를 나란히 하고 길을 갔다. 그러기를 며칠 계속하는데, 어느 날 갑자기 큰비가 내리는 바람에 짐이 흠뻑 젖어 버렸다. 멀리 바라보니 산언덕 곁에 장원이 한 채 있었다. 관공은 수레

를 이끌고 그곳으로 가서 하룻밤 묵기를 청했다. 장원에서 한 노인이
나와 맞이했다. 관공이 찾아온 뜻을 이야기하자 노인이 말했다.

"저는 곽상郭常이라고 하며 대대로 이곳에 살고 있습니다. 큰 명성
을 들은 지는 오래인데 직접 만나 뵙게 되니 정말 다행입니다."

곽상은 즉시 양을 잡고 술자리를 벌여 관공 일행을 대접하는 한편
두 부인은 뒤채로 청해 잠시 쉬게 했다. 곽상은 관공과 손건을 초당
에 모셔 놓고 술을 마셨다. 관공을 따르는 사람들은 비에 젖은 짐을
말리는 한편 말에게 여물을 먹였다. 해가 서산에 기울 때쯤이었다.
별안간 웬 소년이 사람 몇을 데리고 장원으로 들어오더니 곧장 초당
으로 올라왔다. 곽상이 소년을 불렀다.

"얘야, 여기 와서 장군께 절을 올려라."

그러고는 관공을 보고 말했다.

"이 아이가 어리석은 제 아들입니다."

관공이 어디를 갔다 오느냐고 묻자 곽상이 대답했다.

"활로 사냥을 하고 이제 막 돌아왔습니다."

소년은 관공에게 인사를 하고 나서 즉시 초당을 내려가더니 어디
론가 사라졌다. 곽상은 눈물을 흘리며 말했다.

"이 늙은이의 집안은 대대로 농사짓고 글 읽는 걸 전통으로 삼았
습니다. 아들이라곤 겨우 저놈 하나뿐인데 본업에는 힘쓰지 않고 오
로지 쏘다니며 사냥질이나 일삼고 있습니다. 참으로 가문의 불행이
아닐 수 없습니다."

관공이 말했다.

"지금 같은 난세에는 무예만 정통으로 익혀도 공명을 얻을 수가
있소이다. 불행이라니 무슨 말씀이시오?"

곽상이 말했다.

"저 녀석이 무예를 익히려 한다면야 뜻있는 사람이라 하겠지요. 그런데 오로지 노는 데만 정신이 팔려 안하는 짓이 없으니 이 늙은이가 걱정하는 것입니다!"

이 말을 들은 관공 역시 탄식이 나왔다. 밤이 깊어서 곽상은 인사를 하고 물러갔다. 관공과 손건이 막 잠자리에 들려 할 때였다. 갑자기 후원에서 말울음 소리와 함께 사람들의 고함 소리가 들려왔다. 관공이 급히 따르는 자들을 불렀으나 아무도 응답하지 않았다. 이에 관공이 손건과 함께 검을 들고 소리 나는 곳으로 가 보았다. 곽상의 아들은 땅에 쓰러져 아우성을 치고, 관공의 아랫사람들은 장원의 머슴들과 뒤엉켜 치고받으며 드잡이를 하고 있었다. 관공이 까닭을 묻자 따르는 사람이 대답했다.

"이 사람이 적토마를 훔치러 왔다가 뒷발에 채여 나자빠졌습니다. 저희들이 비명 소리를 듣고 와 보니 머슴들이 도리어 싸움을 걸었습니다."

관공은 노기를 띠고 말했다.

"쥐새끼 같은 도적놈이 어찌 감히 내 말을 훔치려 했단 말인고!"

마침 혼을 내주려고 하는데 곽상이 달려와 애걸했다.

"못난 자식 놈이 이처럼 나쁜 짓을 저질렀으니 그 죄는 만 번 죽어 마땅합니다. 그러나 늙은 아내가 이 자식만을 아끼고 사랑하니 어찌하겠습니까? 장군께서는 인자하신 마음으로 너그럽게 용서해 주소서!"

관공이 말했다.

"이 자식은 과연 못난 녀석이구려. '아비만큼 자식을 아는 사람은 없다'더니 과연 그 말이 정말이구려. 내 노인장의 낯을 보아 잠시 용서하리다."

관공은 따르는 사람들에게 말을 잘 간수하라 이른 다음 머슴들을 호통 쳐서 쫓아 버리고 손건과 함께 초당으로 돌아와 쉬었다 이튿날, 곽상 부부가 초당 앞으로 와서 절을 올리며 감사를 표했다.

"개만도 못한 아들놈이 호랑이 같은 장군의 위엄을 모독했는데도 장군께서 용서해 주시니 그 은혜에 깊이 감사합니다!"

관공이 말했다.

"나오라고 하시오. 내가 그 아이를 바른말로 타일러 보겠소."

곽상이 대답했다.

"그놈은 지난 밤 4경쯤 다시 무뢰배 몇 놈을 데리고 나갔는데 어디로 갔는지 모르겠습니다."

관공은 곽상에게 사례하고 작별한 뒤 두 형수를 수레에 태우고 장원을 나서서 손건과 말머리를 가지런히 하여 수레를 보호하며 산길로 접어들었다. 그런데 30리도 채 못 갔을 때였다. 산 뒤편에서 1백여 명의 무리가 몰려나오는데 두 필의 기마가 앞장을 섰다. 앞선 사람은 머리에 누런 수건을 둘러쓰고 몸에 전포를 걸쳤는데, 그 뒤에 있는 자는 바로 곽상의 아들이었다. 누런 수건을 쓴 자가 입을 열었다.

"나는 천공장군 장각張角의 부장이다! 거기 오는 자는 적토마를 내놓아라. 그래야 곱게 놓아 보내 주겠다!"

관공은 큰소리로 껄껄 웃었다.

"이 무지하고 미친 도적놈! 네가 장각을 따라 도적질을 했다면 유비, 관우, 장비 삼형제의 이름자는 알렷다?"

누런 수건을 쓴 자가 대답했다.

"나는 얼굴이 붉고 수염이 긴 사람의 이름이 관운장이라는 말은 들었지만 그 얼굴을 본 적은 없다. 너는 누구냐?"

관공은 청룡도를 고정시키고 말을 멈추어 세웠다. 그러고는 수염 주머니를 풀어서 기다란 수염을 보여주었다. 수염을 본 그 사람은 굴러 떨어지듯 말에서 내리더니 대뜸 곽상 아들의 뒤통수 머리채를 틀어쥐고 와서 바치며 관공의 말 앞에 엎드려 넓죽 절을 올렸다. 관공이 이름을 묻자 그 사람이 대답했다.

"제 이름은 배원소裴元紹입니다. 장각이 죽은 뒤 줄곧 주인이 없이 떠돌다가 녹림綠林의 무리를 모아 이곳에 숨어살고 있습니다. 오늘 새벽에 이놈이 '어떤 손님이 천리마를 타고 와서 자기 집에 묵고 있다'고 하면서 말을 빼앗자고 했습니다. 그런데 장군님을 만나게 되다니 참으로 뜻밖입니다."

곽상의 아들은 납작 엎드려 목숨을 살려 달라고 빌었다. 관공이 말했다.

"내 네 아비의 낯을 보아 목숨만큼은 살려주겠다!"

곽상의 아들은 머리를 싸쥐고 쥐새끼 도망치듯 달아났다.

관공이 배원소에게 물었다.

"자네는 내 얼굴은 모르면서 어떻게 내 이름을 아는가?"

배원소가 대답했다.

"여기서 20리 떨어진 곳에 와우산臥牛山이라는 산이 있습니다. 산 위에는 관서關西 사람 한 명이 살고 있는데, 이름은 주창周倉입니다. 두 팔로는 천근을 들어올리는 힘을 가진데다 체구가 우람하며 구레나룻은 곱슬곱슬한 게 생김새가 아주 웅장합니다. 원래 황건적 장보

의 부장이었는데 그가 죽은 뒤 산속에서 무리를 모았지요. 그 사람
은 여러 번 저에게 장군의 높으신 성함을 이야기하면서 만날 길이 없
는 것을 한스러워 했습니다."

관공이 말했다.

"녹림은 호걸이 발을 붙일 자리가 아니다. 공들은 이후에 잘못
된 길을 버리고 바른길로 돌아와 스스로 자기 몸을 망치지 말아야
하네."

배원소는 절하며 감사했다. 두 사람이 한창 이야기를 하고 있는데
저 멀리서 한 떼의 인마가 달려오는 것이 보였다. 배원소가 말했다.

"저건 틀림없이 주창일 것입니다."

관공은 말을 세우고 기다렸다. 과연 얼굴이 검고 키가 큰 사나이
가 창을 들고 말을 달리며 무리를 이
끌고 당도했다. 그 사람은 관공을 보
더니 깜짝 놀라며 기뻐서 어쩔 줄 모르
는 것 같았다.

"이분이 관장군이시구나!"

그 사나이는 부리나
케 말에서 뛰어내리더
니 길가에 엎드렸다.

"주창이 절을 올립니다."

관공이 점잖게 물었다.

"장사는 어디에서 이 관
아무개를 본 적이 있는가?"

주창이 대답했다.

"이전에 황건적 장보를 따라다닐 때 존귀하신 얼굴을 뵌 적이 있습니다. 한스럽게도 도적 무리에 몸담고 있는 바람에 장군을 따르지 못했는데 오늘 다행히 만나 뵙는군요. 장군께서 버리지 않고 보졸로 거두어 주신다면 아침저녁으로 채찍을 들고 등자 곁을 따라다니면서 죽음도 달게 받겠습니다!"

관공은 주창의 언동에서 진정이 흘러넘치는 것을 보고 물었다.

"자네가 나를 따른다면 자네의 수하들은 어떻게 할 것인가?"

주창이 대답했다.

"따를 자는 모두 따르게 하고 따르기 싫은 자는 제 마음대로 가게 하겠습니다."

그러자 여러 사람이 다 같이 말했다.

"따라가기를 원합니다!"

이에 관공은 말에서 내려 수레 앞으로 다가가 두 부인에게 여쭈었다. 감부인이 대답했다.

"서방님께서 허도를 떠나 여기까지 오시는 동안 혼자서 그 많은 고생을 하시면서도 아직까지 군마가 따르기를 바란 적은 없으셨어요. 전에 요화가 따르려고 했을 때도 거절하시더니 오늘 유독 주창의 무리를 받아들이시는 건 무엇 때문인가요? 저희 같은 아녀자들은 생각이 짧으니 서방님께서 알아서 결정하세요."

관공이 말했다.

"형수님의 말씀이 옳습니다."

마침내 관공이 주창에게 말했다.

"관 아무개가 박정해서가 아니라 두 부인께서 원치 않으시니 어찌하겠나? 그대들이 잠시 산중으로 돌아가 있으면 내가 형님을 찾은 다음 반드시 부르러 오겠네."

주창은 머리를 조아리며 간절히 말했다.

"이 창은 거칠고 경망한 사내로 한때 몸을 잘못 빠뜨리는 바람에 도적이 되었습니다. 이제 장군을 만나 뵈니 어둠 속에서 다시 태양을 보는 듯합니다. 그런데 어찌 차마 다시 잘못된 일을 저지르겠습니까? 만일 여러 명이 따르는 것이 불편하시다면 다른 사람은 모두 배원소를 따라가게 하겠습니다. 이 창은 혼자 걸어서라도 장군을 따라가겠습니다. 비록 만 리 길이라도 사양하지 않겠습니다."

관공은 이 말을 다시 두 형수에게 고했다. 감부인이 말했다.

"한두 사람이 따르는 거야 무방하겠지요."

관공은 주창에게 부하들을 배원소에게 맡기라고 일렀다. 배원소가 말했다.

"저도 관장군을 따라가겠소이다."

주창이 달랬다.

"자네까지 가 버린다면 무리들이 모두 흩어질 게 아닌가? 우선 잠시만 이들을 통솔해 주게. 내가 관장군을 따라가서 머물 데가 정해지는 대로 곧바로 데리러 오겠네."

배원소는 서운한 마음으로 관공과 헤어졌다.

주창은 관공을 따라서 여남으로 출발했다. 며칠 동안 걷다 보니 멀찌감치 산성 하나가 나타났다. 관공이 그 지방에 사는 토박이에게 물었다.

"여기는 어디인가?"

토박이가 대답했다.

"이곳은 고성古城이라고 합니다. 몇 달 전 장비라는 장군이 기병 수십 명을 이끌고 와서 현의 관리를 쫓아 버리고 성을 차지했습니다. 그러고는 군사를 모집하고 말을 사들이며 말먹이 풀과 식량을 저장했는데, 지금은 3,4천 명이나 되는 인마가 모여 사방에서 감히 맞설 사람이 없을 정도입니다."

이 말을 들은 관공은 매우 기뻐했다.

"내 아우와 서주에서 헤어진 이래 줄곧 행방을 몰랐는데 바로 이곳에 있을 줄이야 누가 생각이나 했겠는가!"

즉시 손건을 시켜 먼저 성으로 들어가 장비에게 소식을 알리고 얼른 나와 두 형수를 맞이하라고 했다.

이보다 앞서 장비는 망탕산에서 달포를 살다가 밖으로 나와 현덕의 소식을 알아보았다. 그때 우연히 고성을 지나게 되어 현청으로 들어가 식량을 빌려 달라고 했다. 현의 관원이 말을 듣지 않자 화가 난 장비는 관원을 쫓아 버리고 현장의 도장을 빼앗아 성을 차지한 다음 잠시 몸을 붙이고 있는 중이었다. 이날 손건은 관공의 명을 받들고 성으로 들어가 장비를 만났다. 예를 갖추어 인사를 마친 그는 현덕과 관공의 상황을 상세히 설명한 다음 이렇게 말했다.

"현덕께서는 원소를 떠나 여남으로 가셨고, 지금 운장이 허도에서 두 부인을 모시고 이곳에 이르렀으니 장군께선 나가서 영접하시기 바랍니다."

이 말을 들은 장비는 쓰다 달다 말도 없이 즉시 투구 쓰고 갑옷을 걸치더니 창을 들고 말에 올라 1천여 명의 군사를 이끌고 그대로 북문을 나갔다. 손건은 놀랍고 의아스러웠지만 감히 물을 경황이 없어 뒤따라 성을 나올 수밖에 없었다. 관공이 멀리 바라보니 장비가 오고 있었다. 관공은 기쁨을 이기지 못하고 청룡도를 주창에게 넘긴 다음 말을 다그쳐 몰며 마주 나왔다. 그런데 장비는 고리눈을 부릅 뜨고 호랑이 수염을 곤두세운 채 우레 같은 고함을 지르면서 장팔사모를 휘둘러 냅다 관공을 찔렀다. 깜짝 놀란 관공은 급히 창을 피하면서 소리쳤다.

"아우님, 무엇 때문에 이러는가? 도원의 결의를 잊었는가?"

장비가 호통을 쳤다.

"너같이 의리 없는 놈이 무슨 낯짝으로 나를 만나러 왔느냐!"

관공이 물었다.

"내가 어찌하여 의리가 없단 말인가?"

장비가 씨근덕거리며 소리를 질렀다.

"너는 형님을 배신하고 조조에게 항복하여 제후로 봉해지고 벼슬까지 받지 않았느냐? 그러고도 이제 와서 나를 속이려 들다니! 내 너와 사생결단을 내고 말겠다!"

관공은 손사래를 쳤다.

"자네는 아무것도 모르고 있네! 나 또한 내 일이니 무어라 말하기 어렵구먼. 지금 두 분 형수님께서 저기 계시니 아우님이 직접 물어 보시게."

두 부인이 밖에서 떠드는 소리를 듣고 수레의 발을 걷어 올리며 장비를 소리쳐 불렀다.

"작은 서방님께선 무슨 일로 이러세요?"

장비가 말했다.

"형수님들은 잠시 가만히 보고 계십시오. 우선 의리를 저버린 저 놈을 죽이고 나서 형수님들을 성으로 모실 테니까요."

감부인이 설명했다.

"큰 서방님께선 형제분들이 간 곳을 몰랐기 때문에 잠시 조씨에게 몸을 의탁했을 따름이에요. 이제야 형님이 여남에 계시다는 것을 알고 특별히 위험을 무릅쓰고 이곳까지 우리를 호송한 것이에요. 작은 서방님께선 오해하지 마세요."

미부인도 한마디 덧붙였다.

"큰 서방님께서 허도에 계신 건 어쩔 수가 없었던 일이에요."

장비는 그 말을 곧이듣지 않았다.

"형수님들께선 저놈한테 속지 마십시오! 충신은 죽을지언정 욕을 보지 않는 법입니다. 대장부가 어찌 두 주인을 섬긴단 말이오?"

관공이 말했다.

"아우님은 나를 억울하게 몰아붙이지 말게."

손건도 끼어들었다.

"운장께서는 가까스로 장군을 찾으신 것입니다."

장비가 버럭 고함을 쳤다.

"어찌하여 자네까지 허튼소린가? 저놈이 어디 호의를 가지고 나타났겠나? 필시 나를 잡으러 왔을 테지!"

관공이 말했다.

"내가 자네를 잡으러 왔다면 군사를 데려왔을 게 아닌가?"

장비가 손을 들어 가리켰다.

"저게 군마가 아니란 말이냐?"

관공이 돌아보니 과연 흙먼지가 부옇게 일어나는 곳에 한 떼의 인마가 들이닥치고 있었다. 바람에 펄럭이는 깃발을 보니 바로 조조의 군사였다. 장비가 크게 화를 내며 소리쳤다.

"그래도 감히 발뺌할 테냐?"

장비는 장팔사모를 꼬나들고 금방이라도 찌를 태세였다. 관공이 급히 제지하며 말했다.

"아우님은 잠시만 기다려 주게. 내 저기 오는 장수의 목을 쳐 나의 진심을 보여주겠네."

장비가 말했다.

"너에게 과연 진심이 있다면 내가 여기서 북을 세 바탕 두드리는 사이 저기 오는 장수의 목을 잘라야 해!"

관공은 응낙했다. 조금 뒤 조조의 군사가 당도했다. 선두에 선 장수는 바로 채양이었다. 채양은 칼을 꼬나들고 말을 내달리며 고함쳤다.

"네가 내 생질 진기를 죽이고 이곳으로 도망쳐 왔구나! 내가 승상의 명을 받들어 특별히 너를 잡으러 오는 길이다!"

관공은 대꾸도 하지 않고 칼을 들어 바로 찍었다. 장비는 손수 북채를 잡고 북을 두드렸다. '두둥둥' 울리는 북소리가 미처 한 바탕이 끝나기도 전이었다. 관공의 청룡도가 번뜩이는 곳에 채양의 머리가 땅에 굴러 떨어졌다. 이를 본 조조의 군사들은 모두 달아났다. 관공은 장수 이름이 적힌 깃발을 든 병졸을 사로잡아서 이곳으로 오게 된 연유를 캐물었다. 병졸은 아는 대로 털어놓았다.

"채양은 장군께서 자기 생질을 죽였다는 말을 듣고 성이 나 펄펄 뛰면서 당장 하북으로 달려가 장군과 싸우려고 했습니다. 승상께서 허락하지 않으시고 여남으로 가서 유벽을 치라고 했는데, 뜻밖에도 여기서 장군과 만나게 된 것입니다."

관공은 병졸에게 장비 앞에 가서 그 사실을 말하게 했다. 장비는

지사홍 그림

관공이 허도에 있을 때의 일을 병졸에게 자세히 캐물었다. 병졸이 처음부터 끝까지 한바탕 설명을 한 다음에야 장비는 비로소 관공을 믿게 되었다.

한창 이야기를 하고 있는데 갑자기 성안에서 군사가 나와서 보고했다.

"남문 밖에 10여 명의 기마가 급히 다가오는데 어떤 사람들인지 모르겠습니다."

더럭 의심이 난 장비가 즉각 성을 돌아 남문으로 나가 보니 과연 가벼운 활과 짧은 화살을 지닌 10여 명이 말을 타고 달려왔다. 그들은 장비를 보자 구르듯이 말에서 내렸다. 살펴보니 바로 미축과 미방이었다. 장비도 말에서 내려 서로 인사를 나누었다. 미축이 말했다.

"서주에서 흩어진 이래로 우리 형제는 난을 피해 고향으로 돌아갔습니다. 사람을 시켜 곳곳으로 소식을 알아보았더니, 운장은 조조에게 항복했고 주공께서는 하북에 계신다더군요. 간옹 또한 하북으로 갔다는 소문을 들었지만 장군이 여기 계시는 줄은 몰랐습니다. 어제 길에서 장사꾼 한 패를 만났는데 그 사람들이 생김새가 영락없이 장군 같고 성이 장씨인 한 장군이 지금 고성을 차지하고 있다고 하더군요. 우리 형제는 틀림없이 장군일 거라 짐작하고 찾아왔는데, 다행히도 만났습니다그려!"

장비가 설명했다.

"운장 형과 손건이 두 분 형수님을 모시고 방금 도착했고, 형님의 행방도 이미 알았소."

미축과 미방은 크게 기뻐하면서 함께 와서 관공을 만나고 두 부인에게도 인사를 올렸다. 장비는 형수들을 청하여 성안으로 들어갔다.

아문에 이르러 자리를 잡고 앉은 다음 두 부인이 그동안 관공이 겪은 일들을 이야기했다. 장비는 그제야 엉엉 소리쳐 울면서 관공에게 절을 올렸다. 미축과 미방도 콧날이 시큰했다. 장비 또한 헤어진 후의 일들을 풀어놓는 한편 잔치를 베풀어 다시 만난 기쁨을 축하했다.

이튿날 장비도 관공과 함께 여남으로 가 현덕을 만나려고 했다. 관공이 말렸다.

"아우는 형수님들을 보호하면서 잠시 이 성에 머물러 있게. 내가 손건과 함께 먼저 가서 형님의 소식을 알아보겠네."

장비가 그렇게 하자고 했다. 관공은 손건과 함께 기병 몇 명을 데리고 여남으로 달려갔다. 유벽과 공도가 나와 맞이하자 관공이 물었다.

"황숙께서는 어디 계시오?"

유벽이 대답했다.

"황숙께서는 여기 오셔서 며칠 계셨소이다. 그런데 군사가 적은 걸 보시고 대책을 상의하러 다시 하북의 원본초에게로 가셨습니다."

관공은 그만 실망하고 말았다. 손건이 위로했다.

"걱정할 필요가 없습니다. 다시 말을 달려 하북으로 가서 황숙께 알리고 함께 고성으로 가면 됩니다."

관공은 이 말에 따라 유벽과 공도를 작별하고 고성으로 돌아와 장비에게 이 일을 이야기했다. 그러자 장비도 함께 하북으로 가려고 했다. 관공이 말했다.

"이런 성이라도 하나 있어야 우리가 몸을 붙일 자리가 마련되는

게 아닌가? 경솔하게 버려서는 아니 되네. 내가 다시 손건과 함께 원소 있는 데로 가서 형님을 찾아뵙고 이곳으로 모시고 오겠네. 아우는 이 성이나 단단히 지키고 있게."

장비가 물었다.

"형님은 안량과 문추를 죽였는데 어떻게 거기로 갈 수가 있소?"

관공이 대답했다.

"상관없네. 내가 거기 가면 형편을 보아 가며 적당히 대응하겠네."

그러고는 주창을 불러 물었다.

"와우산 배원소의 수하에는 군사가 얼마나 있느냐?"

주창이 대답했다.

"대략 4,5백 명 가량 됩니다."

관공이 분부했다.

"나는 지금 가까운 길로 질러서 형님을 찾아가겠다. 너는 와우산으로 가서 그들 군사를 데리고 큰길에서 맞이하도록 하라."

주창은 영을 받들고 떠났다.

관공은 손건과 함께 기병 20여 명만 데리고 하북으로 떠났다. 거의 하북 경계에 이르자 손건이 말했다.

"장군께서는 섣불리 들어가지 마시고 이곳에서 잠시 쉬고 계십시오. 제가 먼저 들어가 황숙을 만나 뵙고 달리 좋은 방법을 상의해 보겠습니다."

관공은 그 말에 따라 먼저 손건을 떠나보냈다. 그런 다음 멀리 바라보니 앞마을에 장원 한 채가 있었다. 따르는 사람들과 함께 묵으려고 그곳으로 찾아갔다. 장원 안에서 한 노인이 지팡이를 짚고 나와 관공에게 예를 올렸다. 관공이 찾아온 사정을 이야기하자 노인이 말했다.

"저도 성이 관關이고 이름은 정定이올시다. 큰 명성을 들은 지 오래인데 다행히 만나 뵙게 되었군요."

그러고는 두 아들을 불러 관공에게 인사를 드리게 하고 극진히 대접했다. 관공을 따라온 사람들도 모두 장원에서 묵었다.

한편 손건은 혼자서 말을 달려 기주로 들어갔다. 현덕을 만나 지난 일을 자세히 이야기하자 현덕이 말했다.

"간옹도 여기 있으니 불러 와서 함께 상의하기로 합시다."

잠시 후 간옹이 왔다. 손건과 인사를 나누고 함께 몸을 뺄 계책을 의논했다. 간옹이 제의했다.

"주공께서는 내일 원소를 만나십시오. 형주의 유표에게 가서 조조를 함께 깨뜨리도록 설득하겠다고만 하십시오. 그러면 바로 기회를 타고 떠나실 수 있습니다."

현덕이 말했다.

"거 아주 묘한 계책이구려! 하지만 공이 나를 따라갈 수 있겠소?"

간옹이 대답했다.

"저 역시 나름대로 빠져나갈 계책이 있습니다."

이렇게 상의를 마치고 일을 결정했다.

이튿날 현덕은 원소를 만나서 말했다.

"유경승은 형양荊襄의 아홉 군을 차지하고 있어 군사는 정예하고 식량도 넉넉합니다. 마땅히 그와 더불어 손을 잡고 함께 조조를 쳐야 합니다."

원소가 대답했다.

"내가 일찍이 사자를 보내 손잡으려 했지만 저쪽에서 내 말을 따르려 하지 않더이다."

현덕이 말했다.

"그 사람은 저와 같은 종친이니 제가 가서 설득하면 거절하지 못할 것입니다."

원소도 긍정했다.

"유표를 얻는다면 유벽보다야 훨씬 낫겠지요."

마침내 원소는 현덕에게 떠나라고 했다. 그러고는 한마디 덧붙였다.

"근래 운장이 조조의 곁을 떠나 하북으로 오고 있다고 하오. 내 그를 죽여 안량과 문추의 한을 풀어야겠소!"

현덕이 말했다.

"명공께서 전에 등용하시겠다고 하여 제가 일부러 운장을 불렀습니다. 그런데 오늘은 어찌하여 다시 그를 죽이려 하십니까? 게다가 안량과 문추를 사슴에 비유한다면 운장은 호랑이라 할 수 있습니다. 사슴 두 마리를 잃고 호랑이 한 마리를 얻는 것인데 한스러울 게 무어란 말입니까?"

원소가 웃으면서 대꾸했다.

"내 실은 운장을 사랑하여 일부러 농담을 했을 따름이오. 공은 다시 사람을 시켜 속히 오라고 부르시오."

현덕이 얼른 대답했다.

"즉시 손건을 보내 운장을 부르면 될 것입니다."

원소는 크게 기뻐하며 그 말을 따랐다. 현덕이 밖으로 나가자 간옹이 들어와 말했다.

"현덕은 이번에 가면 틀림없이 돌아오지 않을 것입니다. 제가 그와 함께 가도록 해주십시오. 그러면 첫째로는 함께 유표를 설득하고, 둘째로는 현덕을 감시할 수 있을 것입니다."

원소는 그 말을 옳게 여기고 즉시 간옹에게 현덕과 동행토록 했다. 곽도가 원소에게 충고했다.

"유비는 지난번에 유벽을 설득하러 갔다가 성사시키지 못했는데, 지금 다시 간옹과 함께 형주로 보낸다면 틀림없이 돌아오지 않을 것입니다."

원소가 말했다.

"자네는 너무 의심하지 말게. 간옹에게도 스스로 식견이 있을 테니까."

이 말을 들은 곽도는 한숨을 쉬며 물러났다.

한편 현덕은 손건에게 한발 앞서 성을 나가 관공에게 소식을 알리게 했다. 그러고는 간옹과 함께 원소에게 작별 인사를 하고 말에 올라 성을 나갔다. 그들이 기주 경계에 이르자 먼저 간 손건이 맞이하여 함께 관정의 장원으로 갔다. 관공은 문 앞으로 나와 맞으면서 절을 올렸다. 그러고는 손을 잡고 우는데 울음이 그칠 줄 몰랐다. 관정이 두 아들을 데리고 나와 초당 앞에서 절을 올렸다. 현덕이 그 이름을 물으니 관공이 대답했다.

"이분은 이 아우와 성이 같은데, 아들 둘을 두었습니다. 큰아들 관녕關寧은 글공부를 했고, 둘째아들 관평關平은 무예를 익혔다 합니다."

관정이 부탁했다.

"지금 저의 어리석은 생각으로는 둘째 아이에게 관장군을 따르게
하고 싶습니다. 받아 주시겠는지요?"

현덕이 물었다.

"나이가 몇이나 되오?"

관정이 대답했다.

"열여덟 살입니다."

현덕이 말했다.

"이미 장자長者의 두터운 은혜를 입은데다 내 아우에겐 아직 아들
이 없으니, 지금 이 자리에서 아드님을 내 아우의 아들로 삼으면 어
떠하겠소?"

크게 기뻐한 관정은 그 자리에서 관평에게 관공을 아버지로 모시
는 절을 올리게 하고, 현덕에게는 큰아버지라 부르게 했다. 현덕은
원소가 쫓아오지나 않을까 두려운 나머지 급히 짐을 꾸려 길을 떠났
다. 관평은 관공을 따라 함께 떠났다. 관정은 한 역정이나 배웅하고
나서 돌아갔다.

관공은 와우산 쪽으로 길을 잡게 했다. 한참 가고 있는데 뜻밖에
도 주창이 부하 수십 명을 거느리고 상처투성이가 되어 다가왔다.
관공은 그를 인도하여 현덕에게 알현시킨 다음 다친 까닭을 물었다.
주창이 대답했다.

"제가 와우산에 당도해 보니 저보다 한발 앞서 어떤 장수가 하나
와 있었습니다. 그 장수는 필마단기로 나타나 배원소와 맞붙었는데,
단 한 합에 배원소를 찔러 죽이고 졸개들을 모조리 항복받아 산채를

점령했답니다. 제가 도착하여 부하들을 불렀지만 겨우 이 몇 사람만 건너왔을 뿐 나머지는 모두 그 장수가 두려워 함부로 그곳을 떠나지도 못했습니다. 제가 분을 참지 못하고 그 장수와 맞붙어 싸웠지만 연거푸 몇 차례나 패하고 세 군데나 창에 찔렸습니다. 이 때문에 주공께 와서 보고 드립니다."

현덕이 물었다.

"그 사람은 어떻게 생겼더냐? 이름은 무엇이고?"

주창이 대답했다.

"생김새는 매우 웅장했지만 이름은 모릅니다."

이에 관공이 말을 달려 앞장서고 현덕이 뒤를 따르며 곧장 와우산으로 갔다. 주창이 산 밑에서 욕설을 퍼부었다. 투구와 갑옷을 갖추어 완전무장을 한 그 장수가 창을 들고 말을 내달리며 무리를 거느리고 산을 내려왔다. 현덕이 어느새 채찍을 휘두르며 말을 몰고 달려나가더니 큰소리로 외쳤다.

"거기 오는 사람은 혹시 자룡이 아니오?"

그 장수는 현덕을 보자 굴러 떨어지듯 말에서 내리더니 길가에 엎드려 절을 올렸다. 과연 그 장수는 조운이었다. 현덕과 관공도 다 같이 말에서 내려 인사를 나누며 어떻게 이곳까지 왔는지 물었다. 조운이 대답했다.

"운이 사군과 작별한 이후 뜻밖에도 공손찬이 사람 말을 듣지 않다가 전투에 패하고 스스로 불에 타 죽고 말았습니다. 원소가 여러 차례 운을 불렀습니다만 원소 역시 사람을 쓸 줄 모르는 인물이라고 생각되어 가지 않았습니다. 그 뒤 서주로 가서 사군께 의지하려 했지만 서주가 함락되었다는 소문이 들렸습니다. 운장은 조조의 수하

관공삭자 우주삼국혼 （관운장 그림 상단 인장·화제）

지사홍 그림

로 들어가고, 사군께선 원소의 거처에 계신다고 하더이다. 운은 몇 번이나 사군이 계신 곳으로 가고 싶었지만 원소가 이상하게 여기지나 않을까 걱정이 되었습니다. 그래서 몸을 둘 곳이 없어 사방으로 떠돌았습니다. 그러다가 얼마 전 우연히 이곳을 지나는데, 때마침 배원소가 산에서 내려와 제 말을 빼앗으려 했습니다. 그래서 그를 죽이고 이곳을 빌려 몸을 붙이고 있었습니다. 최근에 익덕이 고성에 있다는 소문을 듣고 거기로 가려 했지만 진위를 확인하지 못하고 있었는데 오늘 다행히 사군을 뵙게 되었군요!"

현덕은 크게 기뻐하며 그동안 있었던 일들을 이야기해 주었다. 관공 역시 지난 일을 늘어놓았다. 현덕이 말했다.

"나는 자룡을 처음 보았을 때부터 놓아주고 싶지 않았소. 오늘에야 다행히 만나게 되었구려!"

조운도 마찬가지였다.

"이 운도 사방으로 뛰어다니며 섬길 만한 주인을 찾았지만 사군 같으신 분은 없었습니다. 이제 수행하며 모시게 되었으니 평생의 소원을 풀었습니다. 간과 뇌수를 땅바닥에 바를지라도 여한이 없게 되었습니다."

조운은 그날로 산채를 불태우고 무리를 인솔하여 다함께 현덕을 따라 고성으로 갔다.

장비, 미축, 미방이 현덕 일행을 영접하여 성으로 들어갔다. 각기 절을 하며 이야기를 나누었다. 두 부인이 운장과 함께 있었던 지난 일들을 낱낱이 이야기하자 현덕은 감탄을 그치지 못했다. 그리하여 소와 말을 잡아 먼저 천지신명에게 감사의 절을 올리고, 모든 장병들을 두루 위로했다. 현덕은 형제들이 다시 모였고 장수와 모사들도 빠

지사홍 그림

짐이 없는데다 조운까지 새로이 얻게 되었다. 관공 또한 관평과 주창을 얻게 되니 그 기쁨은 한량이 없었다. 그래서 연거푸 며칠 동안 술을 마셨다. 뒷사람이 시를 지어 찬탄했다.

전날 형제들은 잘려 나간 오이처럼 나뉘어 /
모든 소식은 끊어지고 종적마저 묘연했지. //
오늘날 군신이 다시금 한자리에 모였으니 /
바로 용과 범이 구름과 바람 만난 것일세.
當時手足似瓜分, 信斷音稀杳不聞. 今日君臣重聚義, 正如龍虎會風云.

이때 현덕, 관공, 장비, 조운, 손건, 간옹, 미축, 미방, 관평, 주창 등이 거느린 군사는 기병과 보병을 합쳐 4,5천 명쯤 되었다. 현덕은 고성을 버리고 여남으로 가서 지키려 했다. 그때 마침 유벽과 공도가 사람을 보내 청했다. 이에 현덕은 군사를 이끌고 여남으로 가서 주둔하며 군사를 모으고 말을 사들이면서 서서히 정벌할 일을 도모했다. 그 다음 이야기는 줄인다.

원소는 현덕이 돌아오지 않자 크게 화를 내며 군사를 일으켜 현덕을 토벌하려 했다. 곽도가 권했다.

"유비 따위는 족히 염려할 게 없습니다. 조조야말로 강적이니 제거하지 않을 수가 없습니다. 유표는 비록 형주를 차지하고 있지만 강하지 못합니다. 강동의 손백부伯符(손책의 자)는 그 위엄이 삼강三江(장강의 중하류 지역)을 누르고 땅은 회계會稽·오군吳郡·단양丹陽·예장豫章·여릉廬陵·여강廬江의 여섯 군에 이어졌으며 수하에 모사와 장수들이 극히 많습니다. 그러니 사람을 보내 그와 손잡고 함께 조조를 치도록 하십시오."

원소는 그 말에 따라 즉시 편지를 써서 진진을 손책에게 사자로 보냈다. 이야말로 다음 대구의 내용과 같다.

하북의 영웅이 떠났기 때문에 /
강동의 호걸을 이끌어 내려 하네.
只因河北英雄去　引出江東豪傑來

그 일은 어떻게 될 것인가, 다음 회를 보라.

29

손권, 강동의 주인이 되다

소패왕은 노하여 우길의 목을 베고
눈알 푸른 젊은이 강동을 영도하다
小霸王怒斬于吉 碧眼兒坐領江東

손책은 강동을 제패한 이래 군사는 정예하고 식량은 넉넉해졌다. 건
안 4년(199년)에는 여강을 습격하여 빼앗으면서 유훈
劉勳을 패퇴시켰고, 우번을 시켜 격문을 보내니 예장
豫章 태수 화흠華歆이 항복했다. 이로부터 명성과
세력을 크게 떨친 손책은 장굉張紘을 허창으로
보내 황제에게 표문과 함께 싸움에 이긴 첩
보를 올렸다. 조조는 손책이 강성해졌음을
알고 탄식했다.

"과연 사자 새끼로다. 이제는 다투기 어
렵게 되었구나!"

그리하여 조인曹仁의 딸을 손책의 막내 동
생 손광孫匡에게 시집보내어 두 집안이 혼인
을 맺기로 하고, 장굉을 허도에 머
물러 있게 했다. 손책이 대사마

大司馬 벼슬을 달라고 요구했으나 조조는 허락하지 않았다. 손책은 그 일에 원한을 품고 허도를 습격할 마음을 가지게 되었다. 이에 오군 태수 허공許貢이 몰래 사람을 보내 허도의 조조에게 편지를 올렸다. 글의 내용은 대략 이러했다.

손책은 날래고 용맹하기가 항적項籍(항우)과 흡사합니다. 조정에서 그를 총애하는 척하여 경사京師로 불러들여야 합니다. 지방의 요충지를 차지하고 있게 하여 뒷날의 근심거리로 만들어서는 안 될 것입니다.

그런데 편지를 갖고 가던 사자가 장강을 건너다가 강을 지키는 군사에게 잡혀 손책에게 압송되었다. 편지를 보고 크게 노한 손책은 사자의 목을 치고 사람을 보내 의논할 일이 있다며 허공을 청했다. 허공이 당도하자 손책은 글을 꺼내 보이면서 질타했다.

"네가 나를 죽을 곳으로 보내려 했단 말이냐?"

그러고는 무사들에게 허공을 목 졸라 죽이게 했다. 허공의 식솔들은 모두 뿔뿔이 흩어져 달아났다. 이때 허공의 집에서 밥을 얻어먹던 식객 세 사람이 있었다. 그들은 허공을 위해 복수하기로 마음먹고 기회만 노리고 있었다.

하루는 손책이 군사를 이끌고 단도丹徒의 서산西山에서 사냥 모임을 열었다. 몰이꾼들이 큼직한 사슴 한 마리를 몰아내자 손책은 말을 달려 산 위로 쫓아갔다. 한창 사슴을 쫓고 있는데 문득 숲속에 창과 활을 든 사람 셋이 보였다. 손책이 말을 멈춰 세우며 물었다.

"너희들은 무얼 하는 사람들이냐?"

그 사람들이 대답했다.

"한당韓當의 군사들입니다. 여기서 사슴을 쏘고 있습니다."

손책이 막 고삐를 쳐들며 말을 몰아가려 할 때였다. 그 중 한 명이 창을 번쩍 들어 손책의 왼편 넓적다리를 콱 찔렀다. 깜짝 놀란 손책은 급히 허리에 찬 검을 뽑아 말 위에서 내리쳤다. 그런데 갑자기 검의 날이 쑥 빠져 땅에 떨어지고 자루만 손에 남았다. 어느새 다른 사람이 활에 살을 메겨 쏘니, 화살은 정통으로 손책의 뺨을 적중시켰다. 손책은 즉시 얼굴에 꽂힌 화살을 뽑아서 쏜 사람에게로 되받아 쏘았다. 시위소리와 함께 그 사람이 쓰러졌다. 나머지 두 사람이 창을 들고 손책을 마구 찔러 대며 소리쳤다.

"우리는 허공의 식객들이다. 특별히 주인을 위해 복수하러 왔노라!"

별다른 무기가 없었던 손책은 활을 들어 막는 수밖에 없었다. 마구 찔러 대는 창을 막으면서 달아났지만 두 사람은 필사적으로 덤벼들며 한발도 물러서지 않았다. 손책은 여러 군데 창상을 입고 말도 다쳤다. 이렇게 위급한 순간에 마침 정보程普가 몇 사람을 거느리고 달려왔다. 손책이 소리 높이 외쳤다.

"이 도적놈들을 죽여라!"

정보는 무리를 이끌고 일제히 올라와 허공의 가객들을 짓이겨 고깃덩이로 만들어 버렸다. 손책을 보니 온 얼굴이 피투성이이고 상처가 매우 심했다. 정보는 칼로 전포를 잘라 손책의 상처를 동여매고 오회吳會로 돌아와 치료하게 했다. 뒷사람이 시를 지어 허공의 세 식객을 칭찬했다.

손책의 지혜와 용기 강동에서 으뜸이었지만 /

산속에서 홀로 사냥하다 위기에 몰렸다네. //
허공이 기른 세 문객 죽음으로 의리 지키니 /
주인 위해 몸 바친 예양도 기이할 것 없네.
孫郞智勇冠江湄, 射獵山中受困危. 許客三人能死義, 殺身豫讓未爲奇.

부상을 입고 돌아온 손책은 치료를 받으려고 사람을 보내 화타華
陀를 불러오게 했다. 그러나 뜻밖에도 화타는 벌써 중원으로 가고 제
자만 오에 남아 있었다. 제자에게 치료하라고 하니, 그가 살펴보고
말했다.

"살촉에 묻은 독이 이미 뼛속까지 스며들었습니다. 반드시 1백 일
동안은 조용히 정양하셔야 탈이 없을 것입니다. 화를 내어 흥분하게
되면 상처를 고치기 어려울 것입니다."

하지만 손책은 성질이 보통 급한 사람이 아니었다. 그날 당장 낫지
않는 것을 한스러워 하면서 그럭저럭 20여 일 동안 몸조리를 하고 있
었다. 그런데 장굉이 데리고 갔던 사자가 허창에서 돌아왔다. 손책
이 사자를 불러 허도의 사정을 물으니 사자가 대답했다.

"조조는 주공을 매우 어려워합니다. 그 수하의 모사들도 모두 주
공을 존경하고 따르는데 오직 곽가만이 그렇지 않았습니다."

손책이 다시 물었다.

"곽가가 뭐라고 하더냐?"

사자는 감히 대답을 하지 못했다. 손책이 화를 내며 어서 말하라고
윽박질렀다. 사자는 하는 수 없이 사실대로 고했다.

"곽가는 조조에게 주공은 족히 두려워할 상대가 아니라고 말했습
니다. 경솔하여 방비가 없고 성미는 급하고 꾀가 적으니 그저 필부

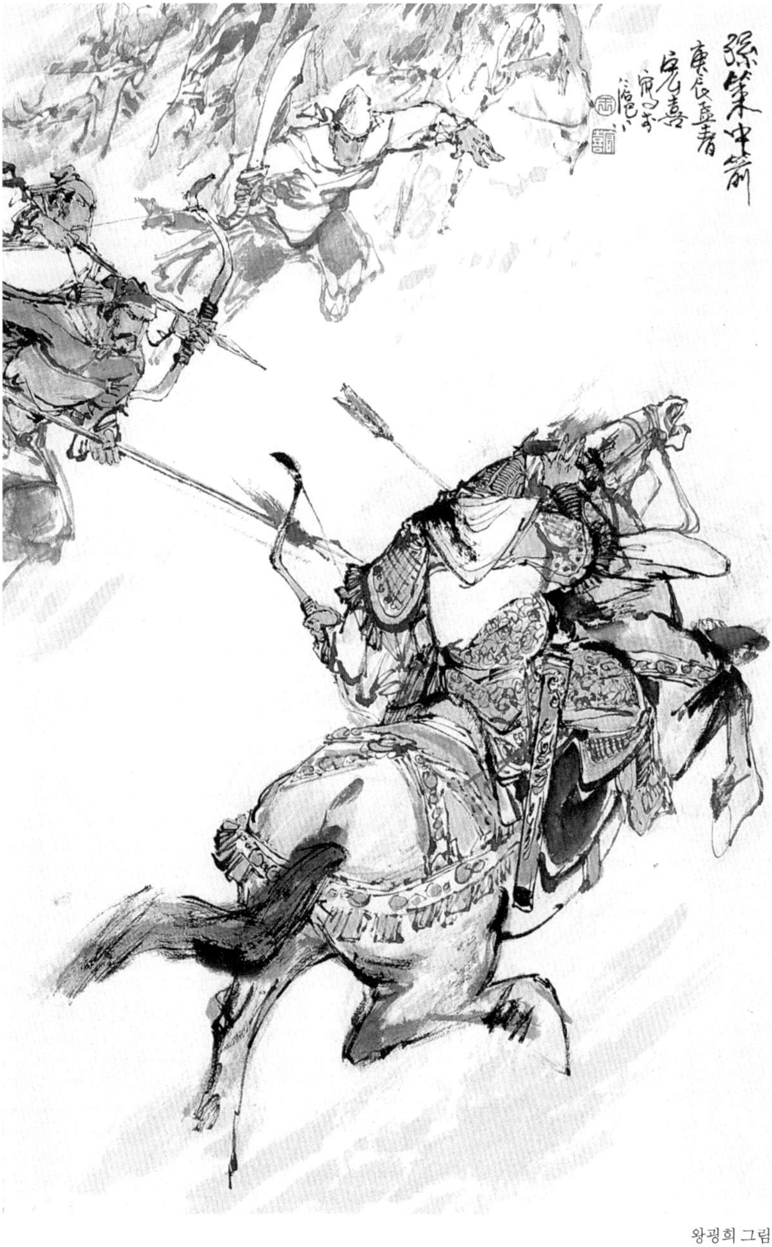

왕핑희 그림

의 용맹일 뿐이라며, 뒷날 반드시 변변찮은 소인의 손에 죽게 될 것이라고 했습니다."

이 말을 들은 손책은 크게 화가 치밀었다.

"하찮은 놈이 어찌 감히 나를 그런 식으로 본단 말인가! 내 맹세코 허창을 손에 넣으리라!"

마침내 상처가 낫기를 기다리지도 않고 곧바로 출병할 일을 상의하려 했다. 장소가 충고했다.

"의원이 1백 일 동안은 움직이지 마시라고 경계했습니다. 어찌 한때의 분노를 삭이지 못하시고 만금 같이 귀한 몸을 가볍게 움직이려 하십니까?"

이런 이야기를 하고 있는데 원소의 사자 진진이 왔다는 보고가 들어왔다. 손책이 진진을 불러 용건을 물었다. 진진은 동오와 손잡고 조조를 치려 하니, 밖에서 후원해 달라는 원소의 뜻을 갖추어 이야기했다. 손책은 대단히 기뻐하며 즉시 장수들을 성루로 불러 잔치를 베풀어 진진을 환대했다. 그런데 술을 마시던 도중 별안간 장수들이 수군대더니 분분히 성루를 내려갔다. 손책이 괴이쩍게 여겨 까닭을 물었다. 좌우에서 모시는 자들이 대답했다.

"우신선于神仙이란 분이 지금 성루 아래로 지나가므로 장수들이 인사하려고 내려간 것입니다."

손책이 몸을 일으켜 난간에 기대어 내려다보니, 한 도인이 몸에는 새털로 짠 학창의鶴氅衣를 걸치고 손에는 명아줏대 지팡이를 든 채길 가운데에 서 있었다. 백성들은 누구라 할 것 없이 모두 향을 피우면서 길에 엎드려 절을 올렸다. 손책이 노하여 분부했다.

"저게 무슨 요망한 놈이냐? 냉큼 잡아오렷다!"

좌우의 사람들이 아뢰었다.

"저분은 성이 우于씨고 이름은 길吉인데, 동방에 살면서 오회를 오가십니다. 널리 부적 물을 나눠주어 사람들의 병을 고치는데 효험을 보지 않은 사람이 없습니다. 세상 사람들이 신선이라고 부르는 이라, 함부로 모독해서는 안 됩니다."

손책은 더욱 화를 내며 호령했다.

"어서 빨리 잡아오너라! 명령을 어기는 자는 목을 치겠다!"

좌우의 부하들은 어쩔 수 없이 성루에서 내려가 우길을 에워싸고 올라왔다. 손책이 꾸짖었다.

"미친 도사 놈이 어찌 감히 민심을 현혹하느냐?"

우길이 대답했다.

"빈도貧道는 낭야궁琅琊宮의 도사올시다. 순제順帝(동한 제7대 황제 유보劉保. 재위 126~144년) 때 산에 들어가 약을 캐다가 곡양曲陽의 샘물에서 『태평청령도太平靑領導』라는 신서神書를 얻었소이다. 모두 1백 여 권이나 되는데, 그 내용은 모두가 사람의 질병을 치료하는 방술方術이었소이다. 빈도는 책을 얻은 뒤 오직 하늘을 대신하여 덕을 펴고 널리 만백성을 구하려고 힘썼을 뿐, 남의 물건을 취한 것이라곤 털끝만큼도 없었소이다. 그런데 어찌 민심을 현혹한다 하겠소이까?"

손책이 물었다.

"네가 남의 물건을 털끝만치도 받지 않았다면 의복과 음식은 어디에서 났단 말이냐? 너는 황건적 장각 같은 부류이니 지금 죽이지 않으면 뒷날 반드시 나라의 우환 거리가 될 것이다!"

그러고는 즉시 좌우를 꾸짖어 우길의 목을 치라고 명했다. 장소가 충고했다.

"우도인은 강동에 수십 년 동안 계시면서 아무런 잘못도 저지른 일이 없으니 죽여서는 안 됩니다."

손책은 고집을 부렸다.

"이런 요망스러운 놈을 죽이는 게 개돼지를 잡는 것과 무엇이 다르단 말이오?"

관원들이 모두 애 타게 간하고 진진 역시 죽이지 말라고 권했다. 화가 식지 않은 손책은 우길을 잠시 감옥에 가두라고 명했다. 관원들은 모두 다 흩어지고 진진도 쉬기 위해 역관으로 돌아갔다.

손책이 부중으로 돌아오니 어느새 내부의 시종이 이 일을 손책의 어머니 오태부인吳太夫人에게 알렸다. 부인은 손책을 후당으로 불러 이야기했다.

"들자니 네가 우신선에게 오라를 지웠다더구나. 그분은 여러 차례 사람들의 병을 고쳐 주시어 군사와 백성들이 모두 공경하고 우러러보는 분이니 해쳐서는 안 된다."

손책이 말했다.

"그자는 요사스러운 놈으로 요술로 대중을 현혹시키고 있습니다. 없애지 않아서는 안 됩니다."

부인이 두 번 세 번 타일렀지만 손책은

듣지 않았다.

"어머님께서는 바깥사람들의 부질없는 소리를 듣지 마십시오. 소자가 알아서 처리하겠습니다."

후당에서 물러난 손책은 옥리를 불렀다. 우길을 데려다 심문하려는 것이었다. 그런데 옥리들은 모두 우길을 믿고 존경하고 있었기 때문에 그가 감옥에 있을 때는 가쇄枷鎖*를 벗겨 편하게 해주었다. 우길을 끌고 오라는 손책의 부름을 받고서야 서둘러 형구를 씌우고 나왔다.

손책은 그 사실을 알고 크게 노하여 옥리를 호되게 꾸짖고, 우길에게 칼을 씌우고 족쇄를 채워 도로 감옥에 집어넣게 했다. 장소를 비롯한 수십 명이 연명으로 글을 올리고 손책에게 절하며 우신선을 보증하겠다고 빌었다. 그러나 손책은 이들을 나무랐다.

"공들은 모두가 글을 읽은 지식인들로서 어찌 그리도 이치에 어둡단 말이오? 옛날 교주交州 자사 장진張津이 사교에 빠져 슬瑟을 퉁기고 향을 피우면서 걸핏하면 붉은 수건으로 머리를 동여맸소. 그는 그렇게 하여 출전하는 군사의 위세에 도움을 준다고 했지만 뒷날 결국 적군에게 피살되고 말았소. 이런 짓은 정말 아무 소용도 없는 일인데 여러분이 깨닫지 못할 뿐이오. 내가 우길을 죽이려는 것은 바른 생각으로 사악한 짓을 금하고 그에게 혹한 사람들을 깨닫게 하기 위한 것이오!"

여범呂範이 말했다.

"제가 알기로 우도인에겐 기도로 바람과 비를 불러올 능력이 있

---

*가쇄 | 형구刑具. 목에 차는 칼과 손목에 차는 수가手枷, 발목에 차는 족쇄足鎖를 말한다.

다고 합니다. 지금 날씨가 가문데 그에게 비를 빌게 하여 죄를 씻게 하는 게 어떻겠습니까?"

손책이 말했다.

"내 잠시 요망스러운 놈이 어떤 짓을 하는지 두고 보겠소!"

마침내 옥중에서 우길을 데려와 칼과 족쇄를 풀어 주고 단에 올라 비를 빌라고 명했다. 우길은 명을 받고 즉시 목욕하고 옷을 갈아입더니 밧줄을 가져다가 뜨거운 햇볕 아래서 스스로를 묶었다. 구경하러 온 백성들이 거리와 골목을 가득 메웠다. 우길이 사람들을 향해 말했다.

"내 이제 석 자의 단비를 빌어 만민을 구하겠지만 나는 끝내 죽음을 면치 못하리라."

사람들이 말했다.

"영험을 보여주신다면 주공께서도 틀림없이 존경하고 탄복하실 것입니다."

우길이 말했다.

"정해진 운이 여기에 이르렀으니 아마 벗어나지 못할 듯하구나."

잠시 후 손책이 몸소 단 가운데로 와서 명을 내렸다.

"오시까지 비가 내리지 않으면 우길을 태워 죽이도록 하라!"

그러고는 마른 장작을 쌓아 불붙일 준비를 하게 했다. 오시가 가까워 오자 세찬 바람이 일기 시작했다. 바람이 지나가자 사방에서 차츰 먹장구름이 모여들었다. 손책이 말했다.

"이미 오시가 가까웠는데도 헛되이 검은 구름만 생길 뿐 단비는 내리지 않으니, 그야말로 요망한 놈이다!"

좌우의 부하들을 호령하여 우길을 장작더미 위에 올려놓고 사방에서 불을 붙이게 했다. 바람을 따라 불길이 일어났다. 그때였다. 별 안간 검은 연기 한 줄기가 공중으로 솟구치더니 '꽈르릉!' 소리와 함께 우레와 번개가 동시에 번쩍이며 물동이로 들이붓듯 소나기가 쏟아졌다. 잠깐 사이에 거리가 강으로 변하고 시내와 개울에 물이 가득 고이니 족히 석 자의 단비가 내린 것이었다. 그때 장작더미 위에 반듯이 누워 있던 우길이 크게 한 바탕 고함을 질렀다. 그러자 구름이 걷히고 비가 멈추더니 다시 해가 나타났다. 이에 관원과 백성들이 한꺼번에 몰려들어 우길을 부축하여 장작더미에서 내려오게 하여 밧줄을 풀고 거듭 절을 올리면서 감사의 인사를 했다. 관원과 백성들이 옷이 젖고 더러워지는 것도 아랑곳하지 않고 물속에 엎드려 머리를 조아리는 모습을 본 손책은 발끈하며 크게 화를 냈다.

"날이 개거나 비가 오는 것은 자연이 정한 이치이다. 요사스러운 놈이 우연히 그 틈을 탔을 뿐인데, 너희들은 어찌 이처럼 앞뒤를 못 가릴 정도로 현혹되어 소란을 떠느냐!"

손책은 보검을 뽑아 들고 좌우에게 속히 우길의 목을 치라고 소리쳤다. 관원들이 극구 말리자 노한 손책이 내뱉었다.

"너희들은 모두 우길을 따라 반란을 꾀할 참이냐?"

관원들은 더 이상 말을 하지 못했다. 손책이 무사들을 꾸짖어 단칼에 우길의 목을 잘라 땅바닥에 떨어뜨리고 말았다. 그러자 한 줄기 푸른 기운이 동북쪽으로 뻗치며 사라졌다. 손책은 그 시신을 저잣거리에 내다 걸고 요사스럽고 허튼 죄를 밝히도록 했다.

그날 밤 비바람이 몰아쳤는데 새벽이 되자 우길의 시체가 보이지 않았다. 시체를 지키던 군사가 손책에게 보고하니, 화가 난 손책은 그 군사를 죽이려고 했다. 그때 갑자기 웬 사람 하나가 마당 안으로 천천히 걸어 들어왔다. 살펴보니 바로 우길이었다. 크게 노한 손책이 막 검을 뽑아 우길을 찍으려다 갑자기 혼절하며 땅바닥에 쓰러졌다. 좌우에서 모시는 자들이 급히 구해 방으로 들여다 눕혔다. 손책은 반나절이 지나서야 겨우 깨어났다. 오태부인이 와서 병세를 살펴보고 말했다.

"내 아들이 억울한 신선을 죽이는 바람에 이런 화를 불러왔구나."

손책이 웃으며 말했다.

"이 아들은 어릴 적부터 아버님을 따라 싸움터에 나가서 사람 죽이기를 삼대 베듯 했지만 언제 화를 당한 적이 있었습니까? 지금 요사스러운 놈을 죽인 것은 바로 큰 화를 끊기 위해서였습니다. 어찌 그런 일로 제가 화를 입는단 말씀입니까?"

부인이 말했다.

"네가 신선을 믿지 않기 때문에 이렇게 된 것이야. 오늘은 도사를 모셔다 재齋를 올려 재앙을 없애 달라고 빌어야겠구나."

손책이 소리쳤다.

"저의 명은 하늘에 달린 것이지 요사스러운 놈이 화를 내릴 수는 없습니다. 그러니 무슨 액막이가 필요하단 말입니까?"

오태부인은 아무리 권해도 손책이 믿으려 하지 않자 결국 자신의 생각대로 좌우에게 일러 몰래 사원에 재물을 바치고 재앙을 소멸시키는 기도를 올리게 했다.

그날 밤 2경이었다. 손책이 안채에 누워 있는데 느닷없이 음산한 바람이 몰아치면서 등불이 꺼지다가 다시 밝아졌다. 그런데 등불 그림자 아래 우길이 나타나 침상 앞에 섰다. 손책이 크게 호통을 쳤다.

"나는 평생 요망한 것들을 죽여 천하를 안정시키기로 맹세했다! 네 이미 귀신이 되었으면서 어찌 감히 나에게 다가오느냐!"

즉시 침상 머리의 검을 집어던지자 우길은 자취 없이 사라졌다. 오태부인은 그 소식을 전해 듣고 더욱 근심스러워 했다. 이에 손책은 어머니의 마음을 편하게 해주려고 병든 몸으로 무리한 행동을 했다. 어머니가 손책을 타일렀다.

"성인께서도 '귀신의 덕이 크다'고 하셨고, 또 '너를 위해 하늘과 땅의 신에게 비노라'고도 하셨느니라. 그러니 귀신의 일을 믿지 않을 수가 없다. 네가 우선생을 억울하게 죽였으니 어찌 응보가 없겠느냐? 내 이미 사람을 시켜 고을의 옥청관玉淸觀에 재를 올리도록 주선해 두었으니, 네가 몸소 가서 절하고 기도를 올리면 자연히 편안해질 게다."

손책은 감히 어머니의 명을 어기지 못해서 가마를 타고 억지로 도교 사원인 옥청관으로 갔다. 도사가 손책을 맞아들여 향을 피우라고 했다. 손책은 향은 피웠으나 절은 하지 않았다. 그런데 홀연 향로에서 피어오르던 연기가 흩어지지 않고 해 가리개 모양으로 얽히더니 그 위에 우길이 단정히 앉아 있었다. 손책은 화가 나서 모질게 욕설을 내뱉었다. 그러고는 달아나듯 사원의 전각에서 나가는데 이번에는 우길이 문을 막고 서서 노한 눈길로 손책을 노려보았다. 손책은 곁의 사람들을 돌아보며 물었다.

"너희들 눈에도 저 요사스러운 귀신이 보이느냐?"

모두들 보이지 않는다고 대답했다. 손책은 한층 노하여 허리에 찬 검을 뽑아 우길에게 던졌는데 엉뚱한 사람이 검에 맞아 쓰러졌다. 사람들이 보니 바로 전날 우길의 목을 친 병졸이었다. 그 병사는 검이 머리통을 뚫고 들어가 온 몸의 일곱 구멍으로 피를 흘리며 죽었다. 손책은 죽은 병졸을 밖으로 내다 장사지내 주라고 했다.

옥청관을 나오려 하는데 또다시 우길이 관문으로 걸어 들어오는 모습이 보였다. 손책이 소리쳤다.

"이 옥청관 역시 요귀를 감추어 두는 곳이다!"

마침내 관 앞에 앉아 무사 5백 명에게 옥청관을 허물어 버리라고 했다. 무사들이 막 기와를 벗기려고 지붕으로 올라가는데 우길이 지붕 위에 서서 기왓장을 땅으로 내던졌다. 크게 노한 손책은 옥청관의 도사들을 쫓아내고 건물에 불을 지르라고 명했다. 불이 일어나자 또 그 불길 가운데 우길이 서 있었다. 손책이 노기가 풀리지 않은 채 부중으로 돌아오니 또다시 우길이 장군부의 문 앞에 서 있었다. 손책은 부중으로 들어가지 않고 그 자리에서 삼군을 점검하여 성밖으로 나가 영채를 세웠다.

그는 장수들을 모아 군사를 일으켜 원소를 도와 조조를 협공할 일을 상의했다. 장수들이 다 같이 말렸다.

"주공께서는 옥체가 성하지 못하시니 가볍게 움직여서는 안 됩니다. 환후가 다 낫기를 기다렸다가 출병해도 늦지 않습니다."

이날 밤 손책이 영채에서 자는데 다시 우길이 머리를 풀어헤치고 나타났다. 손책은 군막 속에서 꾸짖고 호통 치기를 그치지 않았다.

다음날 오태부인이 손책에게 부중으로 돌아오라고 전갈을 보내왔다. 손책이 즉시 돌아와 어머니를 뵈었다. 부인은 손책의 얼굴이 몹시 초췌한 것을 보고 눈물을 흘리며 말했다.

"내 아들의 얼굴이 몹시 상했구나!"

손책이 즉시 거울을 당겨 비추어 보니 과연 얼굴이 형편없이 여위고 손상되었다. 깜짝 놀라 좌우를 돌아보며 소리쳤다.

"내가 어찌하여 이처럼 초췌해졌단 말이냐!"

그 말이 미처 끝나기도 전에 홀연 거울 속에 우길이 서 있는 게 보였다. 손책은 손바닥으로 거울을 치며 외마디 소리를 지르더니 곧바로 창 맞았던 상처가 터지면서 정신을 잃고 땅바닥에 쓰러졌다. 오태부인이 부축하여 침실로 들어가 눕히라고 분부했다. 잠시 후 깨어난 손책은 혼잣말로 탄식했다.

"내가 더 이상 살 수 없을 것 같구나!"

그는 곧 장소 등 여러 사람과 아우 손권을 침상 앞으로 불러 부탁의 말을 했다.

"천하는 바야흐로 어지러운데 우리는 오월吳越의 군사와 삼강三江의 견고함에 의지하여 크게 일을 벌여 볼 만하오. 자포子布(장소의 자)를 비롯한 여러분이 내 아우를 잘 보좌해 주면 고맙겠소."

그러고는 인수印綬를 가져다 손권에게 건네주며 말했다.

"강동의 무리를 일으켜 양쪽 군사가 진을 치고 대결하는 가운데 적절한 시기와 방법을 결정하여 천하 사람들과 승부를 가르는 데는 그대가 나보다 못할 것이다. 그러나 현명한 이를 뽑고 유능한 사람을 임명하여 각자 전력을 다해 강동을 지키게 하는 일이라면 내가 그대보다 못하도다. 그대는 마땅히 아버지와 형이 고난 속에서 창업한 일을 마음에 새겨 스스로 잘 도모하기를 바라노라."

손권은 목 놓아 울면서 엎드려 절하고 도장과 도장끈을 받았다. 손책은 또 어머니를 향해 말했다.

"소자는 하늘이 정해 준 목숨이 다하여 어머님을 더 이상 모실 수 없게 되었습니다. 이제 인수를 아우에게 넘겨주었으니, 바라건대 어머님께서 아침저녁으로 저 사람을 훈계하여 아버지와 형이 등용한 옛사람들을 소홀히 대하지 말도록 하소서."

어머니는 소리 내어 울면서 말했다.

"네 아우가 어려서 큰일을 감당하지 못할까 두렵구나. 다시 어떻게 해야 좋단 말이냐?"

손책이 어머니를 위로했다.

"아우의 재주는 소자보다 열 배나 나으니 충분히 큰일을 감당할 수 있을 것입니다. 만약 나라 안의 일을 결정하기 어려우면 장소에게 묻고, 나라 밖의 일을 정하지 못할 경우엔 주유에게 물으면 될 것입니다. 주유가 이 자리에 없어 직접 부탁하지 못하는 게 한이로군요!"

손책은 또 여러 아우들을 불러 당부했다.

"내가 죽은 다음 너희들은 함께 중모仲謀(손권의 자)를 잘 보좌하라. 집안에서 감히 다른 마음을 먹는 자가 있으면 여럿이 힘을 모아 그 자를 죽이고, 골육이라도 반역을 하면 조상들이 계신 선영에는 묻지 말아라."

아우들은 눈물을 흘리며 명을 받았다. 다시 아내 교喬부인을 불러서 말했다.

"나와 당신은 불행하게도 중도에서 이별하게 되었지만 반드시 시어머님을 잘 모셔야 하오. 조만간 당신 여동생이 들어오거든 주랑周郎에게 내 말을 전해 주시오. 전심전력을 다하여 내 아우를 보좌하여 평소 서로 믿고 사귄 정을 저버리지 말아 달라고 부탁해 주시오."

말을 마친 손책은 스르르 눈을 감고 이승을 떠났다. 이때 나이 겨우 26세였다. 후세 사람이 찬탄하여 지은 시가 있다.

홀로 우뚝 동남 지방 전투로 휩쓸어 /
사람들은 그를 소패왕이라고 불렀네. //
계책을 꾸밀 땐 범이 웅크린 듯하고 /
작전 이행은 매가 날듯 신속했네.

위세는 삼강 지역을 눌러 평정하고 /
명성은 사해에 널리 퍼져 향기롭네. //
아까운 나이 죽음 맞아 큰일 남기니 /
오로지 그 뜻을 주랑에게 부탁하네.

獨戰東南地, 人稱小霸王. 運籌如虎踞, 決策似鷹揚.
威鎭三江靖, 名聞四海香. 臨終遺大事, 專意屬周郎.

손책이 죽자 손권은 소리쳐 울면서 침상 앞에 쓰러졌다. 장소가 말했다.

"지금은 장군께서 우실 때가 아닙니다. 마땅히 장례를 치르면서 군사와 나라의 큰일을 처리하셔야 합니다."

이에 손권은 눈물을 거두었다. 장소는 손책의 삼촌 손정孫靜에게 장례 일을 보게 하고, 손권을 정청正廳으로 나오도록 청하여 문무 관원들의 알현과 축하를 받게 했다. 손권은 네모난 턱에 큼직한 입, 그리고 푸른 눈동자에 자주색 수염을 하고 있었다. 이전에 조정의 사자 유완劉琬이 오군에 왔다가 손씨네 형제들을 보고 나서 사람들에게 이렇게 말했다.

"내가 손씨 형제들을 보니 모두 재기가 뛰어나고 사리에 밝지만 복과 수명을 끝까지 누리지는 못할 것 같소. 오직 중모만은 생김새가 특별히 웅장하고 독특한 골격을 지니고 있어 크게 귀하게 될 상이고 수명도 누릴 것 같소. 나머지는 모두 그를 따르지 못할 것이오."

이때 손권은 손책의 유명을 받들어 강동의 일을 맡았다. 그러나 아직 여러 가지 일을 정하지 못하고 있는데 주유가 파구巴丘에서 군사를 이끌고 돌아왔다는 보고가 들어왔다. 손권은 든든했다.

"공근公瑾(주유의 자)이 돌아왔으니 근심이 없어졌구나."

원래 파구를 지키고 있던 주유는 손책이 화살에 맞아 다쳤다는 소식을 듣고 문병을 하러 오던 길이었다. 그런데 오군에 거의 다다른 지점에서 손책이 죽었다는 소식을 듣고 밤을 새워 바삐 달려온 것이었다. 주유는 소리쳐 울면서 손책의 영구 앞에 엎드려 절을 올렸다. 오태부인이 나와 손책의 유언을 전해 주었다. 주유는 땅에 엎드려 절하며 다짐했다.

"어찌 감히 견마의 힘을 다하여 죽기로써 남기신 뜻을 계승하지 아니하오리까?"

잠시 후 손권이 들어왔다. 주유가 절을 올려 인사를 올리자 손권이 말했다.

"공은 돌아가신 형님의 유명遺命을 잊지 마시기 바라오."

주유는 머리를 조아리며 대답했다.

"간과 뇌수를 땅에 바를지라도 저를 인정해 준 은혜를 갚으오리다."

孫仲謀
戊寅初冬志田毅候於北京

조지전 그림

손권이 물었다.

"이제 아버님과 형님의 기업을 물려받았으니 장차 어떤 대책으로 지켜 나가야 하겠소?"

주유가 대답했다.

"예로부터 '사람을 얻는 자는 번창하고 사람을 잃는 자는 망한다'고 했습니다. 지금의 대책으로 보자면 반드시 식견이 고명하고 멀리 내다볼 줄 아는 인재를 구하여 보필 받도록 해야 합니다. 그런 뒤에야 강동을 안정시킬 수 있습니다."

손권이 말했다.

"형님께서 안의 일은 자포에게 부탁하고 밖의 일은 모두 공근에게 의뢰하라고 유언하시었소."

주유가 대답했다.

"자포는 현명하고 덕망이 높은 분이라 얼마든지 큰 소임을 맡을 만합니다. 그러나 주유는 재주가 없어 무거운 부탁을 저버리지나 않을까 두렵습니다. 제가 한 사람을 추천하여 장군을 보좌토록 할까 합니다."

손권이 어떤 사람이냐고 묻자 주유가 대답했다.

"이름은 노숙魯肅이며 자는 자경子敬으로, 임회臨淮 동천東川 사람입니다. 이 사람은 가슴 가득 『육도삼략六韜三略』을 품고 뱃속에는 어떠한 변화에도 신속히 대응할 수 있는 계책을 숨기고 있습니다. 어려서 부친을 잃고 모친을 지극히 모시는 효자입니다. 그 집안은 대단히 부유했는데 일찍이 재물을 흩어 가난한 사람들을 구제한 적도 있습니다. 제가 거소居巢의 현장으로 있을 때, 수백 명을 거느리고 임회臨淮를 지나다가 양식이 떨어진 적이 있습니다. 그때 노숙의 집에 쌀이 3천 섬씩 쌓인 둥근 곳간이 두 군데나 있다기에 찾아가 도움을 구했지요. 노숙은 서슴없이 곳간 하나를 가리키며 다 가져가라고 내주었습니다. 그의 기개가 이러합니다. 평소 검술과 말 타기와 활쏘기를 좋아하는데 곡아에 살았으나 조모가 돌아가시자 고향인 동성으로 돌아가 장례를 치렀습니다. 그의 친구 유자양劉子揚이 그와 약속하고 소호巢湖의 정보鄭寶라는 사람에게 보내려고 했지만 노숙은 아직 주저하며 떠나지 않고 있습니다. 주공께서는 지금 속히 그를 부르십시오."

손권은 크게 기뻐하며 즉시 주유에게 노숙을 초빙하러 가라고 명했다.

명령을 받든 주유는 친히 노숙을 찾아가 인사를 마치고 손권이 흠모하는 뜻을 자세히 이야기했다. 그러자 노숙이 말했다.

"근래 유자양이 저와 함께 소호로 가기로 약속했으므로 거기로 갈까 하고 있습니다만."

주유가 설득했다.

"옛날에 복파장군伏波將軍 신식후新息侯 마원馬援이 광무제에게 '요즘 세상에서는 임금이 신하를 가려 뽑아야 할 뿐만 아니라 신하 역시 주군을 잘 가려야 한다'고 했소이다. 지금 우리 손장군께서는 현명한 이를 가까이 하고 재주 있는 인재를 예우하며 특출한 사람들을 받아들여 등용하는데, 세상에 유례를 찾기 어려울 정도입니다. 족하는 다른 생각 말고 나와 함께 동오로 가는 게 옳소이다."

노숙은 주유의 말을 받아들여 마침내 함께 손권을 찾아가 만났다. 손권은 노숙을 매우 존경하여 그와 담론이라도 할라치면 하루 종일이라도 싫증을 낼 줄 몰랐다.

하루는 관원들이 모두 흩어진 다음에도 손권이 노숙을 붙잡고 함께 술을 마시다가 밤이 되자 한 침상에서 발을 맞대고 누웠다. 한밤중에 손권이 노숙에게 물었다.

"지금 한나라 황실은 기울어져 위급하고 사방은 소란스럽소. 나는 아버님과 형님께서 남기신 기업을 계승하여 제환공齊桓公이나 진문공晉文公 같은 패업을 이루고자 하오. 그대는 장차 무엇으로 나를 가르쳐 주시겠소?"

노숙이 대답했다.

"옛날 한고조께서 의제義帝를 높이 모시려 했으나 그렇게 하지 못한 것은 항우가 의제를 해쳤기 때문입니다. 지금 조조는 항우와 비교할 만한데, 장군께서는 어찌 제환공이나 진문공처럼 되려 하신단 말씀입니까? 제가 헤아려 보건대 한나라 황실은 더 이상 부흥할 수 없고, 조조도 쉽게 제거하기는 어려울 것 같습니다. 장군을 위해 따져 본다면, 오직 솥발처럼 강동을 점거하고 있으면서 천하를 차지할 틈을 노려야 할 것입니다. 지금 북방에서는 힘겨루기에 정신을 쏟고 있으니 우리는 이 틈을 타고 황조를 쓸어버리고 나아가 유표를 토벌한다면 마침내 장강 전역을 차지하게 될 것입니다. 그런 다음 제왕의 명호를 내걸고 천하를 도모하십시오. 이는 한나라 창업 군주인 고조高祖께서 하셨던 일입니다."

이 말을 들은 손권은 대단히 기뻐하며 일어나 옷을 여미고 사례했다. 이튿날 손권은 노숙에게 후한 선물을 내리고 아울러 노숙의 모친에게도 의복과 휘장 따위 물품을 내렸다.

노숙이 또 한 사람을 천거하여 손권에게 알현시키니, 이 사람은 박학다재博學多才하고 모친을 지성껏 모시는 인재였다. 성은 복성으로 제갈諸葛이고 이름은 근瑾이며, 자를 자유子瑜로 쓰는 낭야 남양南陽 사람이었다. 손권은 제갈근을 상빈上賓(고문)으로 삼았다. 제갈근은 손권에게 원소와 손잡지 말고 우선 조조를 따르다가 기회가 생기면 조조를 도모하는 게 좋다고 권했다. 손권은 그 말에 따라 즉시 진진을 돌려보내며 편지를 주어 원소의 요청을 거절했다.

한편 손책이 죽었다는 소식을 들은 조조는 군사를 일으켜 강남으로 내려가려고 했다. 그러자 시어사 장굉이 말렸다.

"다른 사람의 초상을 틈타서 정벌하는 것은 의로운 행위가 아닙니다. 이기지 못하면 좋은 사이가 바뀌어 원수가 될 것이니, 차라리 이런 기회에 잘 대해 주는 것이 낫습니다."

조조는 그 말을 옳게 여겼다. 곧 천자에게 아뢰어 손권을 장군으로 봉하고, 회계 태수를 겸직하게 했다. 그러고는 즉시 장굉을 회계 도위都尉로 삼아 손권의 장군 도장을 가지고 강동으로 가게 했다. 손권은 대단히 기뻤다. 장굉 또한 동오로 돌아왔으므로 즉시 그에게 명해 장소와 함께 정사를 처리하도록 했다. 장굉이 손권에게 또 한 사람을 추천했는데, 그 사람은 이름이 고옹顧雍이며 자는 원탄元嘆으로, 중랑을 지낸 채옹蔡邕의 제자였다. 사람됨이 말수가 적고 술을 마시지 않으며 엄격하고 공명정대했다. 손권은 그를 군승郡丞으로 삼아 태수의 사무를 대리하게 했다. 이로부터 손권은 강동에 위엄을 떨치고 깊이 민심을 얻게 되었다.

한편 원소에게 돌아간 진진은 그동안 일어났던 내용을 자세히 이야기했다.

"손책은 죽고 손권이 그 자리를 이었습니다. 조조가 그를 장군으로 봉하여 손을 잡고 밖에서 호응하도록 했습니다."

크게 노한 원소는 기주, 청주, 유주, 병주 등의 군사 70여 만 명을 일으켜 다시 허창을 치러 떠났다. 이야말로 다음 대구와 같다.

강남의 싸움이 잠잠해지려는데 /
하북의 전쟁이 또다시 일어나네
江南兵革方休息 冀北干戈又復興

승부는 어떻게 될 것인가, 다음 회를 보라.

30

관도대전

관도에서 싸운 본초는 무참히 패배하고
오소를 급습한 맹덕은 식량을 불태우다
戰官渡本初敗績 劫烏巢孟德燒糧

군사를 일으킨 원소는 관도官渡를 향해 진군했다. 하후돈이 조조에게 긴급을 고하는 편지를 띄웠다. 조조는 7만 명의 군사를 일으켜 적을 맞아 싸우러 나가면서 순욱을 남겨 허도를 지키게 했다. 원소가 군사를 일으켜 떠날 무렵, 옥중에 갇힌 전풍이 글을 올려 간했다.

지금은 조용히 지키면서 하늘이 내려 주는 때를
기다려야 합니다. 함부로 대군을 일으켜서는
안 됩니다. 이롭지 못할 것 같아 염려됩니다.

그걸 알고 봉기가 헐뜯는 말을 했다.
"주공께서 인의의 군사를 일으키는데, 전풍은
어찌하여 이런 상서롭지 못한 말을 하는지 모르
겠습니다."

원소가 화가 나서 전풍을 목 베어 죽이려 했지만 관원들이 말려 죽음을 면했다. 원소는 미워 죽겠다는 투로 말했다.

"내 조조를 깨뜨린 다음 그의 죄를 확실히 다스리겠노라!"

마침내 군사를 재촉하여 진군하니 깃발은 들판을 뒤덮고 창칼은 숲을 이루었다. 원소는 양무陽武에 이르러 영채를 세웠다. 저수가 말했다.

"우리 군사가 비록 숫자는 많지만 용맹은 저쪽 군사보다 못하고, 저쪽 군사는 정예롭다고 하나 군량이나 말먹이 풀이 우리만큼 넉넉하지 못합니다. 저쪽 군사는 군량이 없으니 빨리 싸우는 편이 유리하겠지만, 우리는 군량이 많으니 당분간 싸움을 늦추고 지키는 편이 좋습니다. 시일을 끌게 되면 저쪽 군사는 싸우지 않고도 저절로 무너질 것입니다."

원소가 노하여 소리쳤다.

"전풍이 우리 군사의 사기를 꺾어 놓아 내 돌아가는 날 반드시 죽일 작정이다. 그런데 네가 어찌 감히 또 그따위 소리를 지껄인단 말이냐!"

원소는 좌우에게 호령했다.

"저수를 군중에 가두고 자물쇠를 단단히 채우도록 하라. 조조를 쳐부순 다음 전풍과 함께 그 죄를 다스리겠다!"

그리고는 명을 내려 70만 대군을 동서남북으로 나누어 영채를 세우도록 하니 그 길이가 90여 리나 뻗쳤다.

첩자가 소식을 탐지하여 관도에 보고했다. 방금 관도에 도착한 조조의 군사들은 이 소식을 듣고 모두 겁을 집어먹었다. 조조가 모사들에게 대책을 상의하자 순유가 말했다.

"원소의 군사가 많기는 하나 두려워할 필요는 없습니다. 아군은 모두가 정예로운 군사로 하나같이 혼자서 열을 당할 수 있는 병사들입니다. 오직 속전속결이 유리합니다. 시일을 끌다가는 군량과 말먹이 풀이 부족해질 테니, 그 일이 걱정될 뿐입니다."

조조도 고개를 끄덕였다.

"그 말이 바로 내 생각과 같소."

마침내 군사들에게 명령을 내려 북을 치고 고함을 지르며 진격토록 했다. 원소의 군사도 마주 나와 양편에서 마주 보고 진세를 벌였다. 심배는 쇠뇌잡이 1만 명을 양쪽 날개에 매복시키고 활잡이 5천 명을 진문陣門의 깃발 뒤에 감춘 다음 포 소리를 신호로 일제히 활과 쇠뇌를 쏘도록 약속을 정했다. 북이 연달아 세 바탕 울린 뒤 황금 투구에 황금 갑옷을 입고, 비단 전포에 옥띠를 띤 원소가 진 앞에 나타나 말을 세웠다. 좌우로는 장합, 고람, 한맹韓猛, 순우경 등의 장수들이 늘어섰다. 갖가지 깃발과 권력을 상징하는 절월節鉞들이 사뭇 엄숙하고 정연했다. 조조의 진에서도 문 앞의 깃발이 갈라지면서 조조가 말을 타고 나왔다. 허저, 장료, 서황, 이전 등이 각기 무기를 들고 앞뒤에서 조조를 호위했다. 조조는 채찍을 들어 원소를 가리키며 말했다.

"내가 천자 앞에서 보증을 서서 너를 대장군으로 만들어 주었는데, 지금 무슨 까닭으로 반역을 꾀하느냐?"

원소가 화를 내며 응수했다.

"너는 한나라 승상이란 이름을 사칭하고 있지만 실은 한나라의 역적이 아니냐? 죄악이 하늘에 가득하여 왕망王莽이나 동탁보다도 심한 터에 도리어 다른 사람에게 반역을 꾀한다고 모함하는구나!"

조조가 소리쳤다.

"내 이제 조서를 받들어 너를 토벌하노라!"

원소도 지지 않았다.

"나는 옥대 속에 감춘 조서를 받들고 역적을 치노라!"

화가 난 조조가 장료를 내보내 싸우도록 했다. 장합이 말을 달려 나오며 장료를 맞이했다. 두 장수는 4,50합을 어울려 싸웠지만 승부가 나지 않았다. 그 광경을 본 조조는 대단하다고 여기면서 은근히 경탄했다. 이때 허저가 칼을 휘두르며 말을 달려 싸움을 도우러 나갔다. 원소 측에서는 고람이 창을 꼬나들고 맞붙었다. 네 장수는 두 쌍으로 나뉘어 용감하게 싸웠다. 조조가 하후돈과 조홍에게 각기 3천 명의 군사를 이끌고 일제히 적진을 들이치라고 명령했다. 조조의 군사가 돌격하는 것을 본 심배는 즉시 신호포를 터뜨리게 했다. 양쪽에서 대기하고 있던 만 벌의 쇠뇌가 일제히 발사되고 중군 안에 숨겨 두었던 활잡이들도 일제히 진 앞으로 몰려 나가 어지러이 화살을 날렸다. 조조의 군사는 당할 수가 없어 급히 남쪽으로 달아났다. 원소가 군사를 몰고 뒤를 덮치자 크게 패한 조조의 군사는 관도까지 퇴각했다.

원소는 군사를 이동시켜 관도에 바짝 다가가 영채를 세웠다. 심배가 말했다.

"이제 10만 명의 군사를 배치하여 관도를 지키면서 조조의 영채 앞에 토산을 쌓아 군사들에게 그 위에서 조조의 영채를 내려다보며 활을 쏘게 하십시오. 조조가 이곳을 버리고 달아나면 우리가 이 요충지를 손에 넣고 허창을 깨뜨릴 수 있을 것입니다."

원소는 그 말을 따르기로 하고 각 영채에서 건장한 병졸들을 선발하여 쇠삽과 멜대, 광주리를 지니고 일제히 조조의 영채 부근으로 몰려가 흙을 쌓아 산을 만들게 했다. 조조의 영채에서는 원소의 군사

왕굉희 그림

가 흙을 쌓아 산을 만드는 것을 보고 돌격하려 했다. 그러나 심배가 배치한 궁노수弓弩手들이 목구멍같이 중요한 길목을 막고 있어 진격할 방도가 없었다. 열흘도 되지 않아 50개가 넘는 토산이 쌓이고 그 위에 덮개 없는 망루인 고로高櫓들이 세워졌다. 그러고는 궁노수들을 망루 위에 분산 배치하여 화살을 쏘게 했다. 크게 겁을 집어먹은 조조의 군사는 모두들 화살을 막는 차전패遮箭牌를 뒤집어쓰고 방어에 임했다. 토산 위에서 한바탕 날카로운 딱따기 소리가 울리고 나면 화살이 비 오듯 쏟아졌고, 그때마다 조조의 군사들은 방패를 뒤집어쓴 채 땅바닥에 납작 엎드리곤 했다. 그러면 원소의 군사들은 그 꼴을 보고 함성을 지르며 웃어댔다.

병졸들이 당황해서 허둥거리는 꼴을 본 조조는 모사들을 모아 대책을 물었다. 유엽이 나서서 말했다.

"발석거發石車를 만들면 격파할 수 있을 것입니다."

조조는 유엽에게 발석거의 설계도를 바치게 하여 밤을 새워 수백 대의 발석거를 만들었다. 그러고는 바로 토산 위의 구름사다리를 마주하고 영채 담 안쪽에다 벌여 놓았다. 원소 측의 궁노수들이 화살 날리기를 기다려 영채 안에서 일제히 발석거를 잡아당기자 장전한 돌들이 허공으로 날아올라 닥치는 대로 망루를 쳤다. 원소군은 피하려야 피할 수가 없어 궁노수들이 수도 없이 돌에 맞아 죽었다. 원소의 군사들은 그 수레를 '벽력거霹靂車'라고 부르며 다시는 감히 높은 곳에 올라가 화살을 쏘지 못했다.

심배가 다시 하나의 계책을 내놓았다. 군사들에게 명하여 쇠삽으로 몰래 땅굴을 파서 곧장 조조의 영채 안까지 뚫고 들어가는 것이었는데, 그 군사들을 '굴자군掘子軍'이라 불렀다. 원소군이 산 뒤에서 땅굴 파는 것을 목격한 병졸이 조조에게 보고했다. 조조가 다시 유엽에게 계책을 물으니 이렇게 대답했다.

"이것은 원소의 군사가 내놓고 공격하지 못하겠으니 몰래 쳐들어오려고 땅굴을 파는 것입니다. 땅 밑으로 해서 영채에 들어오려는 것이지요."

조조가 다시 물었다.

"어떻게 막아야겠소?"

유엽이 대답했다.

"영채 안쪽에 빙 둘러 긴 참호를 파 놓으면 저들의 땅굴은 쓸모가 없게 될 것입니다."

조조는 밤을 도와 군사를 차출하여 참호를 파게 했다. 원소의 군사들은 땅굴을 파고 참호 곁까지 이르렀지만 과연 더 들어갈 수가 없었다. 공연히 군사력만 허비한 셈이었다.

조조는 8월부터 관도를 지키기 시작하여 9월이 다 지나가자 병력은 점차 약해지고 군량과 말먹이 풀도 부족했다. 관도를 버리고 허창으로 돌아갈 궁리도 해보았지만 머뭇거리기만 하고 결정을 내리지 못했다. 그래서 조조는 허창에 있는 순욱에게 편지를 보내 물어보았다. 순욱이 답서를 보냈는데, 대략 이런 내용이었다.

존귀하신 명령을 받자오니 나아갈지 물러설지 망설인다고 하셨습니다. 어리석은 생각으로는 원소가 군사를 모조리 관도에 모아 놓은 것은 명공과 승부를 가르려는 것이라 여겨집니다. 공께서는 지극히 약한 힘으로 지극히 강한 자와 맞서셨으니 제압하지 못하시면 반드시 그에게 진공할 틈을 주게 될 것입니다. 이는 천하의 대세를 가르는 중요한 변수입니다. 원소는 군사가 많다고 하나 제대로 쓸 줄을 모르지만 공께서는 무략이 빼어나고 사리에 밝으시니 어디를 향하시든 성공하지 못하시겠습니까? 지금 군량이 적다지만 초楚와 한漢이 형양과 성고˙ 사이에서 싸울 때보다 못하지 않습니다. 공께서는 이제 땅에 금을 긋듯이 경계선을 지키면서 중요 길목을 틀어쥐고 적이 전진하지 못하도록 하십시오. 진격할 수 없다는 사실이 드러나고 세력이 꺾이게 되면 머지않아 반드시 변화가 생길 것입니다. 이때가 기이한 계책을 쓸 때이니 결단코 놓쳐서는 안 됩니다. 오직 명공께서 헤아려 판단하시기 바랍니다.

조조는 순욱의 글을 받고 크게 기뻐하며 장병들에게 힘을 다해 죽기로써 지키라고 했다.

원소의 군사가 약 30여 리를 물러나자 조조는 장수들을 영채 밖으로 내보내 순찰을 돌도록 했다. 순찰을 돌던 서황 수하의 장수 사환史渙이 원소군의 정찰병을 잡아 서황의 앞으로 끌고 왔다. 서황이 그에게 군중의 허실을 묻자 이렇게 대답했다.

"조만간 대장 한맹韓猛이 군량을 싣고 오기로 되어 있어 먼저 우리들에게 길을 탐색해 보라고 했습니다."

서황은 즉시 이 일을 조조에게 보고했다. 순유가 계책을 내놓았다.

"한맹에게는 필부의 용맹밖에 없습니다. 장수 한 명이 가볍게 차린 기병 수천 명을 이끌고 중도에서 습격하여 그 식량과 풀의 공급을

---

*형양과 성고ㅣ초한전쟁楚漢戰爭 때 쌍방은 형양과 성고 일대에서 대치했는데, 항우는 연전연승하고 유방은 연전연패했다.

차단하면 원소의 군중에는 자중지란이 일어날 것입니다."

조조가 물었다.

"누가 가면 좋겠소?"

순유가 대답했다.

"서황을 파견하면 될 것입니다."

조조는 마침내 서황에게 사환을 비롯한 수하의 군사들을 이끌고 먼저 떠나게 하고, 뒤이어 장료와 허저에게 군사를 이끌고 가서 서황을 지원토록 했다.

이날 밤 한맹이 군량을 실은 수레 수천 대를 호송하여 원소의 영채로 가는데, 산골짜기에서 서황과 사환이 군사를 이끌고 나타나 길을 끊었다. 한맹이 나는 듯이 말을 달려 덤벼드니 서황이 맞이하여 싸웠다. 사환은 재빨리 인부들을 쫓아 버리고 군량 수레에 불을 놓았다. 한맹은 서황을 당해 내지 못하고 말머리를 돌려 달아나고, 서황이 군사를 재촉하여 군수물자를 깡그리 태워 버렸다. 군중에 있던 원소가 멀리 서북쪽에서 치솟는 불길을 보고 놀라 의심하고 있는데, 패잔병들이 달려와 보고했다.

"군량과 말먹이 풀을 겁탈당했습니다!"

원소는 급히 장합과 고람을 보내 큰길을 막게 했다. 두 장수는 마침 군량을 불사르고 돌아오던 서황과 마주쳤다. 그들이 막 서황과 싸우려는 순간 등 뒤에서 장료와 허저의 군사가 들이닥쳤다. 조조의 장병들이 앞뒤로 협공하여 원소의 군사를 사방으로 흩어 버리고, 네 장수는 군사들을 한데 모아 관도의 영채로 돌아왔다. 조조는 크게 기뻐하며 군사들에게 무거운 상을 내려 수고를 위로했다. 그러고는 다시 군사를 나누어 본채 앞에 영채를 세워 기각지세를 이루었다.

한편 한맹이 패잔병을 데리고 영채로 돌아가자 크게 노한 원소가 한맹의 목을 치려고 했으나 여러 관원들이 말린 덕분에 한맹은 겨우 죽음을 면했다. 심배가 말했다.

"군사를 움직이는 데는 식량이 중요하니 마음을 가다듬고 방비하지 않을 수 없습니다. 오소烏巢는 군량을 모아 둔 곳이니 반드시 강력한 군사로 그곳을 지켜야 할 것입니다."

원소가 대답했다.

"내 이미 계책을 정했네. 자네는 업도鄴都로 돌아가서 군량과 말먹이 풀을 감독하며 모자라지 않도록 지휘하게."

심배는 명령을 받고 떠났다. 원소는 대장 순우경에게 수하의 독장督將인 휴원진眭元進, 한거자韓莒子, 여위황呂威璜, 조예趙睿 등과 군사 2만 명을 거느리고 오소를 지키게 했다. 그런데 순우경은 성격이 억세고 술을 좋아해 군사들이 그를 무서워했다. 그는 오소에 당도하자 장수들과 모여 앉아 종일토록 술만 마셨다.

한편 조조는 군량이 바닥나자 허창의 순욱에게 사자를 띄워 시급히 군량과 말먹이 풀을 조달하여 밤낮을 가리지 말고 군부대로 보내라고 했다. 그런데 글을 지니고 가던 사자가 30리도 못 가서 원소의 군사에게 잡히고 말았다. 사자는 꽁꽁 묶여 모사인 허유許攸 앞으로 끌려갔다. 허유는 자가 자원子遠으로, 어릴 적에는 조조와 친구로 사귄적이 있으나 이때는 원소의 모사가 되어 있었다. 사자의 몸을 뒤져 식량을 재촉하는 조조의 서신을 찾아낸 허유는 곧장 원소를 찾아갔다.

"조조가 관도에 군사를 주둔하고 우리와 대치한 지 이미 오래되었으니 허창은 텅 비었을 게 틀림없습니다. 만일 군사 한 무리를 나누어 밤낮을 가리지 않고 달려가 기습한다면 허창을 점령할 수 있을 뿐만 아니라 조조도 사로잡을 수 있을 것입니다. 지금 조조는 이미 군량과 말먹이 풀이 바닥났으니 바로 이런 기회를 이용하여 양쪽 길로 저들을 쳐야 합니다."

원소가 대답했다.

"조조는 간사한 꾀가 지극히 많으니 이 글도 적을 유인하는 계책일 것이오."

허유가 말했다.

"지금 손에 넣지 않는다면 뒷날 도리어 그들에게 해를 입게 될 것입니다."

이렇게 이야기를 하고 있는데 업군에서 사자가 심배의 글을 가지고 왔다. 글은 먼저 군량 운반에 관한 일을 말한 다음, 허유가 기주에 있을 때 백성들의 재물을 함부로 받아먹었을 뿐만 아니라 아들과 조카들을 풀어 무거운 세금을 거두게 하여 돈과 곡식을 챙겼기 때문에 지금 이미 허유의 아들과 조카들을 체포하여 감옥에 가두었다는 내용이 적혀 있었다. 원소는 편지를 보고 크게 노했다.

"너절한 필부 녀석! 그 주제에 아직도 내 앞에서 뻔뻔스럽게 계책을 올린단 말이냐? 너는 조조의 옛 친구였으니 지금도 뇌물을 받아먹고 조조의 첩자가 되어 내 군사를 호리려는 게 아니냐? 당장 네 머리를 자를 것이로되 지금 잠시 목 위에 붙여 두겠다! 썩 물러가라, 이후로는 더 이상 너를 보지 않겠다!"

허유는 밖으로 나와 하늘을 우러러 탄식했다.

"충성스러운 말은 귀에 거슬리는 법인데 이런 이치도 모르는 어리석은 자와는 함께 일을 꾀하지 못하겠구나! 내 아들과 조카들이 이미 심배에게 해를 당한 마당에 내 무슨 면목으로 기주 사람들을 다시 볼 것인가!"

그러고는 즉시 검을 뽑아 스스로 목을 베려 했다. 그러자 곁에 있던 사람들이 검을 빼앗으며 권했다.

"공은 어찌하여 이토록 목숨을 가볍게 여기십니까? 원소가 바른

정다다 그림

740

말을 받아들이지 못한다면 뒷날 반드시 조조에게 사로잡힐 것입니다. 공은 조공과 옛 친구인데 어찌하여 어둠을 버리고 광명을 찾지 않으십니까?"

이 두어 마디 말이 허유를 깨우쳐 주었다. 이리하여 허유는 곧장 조조에게로 찾아갔다. 후세 사람이 시를 지어 탄식했다.

원본초의 호걸 기상은 중화를 뒤덮었건만 /
관도의 오랜 대치도 헛되니 기가 막히네. //
만약에 허유의 묘한 계책을 채택했다면 /
중원 산하 어찌 조씨 차지가 되었겠는가?
本初豪氣蓋中華, 官渡相持枉嘆嗟. 若使許攸謀見用, 山河爭得屬曹家?

허유는 걸어서 몰래 영채를 빠져나와 곧장 조조의 영채로 갔다. 길에 매복했던 군사들이 그를 붙잡았다. 허유가 말했다.

"나는 조승상의 옛 친구이다. 속히 남양의 허유가 만나러 왔다고 통보하라."

군사가 황급히 영채로 들어가 보고했다. 이때 조조는 옷을 벗고 쉬려던 참이었다. 그러나 허유가 도망쳐 왔다는 말을 듣자 기뻐하며 신을 신을 새도 없이 맨발로 뛰어나왔다. 먼발치에서 허유를 본 조조는 손뼉을 치면서 반가이 웃더니, 허유의 손을 잡고 군막으로 들어가서는 자신이 먼저 땅에 엎드려 절을 올렸다. 허유가 황망히 조조를 부축해 일으키며 말했다.

"공은 한나라의 승상이시고 나는 아무 벼슬도 없는 사람인데, 어찌 이토록 겸손하고 공손하시오?"

왕굉희 그림

742

조조가 대답했다.

"공은 이 조조의 옛 친구인데 어찌 감히 벼슬로 아래위를 따지 겠소?"

허유가 말했다.

"이 사람은 주인을 가려 섬길 줄을 몰라 원소에게 몸을 굽혔는데, 말을 해도 들어주지 않고 계책을 내어도 따라 주지 않아서 오늘 그를 버리고 옛 친구를 찾아왔소이다. 원컨대 거두어 주시오."

조조가 대답했다.

"자원이 기꺼이 오셨으니 나의 일은 성사되고도 남겠구려! 바라 건대 즉시 나에게 원소를 깨뜨릴 계책을 가르쳐 주시오."

허유가 말했다.

"내 일찍이 원소에게 이쪽의 빈틈을 이용하여 경무장한 기병으로 허도를 습격하여 머리와 꼬리를 동시에 치라고 일렀지요."

조조는 깜짝 놀랐다.

"만약 원소가 그대의 말을 들었더라면 나의 일은 낭패를 볼 뻔했 구려."

그러자 허유가 물었다.

"공에게는 지금 군량이 얼마나 남았소?"

조조가 대답했다.

"1년은 버틸 만하오."

허유는 웃었다.

"아마 그렇지 못할 텐데요?"

조조가 말했다.

"반년 치가 있을 뿐이오."

이 말을 들은 허유는 소매를 떨치고 일어나더니 잰걸음으로 군막 밖으로 나가며 말했다.

"나는 진심을 가지고 찾아왔건만 공이 이처럼 나를 속이다니 이것이 어찌 내가 바라던 바이겠소?"

조조가 만류하며 말했다.

"자원께선 노여워 마시오. 바른 대로 말씀드리리다. 군중의 식량은 사실 석 달 치가 있을 따름이오."

허유가 껄껄 웃으며 말했다.

"세상 사람들이 맹덕을 간웅奸雄이라고 하더니, 오늘 보니 과연 그렇구려."

조조 역시 웃으며 응수했다.

"전쟁에선 속임수도 마다하지 않는다는 말도 듣지 못하셨소?"

그러더니 허유의 귀에 입을 대고 소곤거렸다.

"군중에는 단지 이 달치 식량만 있을 뿐이오."

허유가 목청을 돋우어 소리쳤다.

"그만 속이시오! 군량은 이미 바닥이 나지 않았소?"

조조는 경악을 금치 못했다.

"그것을 어떻게 아시오?"

허유는 조조가 순욱에게 보내려던 편지를 꺼내 보여주었다.

"이 글은 누가 쓴 것이오?"

조조가 놀라 물었다.

"어디서 그것을 얻었소?"

허유가 사자를 붙잡은 일을 알려주었다. 조조는 허유의 손을 꼭 잡았다.

"자원이 기왕에 옛 친구를 생각하고 찾아왔으니 나에게 길을 가르쳐 주시기 바라오."

허유가 말했다.

"명공께서 외로운 군사로 큰 적과 맞서 싸우면서 속히 이길 방도를 찾지 못한다면 이는 죽음을 찾는 길이오. 이 허유에게 한 가지 계책이 있는데, 사흘 안으로 원소의 백만 대군을 싸우지 않고도 저절로 무너지게 할 수 있소. 명공께선 이런 계책을 듣고 싶지 않소?"

조조는 기뻐하며 말했다.

"좋은 계책을 듣고 싶소이다."

허유가 설명했다.

"원소군의 군량과 치중은 몽땅 오소에 쌓아 두었는데, 지금 순우경을 배치하여 지키게 하고 있소. 그런데 순우경이란 자는 술을 좋아하여 방비를 제대로 하지 않고 있소. 공은 정예 군사를 선발하여 오소로 가서 원소의 장수 장기蔣奇가 군사를 거느리고 군량을 보호하러 왔다고 둘러대고, 기회를 보아 군량과 건초를 불태우시오. 그러면 원소의 군사는 사흘이 되지 못해 자중지란에 빠지게 될 것이오."

조조는 크게 기뻐하고 허유를 무겁게 대접하며 영채 안에 머물게 했다.

이튿날 조조는 직접 기병과 보병 5천 명을 선발하여 오소로 가서 식량을 겁탈할 준비를 했다. 장료가 말했다.

"원소가 군량을 쌓아 둔 곳인데 어찌 방비가 없을 수 있겠습니까? 승상께서 가벼이 가셔서는 아니 됩니다. 허유가 속임수를 쓰지나 않을까 걱정입니다."

조조가 말했다.

"그렇지 않소. 허유가 이곳에 온 것은 하늘이 원소를 망하게 하려는 것이오. 지금 우리는 군사들에게 식량도 지급하지 못할 형편이니 오래 버티기 어렵소. 허유의 계책을 쓰지 않는다면 가만히 앉아서 곤경에 빠지기를 기다리는 것이오. 그가 속임수를 쓰는 것이라면 어찌 우리 영채에 머물러 있으려 하겠소? 더구나 나 또한 그쪽 영채를 기습하려고 궁리한 지는 오래요. 지금 군량을 급습하는 건 꼭 필요한 작전이니 그대는 의심하지 마시오."

장료가 염려했다.

"원소가 빈틈을 이용해 내습할 일도 반드시 방비하셔야 할 것입니다."

조조가 웃으며 대답했다.

"내 이미 충분히 생각해 두었소."

조조는 순유·가후·조홍에게 허유와 함께 본채를 지키게 하고, 하후돈과 하후연에게는 한 무리의 군사를 거느리고 왼쪽에 매복하도록 하며, 조인과 이전에게는 한 무리의 군사를 거느리고 오른쪽에 매복하여 뜻밖의 일에 대비토록 했다. 그러고는 장료와 허저를 앞세우고 서황과 우금을 뒤에 세운 뒤, 자신은 여러 장수를 거느리고 가운데 위치했다. 도합 5천 명의 인마가 원소군의 깃발을 들고, 군사들은 제각기 풀단과 장작을 짊어졌다. 사람들은 입에 하무를 물어 소리를 죽이고 말도 주둥이를 싸매 소리가 나지 않게 하고 황혼 무렵 오소를 향해 출발했다. 이날 밤 하늘에는 별빛이 가득했다.

한편 원소의 명령으로 군중에 구금되어 있던 지수는 이날 밤 하늘 가득 별빛이 반짝이는 걸 보았다. 감옥을 지키는 자에게 뜰로 데려다 달라고 하여 하늘을 우러러 천상天象(천체의 현상)을 살피는데 별안간 태백太白(금성)이 거꾸로 움직여 우수牛宿와 두수斗宿 분야를 침범했다. 저수는 깜짝 놀랐다.

"곧 화가 닥치겠구나!"

마침내 밤인데도 불구하고 원소에게 뵙기를 청했다. 이때 원소는 술에 취해 누워 있었다. 저수가 긴밀히 아뢸 것이 있다고 한다는 말

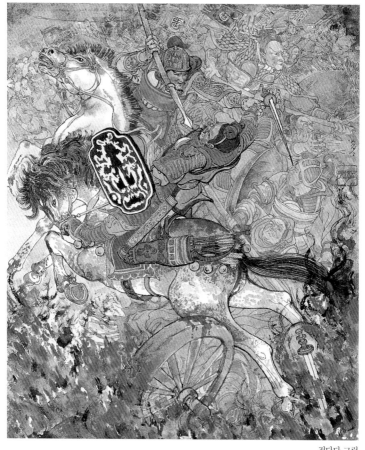

정다다 그림

을 듣고 군막으로 불러들여 무슨 일인지 물었다. 저수가 대답했다.

"방금 천상을 보니 태백이 유수柳宿와 귀수鬼宿(별자리 이름) 사이로 거꾸로 움직이고, 흐르는 빛이 두수와 우수의 분야로 쏟아져 들어갔습니다. 적군의 급습이 있지나 않을지 염려됩니다. 오소는 식량을 보관한 곳이니 방비하지 않을 수 없습니다. 속히 정예병과 맹장을 보내 험한 샛길과 산길을 순찰하여 조조의 농간에 걸려들지 않도록 하십시오."

원소는 벌컥 화를 내며 꾸짖었다.

"너는 죄를 지은 놈인데 어찌 감히 허튼소리로 여러 사람을 현혹시킨단 말이냐!"

그러고는 저수를 감시하는 자를 질타했다.

"내 너에게 저자를 가두라 했거늘 어찌 감히 풀어 주었느냐!"

마침내 저수를 지키던 자의 목을 치라고 하고선 다른 사람을 불러 저수를 가두어 감시토록 했다. 밖으로 나온 저수는 얼굴을 가린 채 눈물을 흘리며 탄식했다.

"우리 군사의 패망도 시간문제이니 나의 시체가 어디에서 뒹굴지 알 수 없게 되었구나!"

후세 사람이 시를 지어 탄식했다.

충언이 거슬린다고 도리어 원수처럼 대하다니 /
민심이 떠난 주군 원소는 책략조차 모자라네. //
오소의 군량 마초 없어지면 뿌리가 뽑히는데 /
그러고도 구구하게 기주 땅을 지킨단 말인가.
逆耳忠言反見仇, 獨夫袁紹少機謀. 烏巢粮盡根基撥, 猶欲區區守冀州.

한편 조조가 군사를 거느리고 밤길을 가며 원소군의 별채를 지나는데 영채 안의 병졸들이 어디 군마냐고 물었다. 조조가 사람을 시켜 대답하게 했다.

"장기가 명령을 받들고 오소로 식량을 지키러 가는 길이오."

원소의 군사는 자기편의 깃발을 보고는 의심하지 않았다. 몇 군데의 영채를 지났으나 그때마다 장기의 군사라고 둘러대니 아무도 막지 않았다. 오소에 당도했을 땐 이미 4경도 다 한 시각이었다. 조조는 군사들에겐 풀단을 가지고 사방으로 돌아가며 불을 지르게 하고 장교들에겐 북치고 소리를 지르며 곧장 영채로 쳐들어가게 했다. 이때 순우경은 장수들과 함께 술을 마시고 취해서 군막 안에서 자다가 북소리와 고함 소리를 듣고 황급히 뛰어 일어났다.

"무슨 일로 이리 소란스러우냐?"

그러나 말이 미처 끝나기도 전에 날아온 갈고리에 걸려 벌렁 나자빠졌다. 마침 휴원진과 조예가 식량을 운반해 돌아오다가 군량 쌓은 곳에 불길이 일어나는 것을 보고 급히 구원하러 달려왔다. 조조의 군사가 나는 듯이 조조에게 보고했다.

"적병이 뒤에도 있습니다! 군사를 나누어 막으십시오!"

조조는 크게 호통을 쳤다.

"장수들은 있는 힘을 다하여 앞만 보고 나아가라! 적이 등 뒤에 바싹 다가오면 그때 돌아서서 싸워라!"

이리하여 군사와 장수들은 모두가 앞 다투어 적을 무찌르며 전진했다. 순식간에 불길이 사방에서 솟구치고 연기가 하늘을 가렸다. 휴원진과 조예, 두 장수가 군사를 몰아 구하러 오자 조조가 말머리를 돌려 그들과 싸웠다. 두 장수는 당해 내지 못하고 조조의 군사들에게 피살

왕굉희 그림

당하고 군량과 말먹이 풀도 깡그리 태우고 말았다. 사로잡힌 순우경이 조조 앞으로 끌려왔다. 조조는 그의 귀와 코와 손가락을 자르고 말등에 묶어 원소의 군영으로 보냈다. 원소를 욕보이려는 의도였다.

한편 군막 안에 있던 원소는 북쪽 하늘에 불빛이 가득하다는 보고를 받고 오소에서 실수가 생겼다는 것을 직감했다. 급히 군막을 나와 문무 관원들을 소집한 그는 군사를 파견하여 구원할 대책을 상의했다. 장합이 말했다.

"제가 고람과 함께 가서 구원하겠습니다."

곽도가 반대했다.

"안 됩니다. 조조의 군사가 식량을 겁탈하러 갔다면 반드시 조조가 직접 갔을 것이고, 조조가 직접 나갔다면 영채는 틀림없이 비었을 것입니다. 그러니 군사를 풀어 조조의 영채부터 쳐야 합니다. 조조가 이 소식을 들으면 반드시 급히 되돌아올 것이니 이것이 바로 춘추시대 손빈孫臏이 '위魏나라를 포위하여 조趙나라를 구한' 계책입니다."

장합도 자기의 주장을 내세웠다.

"그렇지 않습니다. 조조는 꾀가 많은 사람이므로 밖으로 나갔다면 틀림없이 안에다 준비를 하여 만약의 경우를 대비했을 것입니다. 조조의 영채를 쳤다가 빼앗지 못하면 순우경 등은 잡히고 우리 역시 모두 사로잡히고 말 것입니다."

곽도가 또 나섰다.

"조조는 식량을 빼앗는 데 정신이 팔렸을 텐데 어찌 영채에다 군사를 남겨 두었겠습니까?"

곽도가 두 번 세 번 조조의 영채를 습격하자고 졸랐다. 원소는 마침내 장합과 고람에게 군사 5천 명을 주어 관도로 가서 조조의 영채를 치게 하고, 장기에게는 군사 1만 명을 주어 오소를 구원하러 가도록 했다.

한편 조조는 순우경의 장졸들을 죽이고 산 자들은 모두 흩어 버렸다. 그러고는 그들의 갑옷과 깃발을 빼앗아 순우경의 패잔병인 양 꾸미고 영체로 돌아오는 길이었는데 산속의 후미진 샛길에서 장기의 군사와 정면으로 마주쳤다. 장기의 군사가 묻자 오소에서 패전하고 도망쳐 온 군사들이라고 대답했다. 장기가 의심하지 않고 말을 몰아 지나가는데, 장료와 허저가 갑자기 다가오며 크게 호통을 쳤다.

"장기는 달아나지 말라!"

장기는 미처 손을 써 보지도 못한 채 장료의 칼을 맞고 말 아래로 떨어지고, 군사들도 모조리 피살되었다. 그러고는 다시 사람을 보내 먼저 원소에게 허위 보고를 올리게 했다.

"장기가 오소의 조조 군사를 무찔러 흩어 버렸습니다."

이 말을 곧이들은 원소는 더 이상 오소를 지원할 군사는 보내지 않고 관도 쪽으로만 병력을 증강시켰다.

한편 장합과 고람이 조조의 영채를 공격하자 왼쪽에서는 하후돈, 오른쪽에서는 조인, 가운데로는 조홍이 일제히 돌격해 나왔다. 삼면에서 공격을 받은 원소의 군사는 크게 패했다. 후원군이 당도했을 때는 어느 새 배후에서 조조가 쇄도하여 사면으로 에워싸고 쳐들어왔다. 장합과 고람은 간신히 길을 뚫고 적진을 벗어났다. 오소의 패잔병들을 거두어 영채로 돌아온 원소는 귀·코가 없어지고 손발마저 잘려 나간 순우경을 보았다. 원소가 물었다.

"어떻게 하다 오소를 잃었느냐?"

패잔병이 대답했다.

"순우경이 술에 취해 자는 바람에 적을 막을 수 없었습니다."

크게 노한 원소는 그 자리에서 순우경의 목을 잘라 버렸다. 한편 곽도는 장합과 고람이 영채로 돌아오면 시시비비를 따지고 들 게 두려운 나머지 선수를 쳐서 원소에게 그들을 헐뜯었다.

"장합과 고람은 주공의 군사가 패한 것을 보고 속으로 틀림없이 기뻐할 것입니다."

원소가 물었다.

"그게 무슨 소린가?"

곽도가 말했다.

"두 사람은 평소부터 조조에게 항복할 뜻을 가지고 있었습니다. 그래서 이번에 영채를 치러 가서도 일부러 힘을 쓰지 않아 군사만 잃게 된 것입니다."

크게 노한 원소는 즉시 사자를 파견하여 두 사람에게 소환령을 내려 급히 영채로 돌아오라고 했다. 죄를 물으려는 것이었다. 곽도가 한발 먼저 사람을 보내 두 사람에게 알렸다.

"주공께서 그대들을 죽이려 하고 있소."

원소의 사자가 이르자 고람이 물었다.

"주공께서는 무슨 일로 우리를 부르시는가?"

사자가 대답했다.

"무슨 까닭인지는 모릅니다."

고람이 즉시 검을 뽑아 사자의 목을 쳤다. 장합이 깜짝 놀라자 고람이 말했다.

"원소는 헐뜯는 말이나 믿으려 하니 반드시 조조에게 사로잡히고 말 것이오. 우리가 어찌 가만히 앉아서 죽기만을 기다리겠소? 차라리 조조에게로 가는 것이 좋겠소."

장합도 동감이었다.

"나 역시 그런 마음을 먹은 지가 오래 되었소."

두 사람은 군사를 이끌고 조조의 영채로 가서 항복할 뜻을 알렸다. 하후돈은 미심쩍었다.

"장합과 고람이 항복하러 왔다지만 그 진심을 알 수 없습니다."

조조가 말했다.

"내가 은혜로 대하면 그들이 비록 다른 마음을 먹었더라도 결국엔 바뀔 걸세."

조조는 영채 문을 열고 두 사람을 들여보내라고 명했다. 두 사람은 무기를 버리고 갑옷을 벗은 채 땅에 엎드려 절을 올렸다. 조조가 말했다.

"원소가 두 장군의 말을 들었더라면 패하지는 않았을 것이오. 지금 두 장군이 나를 찾아온 것은 마치 미자微子*가 은殷을 떠나고 한신韓信이 한漢으로 귀순한 것과 같은 일이오."

그러고는 장합을 편장군 도정후都亭侯로 봉하고, 고람을 편장군 동래후東萊侯로 봉했다. 두 사람은 크게 기뻐했다.

한편 원소 진영에서는 이미 허유를 잃은데다 다시 장합과 고람이 떠나고 오소의 군량마저 잃었기 때문에 군사들의 마음이 흔들렸다. 허유는 다시 조조에게 속히 진군하라고 권하고, 장합과 고람은 선봉이 되겠다고 자청했다. 조조는 그들의 말을 받아들여 장합과 고람에

*미자 | 상商나라(은나라) 주紂왕의 이복형으로 이름은 계啓. 주왕의 포학무도함을 보고 여러 차례 간했으나 듣지 않자 마침내 떠났다. 주周나라가 상나라를 멸망시킨 후 송宋에 봉해졌다.

게 즉시 군사를 거느리고 원소의 영채를 기습토록 했다. 그날 밤 3경
쯤 장합과 고람의 군사는 세 길로 원소의 영채를 기습했다. 양쪽 군
사가 어우러져 새벽까지 싸우다가 각기 군사를 거두고 보니 원소의
군사는 반 이상이 꺾이고 말았다. 순유가 계책을 바쳤다.

"우리 군사를 나누어 한 갈래는 산조를 빼앗은 후 업군을 공격하
고, 한 갈래는 여양을 쳐서 원소군의 돌아갈 길을 끊을 것이라고 소
문을 내십시오. 원소가 이 소문을 들으면 틀림없이 놀라고 당황해서
우리를 막으려고 군사를 나눌 것입니다. 그쪽 군사들이 움직이는 틈
을 이용하여 들이치면 원소를 깨뜨릴 수 있을 것입니다."

조조는 그 계책을 쓰기로 하고 장수부터 병졸에 이르기까지 모두
를 움직여 사방으로 널리 소문을 퍼뜨리게 했다. 원소의 군사가 이
소문을 듣고 영채로 달려와 보고했다.

"조조가 군사를 두 갈래로 나누어 한 길은 업군을 치러 가고, 다른
한 길은 여양을 치러 간다고 합니다."

크게 놀란 원소는 급히 원담에게 군사 5만 명을 나누어 주어 업군
을 구하라 이르고, 신명辛明에게도 군사 5만 명을 나누어 주어 여양
을 구하게 했다. 두 갈래 군사는 밤을 무릅쓰고 길을 떠났다. 원소의
병력이 움직인다는 사실을 탐지한 조조는 즉시 대군을 여덟 길로 나
누어 일제히 나아가 원소의 영채를 들이쳤다. 투지를 상실한 원소의
군사들은 사방으로 흩어져 달아나 마침내 크게 무너지고 말았다.

원소는 미처 갑옷을 걸칠 겨를도 없어 홑옷에 복건幅巾만 쓴 채 말
에 올랐다. 막내아들 원상袁尙이 따랐다. 그 뒤를 장료, 허저, 서황, 우
금 등 네 장수가 군사를 이끌고 추격했다. 원소는 급히 황하를 건너
느라 도서圖書와 수레, 황금과 비단 등을 모두 버리고 수행 기병 8백

왕굉희 그림

여 명만 데리고 달아났다.

조조의 군사는 원소를 따라잡지 못하자 그들이 버린 물건들을 모조리 거두어들였다. 이때 죽은 자가 8만 명이 넘어 피가 도랑에 흘러넘치고, 물에 빠져 죽은 자도 헤아릴 수 없을 지경이었다. 완전한 승리를 거둔 조조는 적으로부터 얻은 금은보화와 비단을 군사들에게 상으로 내려 주었다. 그런데 원소의 도서들을 검사하는데 편지 한 묶음이 나왔다. 모두 허도와 조조 군중의 사람들이 몰래 원소와 내통한 편지들이었다. 조조의 측근들이 말했다.

"하나하나 이름을 대조하여 잡아 죽이십시오."

조조가 말했다.

"원소가 강성할 때는 나 역시 자신을 지킬 수 없었거늘, 하물며 다른 사람들이야 말할 나위가 있었겠는가?"

마침내 그 편지들을 깡그리 불태우고 더 이상 묻지 못하게 했다.

한편 원소의 군사들이 패하여 달아날 때 감금되어 있던 저수는 미처 그곳을 벗어나지 못해 조조의 군사에게 잡혀 조조 앞으로 끌려왔다. 조조는 이전부터 저수와 아는 사이였다. 저수는 조조를 보자 큰소리로 외쳤다.

"저수는 항복하지 않소!"

조조가 달랬다.

"본초가 지모가 없어 그대의 말을 듣지 않았는데 그대는 어찌하여 아직도 미망에서 깨어나지 못하시오? 내 만약 일찍 그대를 얻었더라면 천하에 걱정할 일이 없었을 것이오."

그러고는 저수를 후하게 대접하며 군중에 머물도록 했다. 그러나 저수는 영채의 말을 훔쳐 타고 원소에게로 돌아가려고 했다. 조조는 화가 나서 마침내 저수를 죽였다. 저수는 죽을 때까지 낯빛 하나 변하지 않았다. 조조가 탄식하며 말했다.

"내가 충의지사를 잘못 죽였구나!"

조조는 저수를 후하게 장사지내며 황하 나루터에 무덤을 만들고 묘비에다 '충렬저군지묘忠烈沮君之墓'라고 적었다. '충성스럽고 절개 굳은 저수의 묘'라는 뜻이다. 후세 사람이 시를 지어 저수를 찬탄했다.

하북 땅에는 명사들도 많았지만 / 충의와 절개로는 저수가 꼽혔네. //
똑바로 응시하면 진법을 꿰뚫고 / 하늘을 쳐다보면 천문을 알았지.

죽음 앞에서 마음은 철석같았고 / 위험 앞에서 기개는 의연했네. //
조조가 매서운 충의를 사모하여 / 특별히 의로운 무덤 만들어 주네.

河北多名士, 忠貞推沮君. 凝眸知陣法, 仰面識天文.
至死心如鐵, 臨危氣似雲. 曹公欽義烈, 特與建孤墳.

조조는 기주를 공격하라는 명령을 내렸다. 이야말로 다음 대구와 같다.

세력은 약하나 헤아림이 많아 이겼고 /
군사는 강해도 지모가 적어 패배했네

勢弱只因多算勝 兵强却爲寡謀亡

승부가 어떻게 날 것인가, 다음 회를 보라.

31

궁지에 몰리는 유비

조조는 창정에서 본초를 깨뜨리고
현덕은 형주의 유표에게 의탁하다
曹操倉亭破本初 玄德荊州依劉表

조조는 원소를 패배시킨 기세를 타고 군사를 정돈하여 끈질기게 몰아붙였다. 원소가 홑옷에 복건으로 머리를 싸매고 8백여 기의 기병만 이끌고 달아났는데, 여양 북쪽 기슭에 이르렀을 때 대장 장의거蔣義渠가 영채에서 나와 맞이했다. 원소는 지금까지의 일들을 장의거에게 알려주었다. 장의거가 흩어진 무리들을 불러 모으니, 군사들은 원소가 살아 있다는 소식을 듣고 또다시 개미떼처럼 모여들었다. 다시 세력을 떨치게 된 원소는 부하들과 상의하여 기주로 돌아가기로 했다. 행군 도중 밤이 되어 황량한 산에서 야영을 했다. 그날 밤 원소가 군막에 있는데 멀리서 울음소리가 들렸다. 살며시 그쪽으로 가서 들어보았다. 패잔병들이 모여 서로 하소연하고 있는데, 형님이 죽고 아우를 잃었다느니, 동료가 사라지고 어버이가 돌아가셨다느니 하면서 저마다 가슴을 치며 통곡을 했다. 그러고는 모두들 이렇게 말했다.

"전풍의 말을 들었더라면 우리가 이런 화를 당했겠나?"

원소는 크게 뉘우쳤다.

"내가 전풍의 말을 듣지 않아서 싸움에 지고 장수가 죽었구나. 이제 돌아가서 무슨 면목으로 전풍을 대한단 말인고!"

다음날 원소가 말에 올라 길을 가는데 봉기가 군사를 이끌고 와서 맞이했다. 원소가 봉기에게 말했다.

"내가 전풍의 말을 듣지 않아서 이렇게 패하고 말았네. 내 이제 돌아가서 그를 만나기가 부끄럽구먼."

봉기는 재빨리 전풍을 헐뜯었다.

"전풍은 주공께서 패하셨다는 소식을 듣고 감옥에서 손뼉을 치며 크게 웃었답니다. 그러면서 '과연 내 짐작을 벗어나지 못했구나!'라고 했답니다."

이 말을 들은 원소는 크게 노했다.

"돼먹지 못한 선비 놈이 어찌 감히 나를 비웃는단 말인가! 내 기필코 그놈을 죽이고 말리라!"

그러고는 사자에게 보검을 주어 한발 앞시 기주로 가서 감옥에 갇혀 있는 전풍을 죽이라고 명했다.

한편 감옥에 갇혀 있는 전풍에게 하루는 옥리가 찾아와서 말했다.

"별가別駕께 축하를 올립니다."

전풍이 물었다.

"무슨 기쁜 일이 있다고 축하를 한다는 것이냐?"

옥리가 말했다.

"원장군께서 크게 패하여 돌아오신다니, 공은 반드시 중용되실 것입니다."

전풍이 웃으며 대꾸했다.

"내가 이제 죽게 되었구나!"

옥리가 물었다.

"사람들은 모두 공을 위해 기뻐하는데, 공께선 어찌하여 죽는다고 하십니까?"

전풍이 대답했다.

"원장군은 겉으로는 관대한 것 같으나 속으로는 시기가 많고 사람의 진심을 알아볼 줄 모르시는 분일세. 이번 전쟁에서 이겼다면 기분이 좋아서 나를 사면할 수도 있겠지만 패했으니 부끄러워하고 계실 것이네. 그리되면 나는 살아날 가망이 없다네."

옥리는 그 말을 믿을 수가 없었다. 그때 사자가 검을 지니고 와서 원소의 명을 전하며 전풍의 목을 자르려 했다. 옥리는 그제야 깜짝 놀랐다. 전풍이 말했다.

"내 반드시 죽을 것을 진작부터 알고 있었다."

이 말을 들은 옥리들은 모두 눈물을 흘렸다. 전풍이 다시 말했다.

"대장부로 천지간에 태어나서 옳은 주인을 가려 섬기지 못했으니, 이는 슬기가 없었던 것이다. 오늘 죽음을 받은들 무엇이 아까우랴!"

마침내 전풍은 옥중에서 스스로 목을 베어 죽었다. 후세 사람이 지은 시가 있다.

어제 아침엔 저수를 군중에서 잃었는데 /

오늘에 와선 전풍이 옥중에서 자결하네. //

하북의 기둥감이 이렇게 모두 꺾이는데 /

원소가 어찌 제 나라를 잃지 않을쏘냐.

昨朝沮授軍中失, 今日田豊獄內亡. 河北棟梁皆折斷, 本初焉不喪家邦!

전풍이 죽었다는 소식을 들은 사람들은 모두가 탄식하며 아까워
했다.

기주로 돌아온 원소는 마음이 번잡하고 정신이 산란하여 정사를
돌보지 못했다. 그런 마당에 아내 유씨劉氏가 후계자를 세우라고 권
했다. 원소는 아들 셋을 낳았는데, 맏아들 원담은 자가 현사顯思로 청
주를 지키고 있고, 둘째아들 원희袁熙는 자가 현혁顯奕으로 유주를 지
키고 있었다. 셋째 원상은 자가 현보顯甫로 원소의 후처 유씨가 낳은
아들인데, 용모가 준수하고 웅장했다. 원소는 이 아들을 매우 사랑
하여 항상 옆에 데리고 있었다. 관도에서 패한 뒤 유씨가 원상을 후
계자로 세우라고 권하자 원소는 심배, 봉기, 신평辛評, 곽도 등과 상
의했다. 원래 심배와 봉기는 원상을 보좌했고, 신평과 곽도는 원담
을 보좌했으므로 네 사람은 각기 자신들이 섬기는 주인을 위해 힘을
쏟았다. 원소가 네 사람에게 말했다.

"지금 바깥의 걱정거리가 그치지 않으니 안의 일을 빨리 성해야
하겠소. 후계자를 세우려 하는데, 맏이 담은 성정이 강하고 사람 죽
이기를 좋아하며, 둘째 희는 부드럽고 나약하여 큰일을 이루기 어렵
소. 셋째 상은 영웅다운 모습이 있는데다 현명한 이를 예우하고 선
비들을 존경하니, 내 그 아이를 후사로 세웠으면 하오. 공들의 생각
은 어떠하오?"

觀武
觀馬

정십발 그림

곽도가 말했다.

"세 아들 가운데 담이 맏이인데다 지금 밖에 있습니다. 주공께서 맏이를 폐하고 막내를 후사로 세우신다면 난의 싹이 될 것입니다. 지금 군사의 위세가 꺾이고 적군이 경계를 압박하고 있는데 어찌 다시 부자와 형제가 서로 다툴 꼬투리를 만들려 하십니까? 주공께서는 우선 적을 막을 대책부터 생각하시고 후계자를 세우는 일은 천천히 의논하시기 바랍니다."

원소는 주저하며 결정을 내리지 못했다.

이때 보고가 들어왔다. 원희는 유주에서 군사 6만 명을 이끌고, 원담은 청주에서 군사 5만 명을 이끌고, 생질 고간高幹 또한 병주에서 군사 5만 명을 거느리고 제각기 싸움을 돕기 위해 기주로 온다는 것이었다. 원소는 대단히 기뻐하며 다시 인마를 정돈하여 조조와 싸우기로 했다.

이때 조조는 승전고를 울린 군사들을 이끌고 황하 연안을 따라 영채를 세웠다. 그 고장 토박이들이 대광주리와 주전자에 음식과 술을 담아 이들을 맞이했다. 몇몇 늙은이는 수염과 머리카락이 모두 백발이었다. 이를 본 조조는 그들을 군막으로 들어오게 해서 자리에 앉히고 다음 물었다.

"노인장들은 연세가 얼마나 되셨소?"

한 노인이 대답했다.

"모두 백 살에 가깝습니다."

이 말을 들은 조조가 말했다.

"우리 군사들이 노인장의 고장을 놀라게 하고 소란을 피워 몹시 미안하오."

노인 중 하나가 말했다.

"환제 때 누런 별(토성을 말함)이 옛 초나라와 송나라에 해당하는 분야에 나타났는데, 천문에 밝은 요동 사람 은규殷馗가 밤에 여기서 묵다가 이 늙은 것들에게, '누런 별이 바로 이곳을 비추니, 50년 후 양梁과 패沛 땅에서 진인眞人(진정한 군주를 뜻함)이 나올 것이오'라고 했습니다. 햇수를 따져 보면 지금이 정확히 50년이 됩니다. 원본초는 지나치게 많은 세금을 긁어 들이므로 모두 그를 원망합니다. 승상께서는 인의의 군사를 일으켜 백성을 위로하고 죄지은 자를 치면서 관도의 한번 싸움으로 원소의 1백만 대병을 격파하셨으니, 당시 은규가 했던 말과 맞아떨어집니다. 이제야 수많은 백성들이 태평하게 살날을 바랄 수 있게 되었습니다."

조소가 웃으며 대답했다.

"제가 어찌 노인장들의 말씀을 감당하겠소?"

그러고는 노인들에게 술과 음식을 대접하고 비단을 주어 돌려보냈다. 조조는 삼군에 호령했다.

"마을에 내려가 민가의 닭이나 개를 잡아먹는 자가 있으면 살인죄로 처벌하겠다!"

이에 군사와 백성들은 모두 복종했고, 이를 본 조조 역시 속으로 은근히 좋아했다.

이때 원소가 4개 주에서 군사 2,30만 명을 모아 창정倉亭으로 나와 영채를 세웠다는 보고가 들어왔다. 조조는 군사를 이끌고 나가 영채를 세웠다. 다음날 양쪽 군사들이 마주 보면서 각기 포진하여 진세를 이루었다. 조조가 장수들을 데리고 진 앞으로 나가자, 원소 역시 세 아들과 생질, 그리고 문관과 무장들을 거느리고 진 앞에 나왔다.

조조가 먼저 말했다.

"본초는 계책이 궁하고 힘이 다했는데 어찌하여 아직도 항복할 생각을 하지 않는가? 칼이 정수리에 닿을 때를 기다렸다간 뉘우쳐도 늦을 것이다!"

크게 노한 원소가 장수들을 돌아보았다.

"누가 출전하겠느냐?"

원상이 아버지 앞에서 재주를 자랑하려고 쌍칼을 휘두르며 나는 듯이 말을 달려 나가더니 이리저리 내달렸다. 조조가 그를 가리키며 장수들에게 물었다.

"저자는 누구냐?"

원상을 아는 자가 대답했다.

"저자는 원소의 셋째 아들 원상입니다."

그 말이 채 끝나기도 전에 어느새 한 장수가 창을 꼬나들고 나갔다. 조조가 보니 바로 서황의 수하 장수인 사환이었다. 두 마리 말이 어울려 세 합도 싸우지 않아 원상이 말머리를 돌려 비스듬히 달아났다. 사환이 뒤쫓아 가자 원상이 활에 살을 먹이더니 몸을 돌리면서 뒤를 향해 힘껏 쏘았다. 화살은 사환의 왼쪽 눈에 정통으로 맞았고, 사환은 즉시 말에서 떨어져 죽었다. 원소가 아들이 이기는 것을 보고 채찍을 휘둘러 지시하자 대부대의 군사가 한꺼번에 몰려나와 크게 혼전이 벌어졌다. 한바탕 살육전이 벌어진 뒤 양쪽에서 각기 징을 울려 군사를 거두어 영채로 돌아갔다.

조조는 장수들과 함께 원소를 깨뜨릴 계책을 상의했다. 정욱이 '열 방향에 매복하는 계책十面埋伏之計'을 내놓았다. 군사를 황하 연안으로 후퇴시켜 열 개 부대로 나누어 매복시킨 다음 원소를 유인하여 강변까지 쫓아오도록 하자는 것이었다.

"우리 군사는 더 이상 물러설 곳이 없으므로 반드시 죽기로써 싸울 것이니, 이리되면 원소를 이길 수 있습니다."

조조는 그 계책을 옳게 여기고 군사를 좌우 각 다섯 부대로 나누었다. 왼쪽은 1대 하후돈, 2대 장료, 3대 이전, 4대 악진, 5대 하후연이고, 오른쪽은 1대 조홍, 2대 장합, 3대 서황, 4대 우금, 5대 고람이었다. 중군에는 허저를 선봉으로 삼았다. 다음날 열 부대의 군사들이 먼저 나아가 좌우로 매복했다. 한밤중이 되자 조조는 허저에게 군사를 이끌고 전진하여 짐짓 영채를 습격하는 척하게 했다. 원소의 다섯 영채 군사들이 일제히 일어나자, 허저는 곧바로 군사를 돌려 달아났다. 원소가 군사를 이끌고 추격하는데 함성이 그치지 않았다. 동이 틀 무렵에는 원소의 군사들이 황하 연안까지 쫓아왔다. 조조의 군사는 더 이상 물러날 길이 없었다. 조조가 큰소리로 외쳤다.

"앞에는 더 이상 물러날 길이 없다. 군사들이여, 어찌하여 죽기로써 싸우지 않는가?"

그 말에 군사들은 돌아서서 힘을 떨쳐 전진했다. 허저가 앞장서서 나는 듯이 말을 달리며 10여 명의 장수를 베어 죽이자 원소의 군사들이 크게 어지러워졌다. 원소가 군사를 물리며 급히 돌아서자 등 뒤에서 조조의 군사가 추격했다.

원소의 군사가 한창 달려가고 있는데 한바탕 북소리가 울리면서 왼쪽에서는 하후연, 오른쪽에서는 고람의 군사가 돌격해 나왔다. 원소는 세 아들과 생질을 한데 모아 죽기로써 싸우며 혈로를 뚫고 달아났다. 그러나 10리도 못 가서 왼쪽에서 악진, 오른쪽에서 우금이 쏟아져 나와 들이치니, 원소군의 시체가 들판에 가득하고 피가 흘러 도랑을 이루었다. 다시 몇 리도 채 못 갔을 때 왼편에선 이전, 오른편에선 서황이 이끄는 군사가 양쪽에서 쏟아져 나와 길을 막고 한바탕 무찔렀다.

원소 부자는 간담이 떨어지고 심장이 벌렁거렸다. 간신히 영채로 달려가 전군에 밥을 짓게 하여 막 먹으려고 하는 순간이었다. 이번에는 왼쪽에서 장료, 오른쪽에서 장합이 나타나 곧장 영채로 돌격해 들어왔다. 원소는 황급히 말에 올라 창정으로 달아났다. 사람과 말이 다함께 지쳐 잠시 숨이라도 돌리고 싶었지만 뒤에서 조조의 대군이 계속 쫓아오는 바람에 원소는 목숨을 걸고 달아나는 수밖에 없었다. 한창 달리고 있는데 이번에는 오른쪽에서 조홍, 왼쪽에서 하후돈이 나타나 길을 가로막았다. 원소가 큰소리로 외쳤다.

"목숨을 버릴 각오로 싸우라. 그러지 않으면 사로잡히게 된다!"

군사들이 힘을 떨쳐 돌진한 덕분에 겹겹이 에워싼 포위를 간신히 뚫고 나갔다. 원희와 고간은 모두 화살을 맞아 부상당했고 군사들은 거의 전멸하다시피 했다. 원소는 세 아들을 끌어안고 한바탕 통곡을 하다가 자신도 모르게 넘어지며 정신을 잃고 말았다. 사람들이 급히 구완했으나 원소는 계속 선혈을 토하면서 탄식했다.

"수십 차례의 전투를 겪었으나 오늘 이 지경으로 낭패를 볼 줄은 몰랐구나! 이는 하늘이 나를 망치려는 것이다! 너희들은 각자 맡고 있는 고을로 돌아가 맹세코 조가 도적놈과 자웅을 가리도록 하라!"

원소는 조조가 청주의 경계를 치지나 않을까 두려웠다. 그래서 신평과 곽도에게 원담을 따라 서둘러 청주로 가서 군사를 정돈하고, 원희는 유주로 돌아가며, 고간도 원래 있던 병주로 돌아가서 각기 인마를 수습하여 필요할 때 동원할 수 있도록 대비하게 했다. 원소 자신은 원상 등을 이끌고 기주로 들어가 병을 치료하면서 원상에게 심배, 봉기와 함께 잠시 군사 일을 맡아보게 했다.

한편 창정에서 크게 이긴 조조는 삼군에 후한 상을 내리고, 기주로 사람을 보내 동정을 살펴보게 했다. 첩자가 돌아와 보고했다.

"원소는 병에 걸려 자리에 누웠고 원상과 심배가 성을 단단히 지키고 있습니다. 원담과 원희, 고간은 모두 원래 맡았던 고을로 돌아갔습니다."

여러 사람이 조조에게 서둘러 기주를 공격하자고 권하자 조조가 말했다.

"기주는 식량이 풍부하고 또한 심배는 기지와 지모가 있는 사람이니 급히 함락시킬 수는 없소. 지금은 들에서 곡식이 자라고 있으니 백성들의 생업을 망칠 염려도 있소. 잠시 기다렸다가 추수가 끝난 뒤에 공격해도 늦지 않을 것이오."

한창 의논을 하고 있는데 순욱의 편지가 도착했다.

여남에 있는 유비가 유벽과 공도에게서 군사 수만 명을 얻었습니다. 승상께서 군사를 이끌고 하북으로 출정하셨다는 소문을 듣고는 유벽에게 여남을 지키게 하고 유비 자신은 직접 군사를 이끌고 빈틈을 이용하여 허창을 공격할 것이라고 합니다. 승상께서는 속히 회군하여 그를 막으시는 것이 좋겠습니다.

신이가 그림

깜짝 놀란 조조는 조홍에게 황하 일대에 주둔하며 많은 군사가 있는 듯 위세를 보이라고 지시하고 자신은 직접 대군을 거느리고 유비를 상대하러 여남으로 갔다.

한편 현덕은 관우, 장비, 조운 등과 함께 군사를 이끌고 허도를 습격하려고 했다. 그런데 군사를 이끌고 양산穰山 근처까지 행군했을 때 진격해 오던 조조의 군사와 정면으로 마주쳤다. 현덕은 곧 양산에 영채를 세웠다. 군사를 3부대로 나누었는데, 운장은 동남쪽 모퉁이, 장비는 서남쪽 모퉁이에 주둔하고, 현덕은 조운과 함께 정남쪽에 영채를 세웠다. 조조의 군사가 이르자 현덕은 북치고 고함지르며 나아갔다. 포진을 마친 조조가 현덕을 불러냈다. 현덕이 진문 앞 깃발 아래로 말을 몰고 나갔다. 조조가 채찍을 들어 현덕을 가리키며 욕을 했다.

"내가 너를 상빈으로 대접했거늘 너는 어찌하여 의리와 은혜를 저버리느냐?"

현덕도 지지 않았다.

"너는 한나라 승상이란 이름을 내걸었지만 실은 나라의 역적이 아니냐? 나는 황실의 종친으로서 천자의 비밀 조서를 받들고 역적을 토벌하러 왔느니라!"

그러고는 말 위에서 헌제가 내린 의대조衣帶詔를 큰소리로 낭송했다. 크게 화가 난 조조는 허저를 내보내 싸우게 했다. 현덕의 등 뒤에서 조운이 창을 꼬나들고 말을 달려 나갔다. 두 장수는 어울린 지 30합이 되도록 승부가 나지 않았다. 이때 별안간 함성이 크게 진동하면서 동남쪽 귀퉁이에서 운장이 군사를 몰아 돌진하고, 서남쪽 귀퉁이에서는 장비가 군사를 이끌고 돌격해 나왔다. 세 곳의 군사들이 일제히 몰아치자 먼 길을 오느라 피곤했던 조조의 군사들은 당해 내지 못하고 대패해서 달아났다. 현덕은 승리를 거두어 영채로 돌아왔다.

다음날 현덕은 또 조운을 시켜 싸움을 걸게 했다. 그러나 조조의 군사는 열흘이 지나도록 나오지 않았다. 현덕은 다시 장비를 내보내 싸움을 돋우었지만 조조의 군사는 역시 영채에서 나오지 않았다. 현덕은 그럴수록 의심을 하고 있는데, 갑자기 군량을 운반하던 공도가 조조의 군사에게 포위당했다는 보고가 들어왔다. 현덕은 급히 장비를 보내 공도를 구원토록 했다. 그런데 또 하후돈이 군사를 이끌고 등 뒤를 질러 곧장 여남을 치러 갔다는 보고가 들어왔다. 현덕은 크게 놀랐다.

"만약 그리된다면 우리는 앞뒤로 적을 맞게 되어 돌아갈 곳이 없어지겠구나!"

급히 운장을 보내 여남을 구하게 했다. 장비와 운장이 거느린 군사들이 모두 떠나고 하루가 채 지나지 않았는데 급보가 날아들었다. 하후돈이 이미 여남을 깨뜨렸고 유벽은 성을 버리고 달아났으며, 운장은 지금 포위되어 있다는 것이었다. 현덕이 크게 놀라고 있는데 이번에는 다시 공도를 구하러 간 장비 역시 포위당했다는 보고가 들어왔다. 현덕은 당장 군사를 되돌리고 싶었지만 조조의 군사가 뒤를 습격하지나 않을까 두려웠다. 이때 갑자기 영채 밖에서 허저가 싸움을 건다는 보고가 들어왔다. 현덕은 감히 나가 싸우지 못하고 날이 어두워지기를 기다려 장병들을 배불리 먹인 다음 보병을 앞세우고 기병을 뒤따르게 했다. 영채에는 시각을 알리는 군사를 남겨 시각마다 징이나 북을 울려 아무 일도 없는 것처럼 위장하게 했다. 영채를 떠난 현덕이 몇 리쯤 가서 어느 토산을 돌아가는데 갑자기 횃불이 일제히 밝혀지며 산마루에서 고함소리가 들렸다.

"현덕을 놓치지 말라! 승상께서 여기서 특별히 기다리고 계신다!"

황급히 달아날 길을 찾는 현덕을 조운이 안심시켰다.

"주공께서는 걱정하지 마시고 저만 따라오십시오."

조운이 창을 꼬나들고 말을 달려 길을 뚫으며 나가고 쌍고검을 빼든 현덕이 그 뒤를 따랐다. 한창 싸우고 있는데 허저가 쫓아와 조운과 싸웠다. 둘이 힘을 다해 한창 싸우는데 다시 등 뒤로 우금과 이전이 들이닥쳤다. 형세가 위급한 것을 본 현덕은 허둥지둥 험한 곳으로 달아났다. 등 뒤에서 울리는 고함소리가 차츰 멀어질 즈음, 현덕은 깊은 산 후미진 길을 향화여 필마단기로 달아나고 있었다. 날이 샐 무렵 옆에서 한 떼의 군사가 불쑥 나타났다. 깜짝 놀란 현덕이 살펴보니 패잔병 1천여 기를 거느린 유벽이 현덕의 식솔들을 보호하며 오는 길이었다. 손건과 간옹, 미방도 와서 하소연했다.

"하후돈 군사의 기세가 너무나 날카로워 성을 버리고 달아났습니다. 조조의 군사들이 뒤를 추격했는데, 다행히 운장이 막아 주어 위기를 벗어날 수 있었습니다."

현덕이 물었다.

"운장은 지금 어디 있소?"

유벽이 말했다.

"장군께서는 지금은 일단 가십시오. 그 문제는 다음에 다시 생각하십시다."

다시 몇 리쯤 가니 북소리가 울리면서 앞에서 한 떼의 인마가 몰려나왔다. 앞장선 대장은 장합이었다. 장합은 큰소리로 외쳤다.

"유비는 어서 말에서 내려 항복하라!"

현덕이 막 뒤로 물러서려는데 산꼭대기에서 붉은 깃발이 움직이는 것과 동시에 우묵한 골짜기에서 한 무리의 군사가 쏟아져 나왔다. 앞장선 대장은 고람이었다. 진퇴양난에 빠진 현덕은 하늘을 우러러 크게 부르짖었다.

"하늘은 어찌하여 이처럼 나를 곤경에 빠뜨린단 말인가! 형세가 이 지경에 이르렀으니 차라리 죽는 편이 낫겠구나!"

그리고는 검을 뽑아 스스로 목을 베려 하는 걸 유벽이 급히 제지하며 말했다.

"제가 죽기로써 싸워 길을 열고 사군을 구해 드리겠습니다."

말을 마치자 곧바로 달려 나가 고람과 맞붙었다. 그러나 세 합도 못 버티고 고람이 휘두르는 칼에 찍혀 말에서 떨어지고 말았다. 당황한 현덕이 직접 나가 싸우려는 순간이었다. 별안간 고람의 후군이 어지러워지면서 한 장수가 적진을 뚫고 나왔다. 그 장수가 창을 번쩍 들어 찌르자 고람이 몸을 뒤집으며 말에서 굴러 떨어졌다. 바로 조운이었다. 현덕은 너무나 기뻤다. 조운은 창을 꼬나들고 말을 달리며 고람이 거느린 후미의 군사를 흩어 버리고 다시 앞을 막고 있는 군사에게로 달려가 혼자서 장합과 싸웠다. 장합은 조운과 맞붙어 30여 합을 싸우더니 말머리를 돌려 달아났다. 조운이 이긴 기세를 타고 돌격해 나갔지만 장합의 군사들이 산의 요충지를 단단히 지키고 있는데다 길이 좁아 빠져나갈 수가 없었다.

조운이 길을 열어보려고 한창 싸우고 있는데, 때마침 운장·관평·주창이 3백 명의 군사를 이끌고 당도했다. 양쪽에서 몰아쳐 장합을 물리친 현덕의 군사는 각기 길목을 빠져나와 산의 험한 곳을 차지하고 영채를 세웠다. 현덕은 운장에게 장비를 찾아보라고 했다.

이보다 앞서 장비는 공도를 구하러 갔으나 공도는 이미 하후연의 손에 피살된 뒤였다. 장비는 힘을 떨쳐 하후연을 물리치고 줄기차게 뒤를 추격했다. 그러다가 도리어 악진이 거느린 군사에게 포위되고 말았다. 길에서 패잔병들을 만나 사정을 들은 운장은 패잔병들이 온 길을 되짚어 달려갔다. 그리하여 악진을 무찌르고 장비와 함께 돌아와 현덕을 만났다. 이때 조조가 대부대를 이끌고 쫓아온다는 보고가 들어왔다. 현덕은 손건 등에게 가족을 보호하여 먼저 떠나게 하고, 자신은 관우·장비·조운과 함께 뒤에 처져 싸우면서 달아나기를 반복했다. 조조는 현덕이 멀리 달아난 것을 보고 군사를 거두고 더 이상 추격하지 않았다.

현덕은 1천 명도 안 되는 패잔병을 거느리고 낭패하여 달아났다. 앞에 강물이 나타나기에 그 고장 토박이를 불러 물어보니 한강漢江이라고 했다. 현덕은 우선 그곳에 임시 영채를 세웠다. 상대가 현덕임을 안 그 지방 사람들이 양고기와 술을 가져다 바쳤다. 그래서 모두 모래톱에 모여 앉아 술을 마셨다. 현덕이 한숨을 쉬며 말했다.

"그대들은 모두 제왕을 보좌할 만한 인재들이건만 불행하게도 이 유비를 따르고 있는데 이 비의 운이 군색하여 여러분에게 해만 끼치고 있소. 지금 나에게는 송곳 하나 꽂을 땅조차 없으니 진실로 그대들을 그르치지나 않을까 두렵소. 그대들은 어찌하여 이 비를 버리고 현명한 주인을 찾아가 공명을 얻으려 하지 않으시오?"

사람들은 얼굴을 가리고 소리 내어 울었다. 운장이 말했다.

"형님 말씀이 틀렸소이다. 옛날 고조께서도 항우와 천하를 다툴 때 여러 차례 패했습니다. 그러나 후에 구리산九里山의 한 차례 싸움으로 공을 이루어 4백년 기업을 여셨습니다. 이기고 지는 것은 싸움하는 사람들이 늘 겪는 일이거늘 어찌 스스로 뜻을 꺾으려 하십니까?"

손건도 현덕을 달랬다.

"승패는 때가 있는 법이니 투지를 잃어서는 아니 됩니다. 여기는 형주에서 멀지 않은 곳입니다. 유경승景升(유표의 자)은 아홉 군을 다스리며 군사도 강력하고 식량도 풍족합니다. 더욱이 주공과는 같은 황실의 종친인데 거기로 가서 의탁하시는 것이 어떻겠습니까?"

현덕이 걱정했다.

"받아 주지 않을까 두려울 뿐이오."

손건이 말했다.

"제가 먼저 가서 유경승을 설득하여 경계 밖으로 나와 주공을 영접하도록 하겠습니다."

현덕은 크게 기뻐하며 그날 밤 즉시 손건을 형주로 달려가게 했다. 손건은 군郡에 이르러 유표를 찾아보고 인사를 마쳤다. 유표가 물었다.

"공은 현덕을 따르는 사람이거늘 무슨 까닭으로 이곳까지 오셨소?"

손건이 대답했다.

"유사군은 천하의 영웅입니다. 비록 군사는 미약하고 장수는 몇 명 안 되지만 사직을 바로잡아 세우려는 큰 뜻을 품고 있습니다. 여남의 유벽과 공도는 평소 아무런 친분이나 연고도 없지만 죽음으로써 사군에게 보답했는데, 하물며 명공께서는 사군과 마찬가지로 황실의 후예이십니다. 지금 사군께서는 싸움에 패하시고 강동으로 가서 손중모에게 의지하려 하더이다. 그래서 이 건이 외람되이 말씀드렸습니다. '친지를 등지고 사이가 먼 사람을 찾아가는 것은 옳지 못합니다. 형주의 유장군께서는 현명한 이와 선비를 예우하기 때문에 강물이 동쪽으로 흐르듯이 인재들이 모여들고 있다고 합니다. 하물며 사군은 유장군과 종친이 아니십니까?' 그랬더니 사군께서 특별히 저더러 먼저 가서 명공께 말씀을 올리게 하셨습니다. 어떻게 하실지 명공께서는 명을 내리소서."

유표는 대단히 기뻐했다.

"현덕은 나의 아우요. 오래 전부터 만나고 싶었으나 뜻을 이루지 못했소. 이제 이곳을 찾아 주시겠다니 참으로 다행이구려!"

그러자 채모蔡瑁가 현덕을 헐뜯었다.

"안 됩니다. 현덕은 처음에 여포를 따르다가 후에 조조를 섬겼고 최근에는 원소에게 의탁했는데 모두 끝이 좋지 못했으니 그 사람됨을 알 수 있습니다. 지금 그를 받아들이신다면 조조는 틀림없이 우리 쪽으로 군사를 움직여 창칼을 겨눌 것입니다. 차라리 손건의 머리를 잘라 조조에게 바치면 조조는 반드시 주공을 무겁게 대우할 것입니다."

손건이 정색하고 반박했다.

"이 건은 죽음을 두려워하는 사람이 아니오. 유사군은 충심으로 나라를 위하는 분으로 조조나 원소, 여포 따위에 비할 바가 아니오이다. 전에 그들을 따랐던 것은 부득이하여 그랬을 뿐이었소. 지금 유장군께서는 황실의 후예이신데다 종친을 대하는 정의가 극진하시다는 소문을 듣고 천리 길을 달려와 의탁하려는 것이오. 그런데 그대는 어찌하여 이처럼 현명한 이를 헐뜯고 시기한단 말이오?"

손건의 말을 듣고 유표가 채모를 꾸짖었다.

왕굉희 그림

"내 뜻은 이미 결정되었으니 그대는 여러 말을 하지 말라."

채모는 부끄러워서 한을 품고 물러났다. 유표는 먼저 손건을 돌려보내 현덕에게 자신의 뜻을 전하게 하는 한편 친히 성밖 30리까지 나와 현덕을 영접했다. 현덕은 유표를 만나 매우 공손하게 예의를 차렸고, 유표 또한 현덕을 심히 후하게 대접했다. 현덕이 관우, 장비를 비롯한 사람들을 인도하여 유표를 배알시켰다. 유표는 마침내 현덕 일행과 함께 형주로 들어가 주택을 마련해 주고 그곳에서 살게 했다.

한편 조조는 현덕이 이미 형주로 가서 유표에게 몸을 의탁했다는 사실을 탐지하자 즉시 군사를 이끌고 그들을 공격하려 했다. 그러나 정욱이 말렸다.

"원소를 아직 제거하지 못했는데 갑자기 형양荊襄을 공격하다가 원소가 북쪽에서 군사를 일으킨다면 승부를 예측할 수 없습니다. 차라리 허도로 회군하여 군사들의 예기를 기르며 날이 풀리는 내년 봄까지 기다리는 게 낫습니다. 그때 군사를 일으켜 먼저 원소를 깨뜨리고, 뒤이어 형양을 빼앗는다면 남과 북의 이익을 한꺼번에 거둬들일 수 있을 것입니다."

조조는 그 말을 옳게 여기고 마침내 군사를 이끌고 허도로 돌아갔다.

건안 7년(202년) 정월 조조는 상의 끝에 다시 군사를 일으켰다. 먼저 하후돈과 만총을 여남으로 보내 그곳을 지키며 유표를 막게 하고, 조인과 순욱을 허도에 남겨 두어 지키게 했다. 자신은 직접 대군을 통솔하고 관도로 나아가 주둔했다.

한편 원소는 지난해에 자극을 받아 피를 토하고 앓아 누었다가 이제야 겨우 좀 나아 허도를 공격하려고 상의했다. 심배가 충고했다.

"지난해 관도와 창정에서 패한 뒤로 군사의 사기가 아직 살아나지 못했습니다. 지금은 도랑을 깊이 파고 보루를 높이 쌓아 지키며 군사와 백성의 힘을 길러야 합니다."

한창 대책을 상의하고 있는데, 별안간 조조가 관도로 진군해 기주를 치러 온다는 보고가 들어왔다. 원소가 말했다.

"적군이 성 아래까지 다가오고 적장이 해자 가에 이르도록 가만히 있다가 적을 막으려면 일은 이미 늦을 것이오. 내가 직접 대군을 거느리고 마주 나가야겠소."

원상이 만류했다.

"아버님께선 병이 아직 완쾌되지 않으셨으니 멀리 출정하셔서는 안 됩니다. 원컨대 소자가 군사를 이끌고 나아가 적을 맞이하겠습니다."

원소는 이를 허락하고 사자를 보내 청주의 원담, 유주의 원희, 병주의 고간을 불러들여 네 길로 함께 조조를 격파하려 했다. 이야말로 다음 대구와 같다.

여남으로 향하던 북 소리가 끝나자 /
기북에서 또다시 전쟁이 벌어지네
纔向汝南鳴戰鼓　又從冀北動征鼙

승부는 어떻게 될 것인가, 다음 회를 보라.

32

원씨 형제들의 골육상쟁

기주를 빼앗으려 원상은 제 형과 싸우고
장하 물을 터뜨리도록 허유가 꾀를 내다
奪冀州袁尚爭鋒 決漳河許攸獻計

사환을 죽인 뒤로부터 용맹을 자부해 온 원상은 원담 등의 군사가 올
때까지 기다리지 않고 직접 수만 명의 군사를 이끌고 여양으로 나아
가 조조의 선발대와 맞섰다. 먼저 장료가 말을 달려 나오자 원상도
창을 꼬나들고 싸우러 나왔다. 그러나 세 합도 어울리지 못해 장료
의 공격을 막아 내지 못하고 쩔쩔매다가 대패하여 달아났다. 장료가
이긴 기세를 타고 몰아치자 원상은 어쩔 줄 몰라 급히 군사를 이끌고
기주로 돌아가고 말았다. 원소는 원상이 패하고 돌아왔다는 말을 듣
고 다시 큰 충격을 받아서 병이 도져 피를 몇 말이나 토하더니 정신
을 잃고 쓰러졌다. 유부인이 황급
히 원소를 부축하여 안방에 데
려다 눕혔지만 병세는 갈수록
위독해졌다. 유부인은 급
히 심배와 봉기
를 원소의 침

상 앞으로 불러다 뒷일을 상의했다. 원소는 그저 손짓만 할 뿐 말을 하지 못했다. 유부인이 물었다.

"상이 뒤를 잇게 할까요?"

원소가 고개를 끄덕였다. 심배가 침상 앞으로 다가가 원소의 마지막 당부를 적었다. 원소는 몸을 뒤집으며 외마디 고함을 지르더니 다시 피를 한 말 넘게 토하고는 죽어 버렸다. 후세 사람이 지은 시가 있다.

조상대대의 음덕으로 큰 이름을 세우고 /
젊은 시절 뜻과 기개로 천하를 누비었네. //
삼천 명의 준걸들도 헛되이 불러 모았고 /
백만 웅병 있어도 제대로 쓸 줄 몰랐네.

양의 기질에 범탈이니 공을 이룰 수 없었고 /
봉황 모습에 닭 담력 큰일하기 어려웠네. //
더욱이 가련하고 가슴 아프게 하는 것은 /
쓸데없이 가정 분란 일으킨 두 형제라네.

累世公卿立大名, 少年意氣自縱橫. 空招俊傑三千客, 漫有英雄百萬兵.
羊質虎皮功不就, 鳳毛鷄膽事難成. 更憐一種傷心處, 家難徒延兩弟兄.

원소가 죽자 심배 등이 장례를 주관했다. 유부인은 원소가 총애하던 첩 다섯을 모두 죽였다. 뿐만 아니라 애첩들의 넋이 구천에서 원소와 다시 만날 걸 염려하여 죽은 사람의 머리카락을 자르고 얼굴을 찔러 시체를 훼손시켰다. 유부인의 투기가 이처럼 그악스러웠다. 원상 또한 원소가 총애하던 첩의 식솔들이 자신을 해칠 게 두려워 모두 잡아들여 죽였다. 심배와 봉기는 원상을 대사마 장군으로 삼고, 기주·청주·유주·병주 등 4개 주의 목을 겸하게 했다. 그러고는 부고를 알리는 사자들을 파견했다.

이때 원담은 군사를 출동시켜 청주를 떠난 뒤였는데, 부친이 돌아가셨다는 소식을 듣고 곽도·신평과 대책을 상의했다. 곽도가 말했다.

"주공께서 기주에 계시지 않았으니 심배와 봉기가 틀림없이 현보顯甫(원상의 자)를 주인으로 세웠을 것입니다. 속히 가 보셔야 합니다."

그러나 신평은 생각이 달랐다.

"심배와 봉기는 틀림없이 미리 계책을 정해 두었을 것입니다. 지금 급히 가셨다가는 반드시 그들에게 화를 입을 것입니다."

원담이 물었다.

"그렇다면 어떻게 해야 하오?"

곽도가 대답했다.

"군사를 성밖에 주둔시키고 동정을 살펴야 합니다. 제가 직접 가서 살펴보겠습니다."

원담은 그 말을 따르기로 했다. 곽도는 마침내 기주로 들어가 원상을 만났다. 인사를 마치고 나서 원상이 물었다.

"형님은 어찌하여 오시지 않았소?"

곽도가 대답했다.

"군중에서 병에 걸려 찾아뵙지 못하셨습니다."

원상이 말했다.

"나는 아버님께서 임종시에 남긴 명을 받았소. 아버님께선 나를 새 주인으로 세우고 형님을 높여 거기장군으로 삼으셨소. 지금 조조의 군사가 경계를 압박하고 있으니 형님께서 선발대가 되어 주시면 좋겠소. 나도 곧바로 군사를 움직여 지원하겠소."

곽도가 말했다.

"군중에는 계책을 상의할 만한 사람이 없으니 심정남正南(심배의 자)과 봉원도元圖(봉기의 자)를 보내 도와주시기 바랍니다."

원상이 대답했다.

"나 또한 이 두 사람을 믿고 아침저녁으로 계책을 세워야 하는데 어찌 보낼 수 있겠소?"

곽도가 다시 말했다.

"그렇다면 둘 중 한 사람만 보내 주시면 어떻겠습니까?"

원상은 어쩔 수가 없었다. 마침내 두 사람에게 제비뽑기를 하여 갈 사람을 정하게 했다. 봉기가 제비를 뽑자, 원상은 봉기에게 거기장군의 인수를 주어 곽도와 함께 원담의 군중으로 가게 했다. 곽도를 따라 원담의 군중에 이른 봉기는 원담이 병에 걸리지 않은 걸 보고는 은근히 불안한 마음으로 인수를 받들어 올렸다. 원담이 몹시 노하여 봉기의 목을 치려 하는데 곽도가 은밀히 말렸다.

"지금 조조의 군사가 기주 경계까지 들이닥쳤으니 잠시 봉기를 이곳에 두어 원상을 안심시켜야 합니다. 조조를 깨뜨린 다음에 다시 기주를 다투어도 늦지 않습니다."

원담은 그 말에 따라 즉시 영채를 뽑고 길에 올랐다. 여양으로 나아가 조조의 군사와 대치했다. 원담이 대장 왕소汪昭를 내보내 싸우게 하니 조조는 서황을 내보내 맞서게 했다. 두 장수가 몇 합 싸우지도 않았는데, 서황이 단칼에 왕소를 베어 말 아래로 떨어뜨렸다. 조조의 군사가 이긴 기세를 타고 몰아치자 원담의 군사는 크게 패하고 말았다. 원담은 패잔병을 거두어 여양으로 들어간 뒤, 원상에게 사람을 보내 구원을 청했다. 원상은 심배와 상의 끝에 겨우 5천여 명의 군사를 보내 주었다. 그런데 조조가 구원병이 바로 도착한다는 정보를 탐지하고 악진과 이전을 파견했다. 두 사람은 중도에서 구원군을 맞아 앞뒤로 포위하여 모조리 죽여 버렸다. 원상이 고작 5천 명의 군사만 보냈고, 그나마 중도에서 몰살당했다는 소식을 들은 원담은 크게 노했다. 즉시 봉기를 불러 꾸짖었다. 봉기가 말했다.

"제가 주공께 편지를 드려 직접 오셔서 구원해 달라고 청해 보겠습니다."

원담은 즉시 봉기에게 편지를 쓰게 했다. 그러고는 사람을 기주로 보내 원상에게 전하게 했다. 편지를 본 원상이 심배와 상의하니 심배가 말했다.

"곽도는 꾀가 많은 자입니다. 지난번에 우리와 다투지 않고 돌아간 것은 조조의 군사가 국경에 몰려와 있었기 때문입니다. 조조를 깨뜨리고 나면 틀림없이 기주를 빼앗으러 올 것입니다. 차라리 구원병을 보내지 말고 조조의 힘을 빌려 제거하는 게 낫겠습니다."

원상은 그 말을 좇아 군사를 보내지 않기로 했다. 사자가 돌아와 보고하자 원담은 크게 노하여 당장 봉기의 목을 자르고 조조에게 항복하려고 상의했다. 어느새 첩자가 이런 움직임을 은밀히 원상에게 보고했다. 원상은 심배와 의논했다.

"원담이 조조에게 항복하도록 내버려 두었다가 그들이 힘을 합쳐 공격하게 되면 기주가 위험해질 것이오."

결국 심배를 남겨 대장 소유蘇由와 함께 기주를 지키게 하고 원상 자신이 직접 대군을 거느리고 원담을 구하러 여양으로 떠났다. 원상이 누가 감히 선발대가 되겠느냐고 묻자 대장 여광呂曠과 여상呂翔 형제가 자원했다. 원상은 군사 3만 명을 점검하여 그들을 선봉으로 삼고 한발 앞서 여양으로 떠나보냈다. 원상이 직접 온다는 소식을 들은 원담은 크게 기뻐하며 조조에게 항복하려던 논의를 그만두었다. 원담은 성안에 주둔하고 원상은 성밖에 주둔하며 상호 의지하는 기각지세를 이루었다.

하루가 지나지 않아 원희와 고간도 군사를 거느리고 성밖에 당도했다. 군사를 세 군데에 주둔시키고 날마다 출동시켜 조조의 군사와 대치했다. 원상은 여러 차례 패하고 조조의 군사는 거듭하여 이겼다. 건안 8년(203년) 2월, 조조가 군사를 나누어 공격했다. 원담, 원희, 원상, 고간은 모두 크게 패하여 여양을 버리고 달아났다. 조조는 군사를 이끌고 기주까지 추격했다. 원담과 원상은 성안에 들어가 굳게 지키고, 원희와 고간은 성에서 30리 떨어진 곳에 영채를 세우고 허장성세를 부렸다. 조조의 군사는 날마다 연달아 공격했으나 성을 깨뜨리지 못했다. 곽가가 나서서 말했다.

"원씨가 맏이를 폐하고 막내를 세우는 바람에 형제가 권력 다툼을 하여 각기 파당을 수립했다고 합니다. 지금은 상황이 다급하여 서로 구원하지만 숨을 좀 돌릴 만하면 다시 다툴 것입니다. 차라리 군사를 남쪽의 형주로 움직여 유표를 정벌하면서 원씨 형제들의 변화를 기다리는 게 낫겠습니다. 변란이 일어난 나음에 공격하면 일거에 평정할 수 있을 것입니다."

조조는 그 말을 옳게 여겨 가후를 태수로 임명하여 여양을 지키게 하고, 조홍은 군사를 거느리고 관도를 지키게 했다. 자신은 대군을 이끌고 형주를 향하여 진군했다.

원담과 원상은 조조의 군사가 스스로 물러갔다는 말을 듣고 서로 축하했다. 원희와 고간은 각기 작별을 고하고 돌아갔다. 원담은 곽도, 신평과 의논했다.

"내가 장자인데 아버님의 기업을 이어받지 못하고 도리어 계모가 낳은 상이 큰 작위를 계승했으니, 나는 썩 달갑지가 않소."

곽도가 말했다.

"주공께서 성밖에 군사를 주둔시켜 놓고 술을 마시자고 하여 현보와 심배를 부르십시오. 그 자리에 도부수를 매복시켰다가 그들을 죽이면 대사는 결정될 것입니다."

원담은 그 말을 따르기로 했다. 이때 마침 별가 왕수王修가 청주에서 왔다. 원담이 그 계책을 알려주니 왕수가 반대했다.

"형제란 두 손과 같습니다. 지금 다른 사람과 싸우는 마당에 오른손을 자르고 '나는 반드시 이긴다'고 큰소리친들 어디 이길 수 있겠습니까? 형제를 버리고 가까이 하지 않는다면 천하의 그 누구와 가까이 할 것입니까? 저들 아첨하는 자들은 혈육을 이간시켜 하루아침의 이득을 챙기려는 것이오니 바라건대 귀를 막고 듣지 마십시오."

원담은 화가 치밀어 왕수를 꾸짖어 물리친 다음 사람을 보내 원상을 청했다. 원상이 심배와 상의하니 심배가 말했다.

"이는 필시 곽도의 계책일 것입니다. 주공께서 가시면 반드시 간사한 계책에 걸려들 것입니다. 차라리 이 기회를 이용하여 저들을 치는 편이 낫겠습니다."

원상은 그 말에 따라 무장을 하고 말에 올라 5만 명의 군사를 이끌고 성을 나갔다. 원상이 군사를 이끌고 오는 것을 본 원담은 일이 누설되었음을 알고 역시 완전무장을 하고 말에 올라 원상과 맞붙기로 했다. 원상은 원담을 보자 크게 욕설을 퍼부었다. 원담 역시 질세라 마주 욕을 했다.

"너는 아버님을 독살하고 작위를 찬탈하더니 그도 모자라 형까지 죽이러 왔느냐?"

두 사람이 직접 무기를 들고 치고 받다가 원담이 크게 패했다. 원상은 몸소 화살과 돌을 무릅쓰고 적진으로 돌진하며 무찔렀다. 원담이 패잔병을 이끌고 청주의 평원으로 달아나자 원상은 군사를 거두어 돌아갔다. 원담은 다시 곽도와 진군할 일을 상의하고 잠벽岑璧을 장수로 삼아 군사를 거느리고 진군토록 했다. 원상도 직접 군사를 이끌고 기주에서 나왔다. 양편 군사가 마주하여 둥그렇게 진을 치니, 깃발과 북들이 서로 바라보였다. 잠벽이 욕설을 퍼부으며 진에서 나갔다. 원상이 직접 싸우려고 하는데 대장 여광이 한발 먼저 말을 다그쳐 몰고 칼을 휘두르며 잠벽과 맞붙었다. 두 장수가 싸운 지 몇 합도 되지 않아 여광이 잠벽을 베어 말 아래로 떨어뜨렸다. 원담의 군사는 다시 패하여 평원으로 달아났다. 심배가 원상에게 진격하라고 권하자 원상은 군사를 이끌고 평원까지 추격했다. 원담은 도저히 막아 낼 수가 없어 평원성 안으로 퇴각하여 굳게 지키면서 나오지 않았다. 원상은 삼면으로 성을 에워싸고 공격을 퍼부었다. 원담이 곽도에게 계책을 의논하자 곽도가 말했다.

"지금 성안에는 식량이 적고 저쪽 군사의 기세는 날카로워 당해 내지 못할 것 같습니다. 저의 생각으로는 사람을 보내 조조에게 투항하여 조조가 군사를 이끌고 기주를 치도록 하면 원상은 기주를 구하러 돌아갈 것입니다. 그때 장군께서 군사를 이끌고 나가 협공하면 원상을 사로잡을 수 있을 것입니다. 조조가 원상의 군사를 격파하면 우리는 그 기회를 이용하여 군용 물자와 무기 등을 거두어들여 조조에게 대항할 수 있습니다. 조조의 군사는 먼 길을 왔으므로 식량을 잇지 못하면 제풀에 물러갈 것입니다. 그러면 우리는 기주를 차지하고 진격할 수가 있습니다."

원담은 그 말을 따르기로 하고 물었다.

"누구를 사자로 보내면 좋겠소?"

곽도가 말했다.

"신평의 아우 신비辛毗는 자가 좌치佐治인데, 지금 평원 현령으로 있습니다. 이 사람이 말을 잘하니 사자를 시킬 만합니다."

원담이 신비를 부르자 신비는 기꺼이 왔다. 원담은 글을 써서 신비에게 주고 군사 3천 명을 출동시켜 경계 밖까지 호송하게 했다.

신비는 글을 지니고 밤을 도와 말을 달려 조조를 찾아갔다. 이때 조조는 서평西平에 주둔하며 유표를 토벌할 준비를 하고 있었다. 유표는 유비에게 군사를 이끌고 선발대가 되어 조조를 맞아 싸우라고 했다. 그러나 아직 싸움을 벌이지는 않고 있었다. 이럴 때 신비가 조조의 영채에 당도하여 조조를 뵙고 인사를 마쳤다. 조조가 찾아온 뜻을 묻자, 신비는 원담이 도움을 청하는 일을 자세히 이야기하고 편지를 올렸다. 조조는 글을 읽어본 뒤 신비를 영채에 머물게 하고는 문무 관원들을 모아 대책을 상의했다. 정욱이 말했다.

"원담은 원상이 급하게 공격을 퍼부으니 어쩔 수 없어 항복하는 것입니다. 그 말을 믿을 수가 없습니다."

여건과 만총 역시 같은 생각이었다.

"승상께서 이미 군사를 이끌고 이곳까지 오셨는데 어찌 다시 유표를 버리고 원담을 도우러 가시겠습니까?"

순유는 다른 견해를 내놓았다.

"세 분의 말씀은 좋은 계책이 아닙니다. 저의 생각으로는 바야흐로 천하에 일이 벌어지고 있는데도 유표는 장강과 한수 사이에 주저앉아 감히 발을 뻗칠 생각을 하지 않는 걸 보면, 그에게는 천하를 평정할 뜻이 없음을 알 수 있습니다. 원씨는 4주의 땅을 차지하고 갑옷 입은 무사만 해도 수십만에 이르니, 두 아들이 화목하여 이미 차지한 땅을 함께 지키며 대업을 이루려 한다면 천하의 일은 어떻게 돌아갈지 알 수 없게 될 것입니다. 그런데 지금 저들이 형제끼리 싸우다가 형세가 궁하여 우리에게 투항하려 하니, 우리는 이 틈을 이용하여 군사를 일으켜 먼저 원상을 제거하고, 그 다음에 사태의 변화를 살펴 가며 원담마저 멸망시킨다면 천하를 평정할 수 있을 것입니다. 이런 기회를 놓쳐서는 안 됩니다."

조조는 크게 기뻐하며 곧바로 신비를 불러 함께 술을 마셨다. 조조가 신비에게 물었다.

"원담이 항복하려는 것은 진심이오, 거짓이오? 원상의 군사를 이긴다고 확신할 수 있겠소?"

신비가 대답했다.

"명공께서는 진심인지 거짓인지를 묻지 마시고 오직 그들이 처한 형세만 따져 보시면 될 것입니다. 원씨 집안은 몇 해 동안 연이어 패배하여 군사들은 밖에서 전쟁에 시달리고 모사들은 안에서 죽임을 당했습니다. 형제는 헐뜯는 말을 들어 서로 원수가 되고 나라는 둘로 갈라졌습니다. 게다가 기근까지 들어 천재天災와 인재人災가 겹쳤으니 아무리 어리석은 사람이라도 이미 걷잡을 수 없는 지경으로 내닫고 있음을 알 수 있습니다. 이는 바로 하늘이 원씨를 멸망시키려는 시기입니다. 지금 명공께서 군사를 이끌고 업성을 공격하시면 원상은 이러지도 저러지도 못할 것입니다. 돌아가 구하지 않으면 본거지를 잃게 될 것이요, 돌아가 구하려 하면 원담이 그 뒤를 습격할 테니까요. 명공의 위엄으로 지친 무리를 치는 건 세찬 바람이 낙엽을 휩쓰는 격입니다. 이런 일을 도모하지 않고 형주를 정벌하시는 건 좋은 계책이 아닌 듯합니다. 형주는 풍요로운 땅으로 나라가 평화롭고 백성들이 순종하니 쉽게 흔들리지 않을 것입니다. 하물며 천하의 걱정거리 중 하북보다 큰 것이 없지 않습니까? 하북만 평정된다면 패업은 이루어질 것입니다. 바라건대 명공께서는 자세히 살피소서."

물 흐르는 듯한 달변에 조조는 크게 기뻐했다.

"신좌치와 너무 늦게 만난 것이 한이구려!"

조조는 그날로 군사를 독려하여 기주를 치러 돌아갔다. 유비는 조조가 계략을 부리고 있는 게 아닐까 염려되어 감히 추격하지 못하고 군사를 이끌고 형주로 돌아갔다.

한편 조조의 군사가 황하를 건넜다는 소식을 들은 원상은 황급히 군사를 이끌고 업성으로 돌아가면서 여광과 여상에게 뒤를 차단하게 했다. 원담은 원상이 군사를 물리는 것을 보고 평원의 군사를 크게 일으켜 뒤를 쫓았다. 그런데 행군이 수십 리도 가지 못했을 때였다. '쾅!' 하는 포 소리와 함께 양쪽에서 일제히 군사들이 쏟아져 나왔다. 왼편에서는 여광, 오른편에서는 여상, 두 형제가 원담의 길을 가로막았다. 원담은 고삐를 당겨 말을 세우고 두 장수에게 물었다.

"아버님께서 살아 계실 때 나는 두 장군을 박대한 적이 없었는데, 지금 어찌하여 내 아우를 따르며 나를 핍박하오?"

두 장수는 그 말을 듣고 즉시 말에서 내려 항복했다. 원담이 다시 말했다.

"나에게 항복하지 말고 조승상께 항복하시오."

두 장수는 이에 원담을 따라 영채로 돌아왔다. 원담은 조조의 군사가 오기를 기다렸다가 두 장수를 이끌고 가서 조조를 만났다. 조조는 크게 기뻐하며 자신의 딸을 원담에게 시집보내겠노라 약속하고, 그 자리에서 여광과 여상에게 중매인이 되라고 했다. 원담이 조조에게 기주를 쳐서 빼앗으라고 권하자 조조가 대답했다.

"지금 군량과 마초가 제때 공급되지 못하고 운반하는 데도 큰 고생을 하고 있네. 나는 황하를 건너 기수淇水가 황하로 흘러드는 곳을 막고 그 물길을 백구白溝로 돌려 군량 수송로를 뚫으려 하네. 그런 다음에 진군하겠네."

그러고는 원담에게 잠시 평원에 머물고 있으라고 했다. 조조는 군사를 이끌고 여양으로 물러나 주둔하며, 여광과 여상을 열후로 봉하여 군중에 따라다니며 명령을 기다리게 했다. 곽도가 원담에게 일러 주었다.

"조조가 딸을 혼인시키겠다고 한 약속은 아마 진심이 아닐 것입니다. 지금 여광과 여상을 열후에 봉하고 상을 내려 자기 군중으로 데려갔는데, 이것은 하북의 인심을 농락하려는 수작입니다. 뒷날 반드시 우리의 화근이 될 것입니다. 주공께서는 장군 도장 두 개를 새겨 몰래 여광과 여상에게 보내 그들이 안에서 호응토록 하십시오.

조조가 원상을 격파하기를 기다렸다가 적당한 틈을 보아 손을 쓰면 될 것입니다."

원담은 그 말을 따라 마침내 장군 도장 두 개를 새겨 몰래 여광과 여상에게 보냈다. 그러나 두 여씨는 도장을 받자마자 그것을 조조에게 바쳤다. 조조는 크게 웃었다.

"원담이 몰래 도장을 보낸 것은 자네들이 안에서 돕기를 바라서일세. 내가 원상을 깨뜨리고 나면 중간에서 일을 꾸미려는 게지. 자네들은 우선 그 도장을 받아 두도록 하게. 내 따로 생각이 있네."

이때부터 조조는 원담을 죽일 마음을 가지게 되었다.

한편 원상은 심배와 대책을 상의하고 있었다.

"이제 조조의 군사가 군량을 백구로 실어 들이고 나면 반드시 기주를 치러 올 것인데 어떻게 해야겠소?"

심배가 대답했다.

"무안武安 현장 윤해尹楷에게 격문을 띄워 모성毛城에 주둔하여 상당上黨의 군량 수송로가 막히지 않도록 하고, 저수의 아들 저곡沮鵠에게는 한단邯鄲을 지키면서 멀리서 성원하도록 하십시오. 그리고 주공께서는 평원으로 진군하시어 급히 원담을 공격하십시오. 먼저 원담을 끝장내고 나서 조조를 깨뜨리셔야 합니다."

원상은 크게 기뻐하며 심배와 진림을 남겨 기주를 지키게 하고, 마연馬延과 장의張顗 두 장수를 선봉으로 삼아 밤을 무릅쓰고 군사를 일으켜 평원을 공격하기로 했다. 원담은 원상의 군사가 가까이 다가오자 조조에게 위급을 알렸다. 조조가 말했다.

"내가 이번에는 틀림없이 기주를 얻게 되었군."

조조가 이런 말을 하고 있는데 마침 허유가 허창에서 왔다. 원상이 다시 원담을 공격한다는 말을 들은 그는 조조를 만나보고 말했다.

"승상께서 이곳에 앉아 지키고만 계시다니, 이야말로 하늘이 벼락을 쳐서 원씨 형제를 죽여주기만을 기다리는 게 아니오?"

조조는 웃으며 대꾸했다.

"내 이미 요량을 해 두었소."

그러고는 즉시 조홍에게 한발 앞서 업성으로 진군하여 공격하라고 하고, 조조 자신은 직접 군사를 이끌고 윤해를 치러 갔다. 군사가 무안 경계에 이르자 윤해가 군사를 이끌고 마주 나왔다. 윤해가 말을 타고 나오자 조조가 말했다.

"허중강仲康은 어디 있는가?"

허저가 그 소리에 맞추어 나오더니 말을 달려 곧바로 윤해에게 덮쳐들었다. 윤해는 미처 손을 놀려 볼 사이도 없었다. 허저가 단칼에 윤해를 찍어 말 아래로 떨어뜨리자 나머지 무리는 그대로 무너졌다. 조조는 그들의 항복을 받고 나서 즉시 군사를 이끌고 한단을 공격했다. 저곡이 맞받아 군사를 몰고 왔다. 장료가 말을 달려 나가 저곡과 맞붙었다. 그러나 저곡은 세 합도 되지 않아 크게 패해 달아났다. 장료가 그 뒤를 추격했다. 두 말의 거리가 가까워지자 장료가 급히 활을 꺼내 저곡을 쏘았다. 시위소리가 울리자마자 저곡은 말에서 굴러 떨어졌다. 조조가 군사를 지휘해 몰아치자 저곡의 군사는 모두 달아나 흩어졌다.

이에 조조는 대군을 이끌고 나아가 기주에 이르렀다. 조홍은 이미 성 밑 가까이 다가가 있었다. 조조는 삼군에 영을 내려 성을 빙 둘러 토산을 쌓는 한편 몰래 적을 공격할 수 있는 땅굴을 파게 했다. 심배는 계책을 세워 성을 굳게 지키는데 법령이 매우 엄했다. 동문을 지키는 장수 풍례馬禮가 술에 취해 순찰을 잘못 돌아 심배에게 통렬한 질책을 당했다. 풍례는 이 일로 앙심을 품고 가만히 성을 나와 조조에게 항복했다. 조조가 성을 깨뜨릴 계책을 묻자 풍례가 대답했다.

"돌문突門° 안은 흙이 두터우니 땅굴을 파고 들어갈 수는 있습니다."

조조는 풍례에게 3백 명의 장사를 이끌고 깊은 밤에 땅굴을 파고 들어가게 했다.

한편 심배는 풍례가 성을 나가 항복한 뒤부터는 매일 밤 성벽 위에 올라가 직접 군사들을 점검했다. 이날 밤 돌문 다락 위에서 성밖을 바라보니 성을 에워싼 조조의 군중에 등불이 하나도 보이지 않았다. 심배는 직감했다.

"틀림없이 풍례가 땅굴로 군사를 이끌고 들어오는구나."

급히 정예병들을 불러 큰 돌을 가져다 돌문의 갑문閘門을 내려치게 하니, 문이 닫히면서 풍례와 3백 명 장사는 모조리 흙에 파묻혀 죽고 말았다. 한바탕 군사를 잃은 조조는 마침내 땅굴 파는 계책을 포기하고 원수洹水 연변으로 군사를 물려 원상이 회군하기만을 기다렸다. 평원을 공격하던 원상은 조조가 이미 윤해와 저곡을 깨뜨리고 대군이 기주를 포위했다는 말을 듣고, 즉시 군사를 돌려 기주를 구하러 돌아왔다. 수하 장수 마연馬延이 말했다.

"큰길에는 틀림없이 조조가 군사를 매복시켰을 것입니다. 샛길로 서산西山을 통해 부수滏水 어귀로 나가 조조의 영채를 습격하면 틀림없이 포위를 풀 수 있을 것입니다."

°돌문 | 성안에 흙을 파서 만든 은폐된 문. 마지막 5, 6치 가량은 남겨서 성밖의 적을 기습할 때 이용한다.

원상은 그 말에 따라 자신은 대군을 거느리고 앞서 가면서 마연과 장의에게 뒤를 막게 했다. 어느새 첩자가 조조에게 이 사실을 보고하자 조조가 말했다.

"저들이 큰길로 온다면 내가 마땅히 피해야 하겠지만 서산의 샛길로 온다면 한번 싸움으로 사로잡을 수 있을 것이다. 원상은 분명 불을 들어 신호하여 성안에서 호응하도록 할 것인데, 나는 군사를 나누어 저들을 칠 것이다."

이리하여 군사를 배치했다.

한편 부수 입구로 나온 원상은 동쪽 길로 양평陽平에 이르러 양평정陽平亭에 군사를 주둔시켰다. 양평정은 기주에서 17리 떨어진 곳에 있는데 한쪽은 부수와 닿아 있었다. 원상은 군사들에게 장작과 마른 풀을 쌓아 놓았다가 밤이 되면 불을 붙여 신호를 올리라고 했다. 그러고는 주부 이부李孚를 조조군의 도독都督으로 변장시켜 성으로 보냈다. 이부가 곧바로 성 아래 이르러 크게 소리쳤다.

"문을 열어라!"

심배가 이부의 목소리를 알아듣고 성안으로 맞아들이자 이부가 바깥의 형편을 알려 주었다.

"원장군께서는 이미 양평정에 군사를 배치하고 호응하기만을 기다리고 계시오. 성안의 군사가 나오면 역시 불을 올려 신호를 하시오."

심배는 안팎이 연락할 수 있도록 성안에 풀을 쌓아 불을 지필 채비를 하게 했다. 이부가 말했다.

"성안에는 식량도 떨어졌으니 늙은이와 어린이, 병든 군졸과 부인들을 내보내 항복하게 합시다. 그러면 저들이 반드시 방비를 하지 않을 것이니 우리는 즉시 군사를 풀어 백성들의 뒤를 따라 나가며 저들을 치도록 합시다."

심배는 그 계책을 따르기로 했다. 이튿날이었다. 성 위에 흰 깃발을 세웠는데, 깃발에는 '기주 백성 출항冀州百姓出降'이라는 여섯 글자가 적혀 있었다. 조조가 말했다.

"성안에 식량이 떨어져 늙고 약한 백성들을 내보내 항복시킨다고 하고서 그 뒤에는 반드시 군사가 따라 나올 것이다."

조조는 장료와 서황에게 각기 3천 명의 군사를 이끌고 양편에 매복토록 한 다음, 자신은 직접 말을 타고 대장기와 해 가리개를 펴게 해서 성 밑으로 다가갔다. 과연 성문이 열리자 백성들이 늙은이를 부축하고 어린아이의 손목을 잡아끌며 나오는데, 손에는 흰 깃발을 들고 있었다. 백성들이 거의 다 나왔을 즈음이었다. 성안에서 군사들이 갑자기 돌격해 나왔다. 조조가 붉은 깃발을 한번 휘두르게 하자 장료와 서황의 군사가 양편에서 일제히 쏟아져 나와 닥치는 대로 적군을 무찔렀다. 성안에서 나온 병사들은 하는 수 없이 되돌아갔다. 조조가 직접 나는 듯이 말을 달려 조교 근처까지 쫓아가자 성안에서 쇠뇌 살이 비 오듯 쏟아졌다. 조조의 투구에 화살이 꽂혀 하마터면 정수리에 구멍이 날 뻔했다. 장수들이 급히 조조를 구해 본진으로 돌아왔다. 옷을 갈아입고 말을 바꾸어 탄 조조가 여러 장수를 이끌고 원상의 영채를 치러 가자 원상이 직접 맞아 싸우러 나왔다.

이때 여러 길로 배치한 군사들이 일제히 쇄도하여 혼전을 벌이니 원상의 군사는 크게 패했다. 패잔병을 이끌고 서산으로 물러가 영채를 세운 원상은 사람을 보내 마연과 장의에게 빨리 오라고 재촉했다. 그러나 조조가 한발 먼저 여광과 여상을 보내 두 장수의 귀순을 권하게 했다. 두 장수가 여씨 형제를 따라와 항복하자 조조는 그들도 열후로 봉했다. 그날로 서산으로 진군해 공격하면서 먼저 여씨 형제와 마연, 장의를 시켜 원상의 군량 수송로부터 끊게 했다.

서산을 지킬 수 없음을 안 원상은 밤중에 남구濫口로 달아났다. 그러나 영채를 다 세우기도 전에 사방에서 불길이 솟구치며 복병이 일제히 달려 나오니 갑옷을 걸칠 사이도 없었고 말에 안장을 지울 겨를도 없었다. 원상의 군사는 크게 궤멸되어 50리를 패주했다. 세력이 궁하고 힘이 빠진 원상은 하는 수 없이 예주 자사 음기陰夔를 조조의 영채로 보내 항복을 청했다. 조조는 짐짓 허락하는 척하고 밤을 도와 장료와 서황을 보내 원상의 영채를 기습토록 했다. 원상은 인수와 절월, 갑옷과 치중 등을 모두 버리고 중산中山을 향해 도망쳤다.

조조가 군사를 되돌려 기주를 공격했다. 허유가 계책을 바쳤다.

"어째서 장하漳河를 터뜨려 저들을 물에 빠뜨리지 않으시오?"

조조는 그 계책을 옳게 여기고 우선 성밖에 둘레가 40리나 되는 참호를 파게 했다. 심배가 성 위에서 보니 조조의 군사가 성밖에 도랑을 파고 있었다. 그러나 몹시 얕은 걸 보고 은근히 비웃었다.

"장하의 물을 터뜨려 성안으로 끌어대자는 짓이로구나. 하지만 도랑이 깊어야 물이 성에 들어오지, 저처럼 얕아서야 무슨 소용이 있단 말인가?"

그러고는 아무런 방비도 하지 않았다. 그날 밤 조조는 열 배의 군사를 더 투입하여 힘을 모아 도랑을 파게 했다. 날이 밝을 무렵에는 너비와 깊이가 각각 두 길이나 되었다. 드디어 장하의 물을 성안으로 끌어들였다. 성안에는 물이 몇 자나 차올랐을 뿐 아니라 식량마저 바닥이 나 장병들이 굶어 죽는 형편이었다. 신비가 성밖에서 창

왕굉희 그림

끝으로 원상의 인수와 옷을 들어 올리며 성안 사람들에게 투항을 권했다. 크게 노한 심배는 노소를 막론하고 신비의 식솔 80여 명을 잡아다 성 위에서 목을 베고 그 머리를 성밖으로 내던졌다. 신비는 큰 소리로 울부짖었다.

심배의 조카 심영審榮은 평소 신비와 사이가 좋았다. 신비의 가족이 죽임을 당하는 것을 보고 분노를 느낀 그는 성문을 열겠다는 글을 화살에 묶어 성 아래로 쏘았다. 조조의 군사가 화살을 주워 신비에게 바치자, 신비는 그 글을 조조에게 올렸다. 조조는 우선 명령부터 내렸다. 기주에 들어가면 원씨 일가의 식솔은 아무도 죽이지 말 것이며, 군사와 백성 중에 항복하는 자는 죽이지 말라는 것이었다.

이튿날 날이 밝자 심영은 서문을 활짝 열어 조조의 군사를 들어오게 했다. 신비가 말을 달려 맨 먼저 들어가고 그 뒤를 따라 장병들이 기주로 밀고 들어갔다. 동남쪽 성루에 있던 심배는 조조의 군사가 이미 성안에 들어온 것을 보고 기병 몇 명을 이끌고 성에서 내려와 결사전을 벌였다. 그러다가 서황과 마주쳐 말이 어우러졌다. 서황은 간단히 심배를 사로잡은 다음 꽁꽁 묶어서 성밖으로 나갔다. 길에서 마주친 신비는 이를 갈아 부치며 채찍으로 심배의 머리통을 후려쳤다.

"이 죽여도 시원찮을 나쁜 놈! 오늘은 죽게 되었구나!"

심배도 크게 욕을 퍼부었다.

"신비, 이 역적놈! 조조를 끌어들여 우리 기주를 깨뜨리다니, 내 너를 죽이지 못하는 것이 한스럽구나!"

서황이 심배를 조조에게 끌고 오자 조조가 물었다.

"성문을 열어 나를 맞이한 자가 누구인지 아는가?"

심배가 대꾸했다.

"모른다."

조조가 일러 주었다.

"그대의 조카 심영이 성을 바쳤다네."

심배는 분통을 터뜨렸다.

"어린놈이 품행이 좋지 않더니 결국 이런 일까지 저질렀군!"

조조가 물었다.

"이제 내가 성 아래 이르렀을 때 성안에 무슨 화살이 그리도 많았는가?"

신비가 소리쳤다.

"너무 적었던 게 한스럽다! 적었던 게 한스러워!"

조조는 그래도 심배를 죽이고 싶지 않았다.

"그대가 원씨에게 충성하기 위해서는 그렇게 하지 않을 수 없었을 것이다. 그러나 이제 그만 나에게 항복하는 게 어떻겠는가?"

심배는 단호히 거절했다.

"항복하지 않겠다! 항복하지 않아!"

이때 신비가 울면서 땅에 엎드려 조조에게 절을 올렸다.

"저의 식솔 80여 명이 모조리 이 도적놈에게 피살당했습니다. 승상께서는 저놈을 죽여 원한을 씻어 주소서!"

심배가 말했다.

"나는 살아서도 원씨의 신하이고 죽어서도 원씨의 귀신이 될 것이다. 너 따위 아첨하는 역적놈과는 다르다! 어서 내 목을 쳐라!"

조조가 끌어내라고 했다. 형벌을 받기 전에 심배는 형 집행관을 꾸짖었다.

"나의 주인은 북쪽에 계신다. 내가 남쪽을 바라보며 죽도록 하지 말라!"

그러고는 즉시 북쪽을 향해 꿇어앉더니 목을 길게 늘이고 칼을 받았다. 후세 사람이 시를 지어 탄식했다.

하북 땅에 명사가 많다고 하지만 /
누가 있어 과연 심정남과 같을쏜가. //
아둔한 주인 때문에 목숨 잃었지만 /
붉은 마음은 옛사람과 견줄 만하네.

충성스럽고 곧은 말엔 숨김이 없고 /
청렴하고 높은 지조로 탐내지 않네. //
죽으면서도 북쪽으로 머리를 향하니 /
항복한 무리들 모두가 부끄러워하네.

河北多名士, 誰如審正南. 命因昏主喪, 心與古人參.
忠直言無隱, 廉能志不貪. 臨亡猶北面, 降者盡羞慚.

심배가 죽자 그의 충의를 가엽게 여긴 조조는 성 북쪽에다 장사 지내 주게 했다.

장수들이 조조에게 성에 들어가기를 청했다. 조조가 막 일어서려는데 도부수들이 사람 하나를 에워싸고 끌고 왔다. 조조가 보니 진림이었다. 조조가 그를 나무랐다.

"너는 전에 본초를 위해 격문을 지으면서 나의 죄상만 말하면 그만일 것을 어찌하여 아버지와 할아버지까지 욕을 보였는가?"

진림이 대답했다.

"화살이 시위에 메겨져 있었으니 쏘지 않을 수가 없었소이다."

곁에 있던 사람들은 조조에게 그를 죽이라고 권했다. 그러나 조조는 그의 재주를 아껴서 사면해 주고 종사從事(참모)로 삼았다.

한편 조조의 맏아들 조비曹조는 자가 자환子桓으로, 그해 나이 18세

왕경명 그림

였다. 조비가 태어날 때 푸르고 자줏빛 나는 구름 한 조각이 해 가리개처럼 그 방을 덮고 종일토록 흩어지지 않았다. 기氣를 보고 점을 칠 줄 아는 사람이 은밀히 조조에게 말했다.

"이는 천자의 기운입니다. 아드님께선 형언할 수 없을 정도로 귀하게 되실 분입니다."

조비는 여덟 살에 글을 지을 정도로 재주가 빼어났는데, 고금의 일에 통하지 않는 것이 없었다. 그리고 말 타고 활쏘기를 잘하고 격검도 좋아했다. 조조가 기주를 깨뜨릴 당시 그는 아버지를 따라 군중에 있었는데, 자신의 경호 부대를 거느리고 한발 앞서 원소의 집으로 달려갔다. 말에서 내린 그는 검을 뽑아 들고 곧장 안으로 들어가려 했다. 그런데 한 장수가 그를 막으면서 말했다.

"승상의 명령입니다! 누구를 막론하고 원소의 부중으로 들어가지 못하게 하셨습니다."

조비는 그 장수를 꾸짖어 물리친 후 검을 들고 후당으로 들어갔다. 두 여인이 서로 끌어안고 울고 있는 광경이 눈에 들어왔다. 조비는 앞으로 나아가 그들을 죽이려고 했다. 이야말로 다음 대구와 같다.

네 대에 걸친 영화는 이미 꿈이 되었는데 /
한 집안의 혈육들이 다시 재앙을 만나네
四世公侯已成夢 一家骨肉又遭殃

두 여인의 목숨은 어떻게 될 것인가, 다음 회를 보라.

33

조조의 북방 통일

조비는 혼란 틈타 견씨 받아들이고
곽가는 계책 남겨 요동을 평정하다
曹丕乘亂納甄氏　郭嘉遺計定遼東

훌쩍거리며 울고 있는 두 여인을 보고 조비가 검을 뽑아 베려고 하
는데 별안간 붉은 광채가 눈을 부시게 했다. 조비는 즉시 검을 아래
로 내리고 물었다.

"너희들은 누구냐?"

나이가 좀 많은 여인이 대답했다.

"저는 원장군의 처 유씨劉氏입니다."

조비가 또 물었다.

"이 여인은 누구요?"

유씨 부인이 대답했다.

"둘째 아들 원희의 처 진씨甄氏입니다. 원희
가 유주로 나가 지키고 있지만 며느리가 멀리
가는 것을 싫어하여 이곳에 남았습니다."

조비가 진씨를 가까이 끌어당겨 보
니 머리카락이 풀어 헤쳐지고 얼굴에

는 때가 묻어 더러웠다. 조비가 옷소매로 얼굴을 훔치고 살펴보니 옥 같은 살결에 꽃 같은 용모로 경국지색傾國之色이었다. 마침내 조비는 유씨에게 말했다.

"나는 조승상의 아들이오. 내가 당신네 집안을 보호할 테니 걱정하지 마시오."

조비는 허리에 찬 검을 틀어쥔 채 대청 위에 앉았다.

한편 조조는 장수들을 거느리고 기주성으로 들어갔다. 막 성문으로 들어서려는 순간이었다. 허유가 말을 달려 다가와 채찍으로 성문을 가리키며 조조의 이름을 불렀다.

"아만阿瞞(조조의 아명)! 자네가 나를 얻지 못했다면 어떻게 이 문으로 들어설 수 있었겠는가?"

조조는 껄껄 웃고 넘어갔다. 그러나 장수들은 그 말을 듣고 모두가 괘씸하게 여겼다. 조조는 원소의 장군부 앞에 이르러 물었다.

"이 문으로 들어간 사람이 있느냐?"

문을 지키는 장수가 대답했다.

"세자世子께서 안에 계십니다."

조조가 조비를 불러내어 꾸짖었다. 유씨가 나와서 절을 올리며 말했다.

"세자가 아니었으면 첩의 집안을 온전하게 보존할 수가 없었습니다. 진씨를 세자께 바치고자 하오니 바라건대 시첩으로 받아 주소서."

조조는 진씨를 불러오게 해서 절을 올리게 했다. 조조가 살펴보고 한마디 했다.

"참으로 내 며느릿감이로다!"

漕不乖亂

왕굉희 그림

마침내 조비에게 진씨를 아내로 맞아들이게 했다.

기주를 평정한 조조는 친히 원소의 무덤으로 가서 제사를 지냈다. 두 번 절하고 몹시 슬피 울던 그는 관원들을 돌아보며 말했다.

"옛날 본초와 함께 군사를 일으켰을 때 본초가 나에게 물었소. '만약 우리가 시작한 일을 성사시키지 못한다면 어느 방면을 차지하면 좋겠소?' 그래서 내가 되물었소. '그대의 뜻은 어떠하오?' 그랬더니 본초가 대답하기를 '나는 남으로 황하를 의지하고, 북으로 옛날 연燕과 대代˙ 지역에 의지하여 사막의 무리를 아우르고, 남쪽으로 향하여 천하를 다투겠소. 그러면 거의 성공하지 않겠소?'라고 했소. 그래서 내가 대답했소. '나는 천하의 지혜롭고 능력 있는 인재들을 임용하여 옳은 도리로 그들을 부리겠소. 그러면 안 될 일이 없을 것이오.' 이 말을 한 지가 어제 같은데 본초가 이미 세상을 버렸으니 내가 눈물을 흘리지 않을 수가 없구려!"

이를 본 사람들이 모두 탄식했다. 조조는 원소의 아내 유씨에게 황금과 비단, 쌀 등을 내렸다. 그러고는 새로운 명령을 선포했다.

"하북의 주민들은 난리로 어려움을 겪었으니 금년의 조세와 부역을 모두 면제하노라."

이와 동시에 조정에 표문을 올려 그 동안의 경과를 보고하고 스스로 기주 목을 겸했다.

하루는 허저가 말을 달려 동문으로 들어오다가 때마침 허유와 마주쳤다. 허유가 허저를 불러 세우고 말했다.

"내가 아니었으면 너희들이 어찌 이 문으로 드나들 수 있겠느냐?"

˙연燕과 대代ㅣ'연燕'은 춘추전국시대 나라 이름으로 북경을 중심으로 하북성 북부와 요령성 남부 지역을 말하고, '대代'는 산서성 동북부 및 하북성 울현蔚縣 부근이다. 합쳐서 유주 지역을 가리킨다.

허저가 벌컥 화를 냈다.

"우리가 천만 번 죽음을 무릅쓰고 피를 흘리면서 싸워 빼앗은 성인데, 네가 어찌 감히 허황된 소리를 한단 말이냐?"

허유가 욕을 했다.

"너희들이야 모조리 하찮은 놈들일 뿐인데 무엇을 입에 담을쏘냐."

허저는 화가 나서 검을 뽑아 허유의 목을 잘라 버렸다. 그러고는 그 머리를 들고 조조에게 가서 허유가 무례하게 군 사정을 설명하고 말했다.

"제가 그놈을 죽여 버렸습니다."

조조가 말했다.

"자원子遠(허유의 자)은 나의 옛 친구이다. 그래서 농담을 한 것뿐인데, 어찌하여 그를 죽였단 말인가?"

허저를 호되게 책망한 조조는 허유를 후하게 묻어 주도록 했다. 그러고는 기주의 인재들을 두루 찾아보게 하니 기주의 백성들이 말했다.

"기도위 최염崔琰은 자가 계규季珪로, 청하淸河 동무성東武城 사람입니다. 여러 차례 원소에게 계책을 바쳤지만 원소가 들어주지 않으므로 지금은 병을 핑계로 집에서 지내고 있습니다."

조조는 즉시 최염을 불러 기주의 별가종사로 삼았다. 그러고는 말했다.

"어제 이 고을의 호적을 조사해 보니 인구가 모두 30만 명이나 되었소. 큰 고을이라 이를 만하구려."

최염이 대답했다.

"지금 천하가 무너져 갈라지고 구주九州는 비단 폭처럼 찢어졌는데 원씨 형제가 서로 싸우는 바람에 기주 백성들의 뼈가 들판에 널렸습니다. 승상께서는 급히 생활 상태를 물어 진흙에 빠지고 타는 숯 구덩이에 앉은 것 같은 그들의 고난을 구해 주시지는 않고 먼저 호적부터 따지시니, 이것이 이 고을 백성들이 명공께 바라는 바이겠습니까?"

조조는 그 말에 얼굴빛을 고치고 정중하게 사과하더니 최염을 귀한 손님으로 대접했다.

기주를 평정한 조조는 사람을 시켜 원담의 소식을 알아보았다. 이때 원담은 군사를 이끌고 감릉甘陵, 안평安平, 발해, 하간 등지에서 노략질을 하고 있었는데, 원상이 싸움에 져 중산으로 달아났다는 소식을 듣고는 즉시 군사를 거느리고 가서 공격했다. 원상은 싸울 마음이 없어 곧장 유주로 달려가 원희에게 몸을 의탁했다. 원상의 군사들에게 항복을 받은 원담은 기주를 되찾을 생각으로 조조가 사람을 보내불렀지만 가지 않았다. 크게 노한 조조는 글을 보내 혼인을 취소하고 직접 대군을 거느리고 정벌 길에 올라 평원에 이르렀다. 원담은 조조가 친히 군사를 거느리고 온다는 말을 듣고 유표에게 사람을 보내 구원을 청했다. 유표는 현덕을 청해 대책을 상의했다. 현덕이 말했다.

"지금 조조는 기주를 깨뜨려 군사들의 사기가 오를 대로 올라 있으니 원씨 형제도 머지않아 조조에게 사로잡힐 것입니다. 그러니 구해 보아야 이로울 게 없습니다. 하물며 조조가 항상 형주를 노리고 있으니 우리는 군사를 양성하며 지키는 데만 힘써야지 함부로 움직여서는 안 됩니다."

유표가 물었다.

"그러면 어떤 식으로 거절하면 되겠소?"

현덕이 대답했다.

"원씨 형제에게 편지를 보내 화해를 권하며 완곡한 말로 사절하면 될 것입니다."

유표는 현덕의 말을 옳게 여기고 우선 원담에게 사람을 보내 편지를 전했다. 글의 내용은 대강 이러했다.

군자는 재난을 피할 때라도 원수의 나라에는 가지 않는 법이오. 듣자니 그대는 일전에 조조에게 무릎을 꿇고 항복했다는데, 이는 선조의 원수를 잊고 형제의 우의를 버리며 동맹의 수치를 남긴 것이오. 설령 기주冀州(원상을 지칭)가 아우의 도리를 다하지 않았다 해도 그대는 마음을 낮추고 그를 따랐어야 했소. 그래서 사태가 안정되기를 기다려 천하 사람들로 하여금 그 잘잘못을 평가하게 했다면 그 어찌 높은 의리가 아니었겠소?

유표는 원상에게도 글을 보냈다.

청주靑州(원담을 지칭)는 천성이 조급하여 시비를 따지는 데 어두운 것 같소. 그대는 마땅히 먼저 조조를 제거하여 돌아가신 부친의 한을 풀어 드렸어야 했소. 사태가 안정된 다음에 잘잘못을 따졌더라면 또한 좋은 일이 아니었겠소? 만약 여전히 그릇된 생각에 빠져 마음을 돌리지 않는다면, 한로韓盧와 동곽東郭이 스스로 지칠 때까지 달리다가 농부에게 잡힌 것*과 같은 꼴이 될 것이오.'

---

*한로韓盧와……잡힌 것│한자로韓子盧, 즉 한로는 세상에서 가장 빠른 사냥개이고 동곽준東郭逡, 즉 동곽은 세상에서 가장 교활한 토끼. 두 짐승이 서로 쫓고 쫓기다 힘이 다하여 산 밑에서 죽자 농부가 주워 갔다고 한다. 『전국책戰國策』「제책齊策」에 나온다. 여기서는 형제끼리 서로 싸우다가 남 좋은 일만 시킨다는 뜻으로 쓰였다.

글을 받은 원담은 유표에게 군사를 출동시킬 뜻이 없음을 알았다. 게다가 스스로 생각해도 조조와 맞설 수 없다고 판단한 그는 마침내 평원을 버리고 남피南皮로 달아났다. 조조는 남피까지 추격했는데, 때는 한창 추운 계절이라 강물이 온통 얼어붙어 군량을 나르는 배조차 움직일 수가 없었다. 조조가 현지의 백성들을 동원하여 얼음을 깨고 배를 끌게 했는데, 백성들은 명령을 듣고도 모두 달아났다. 조조가 크게 노하여 그들을 잡아다 목을 치려고 했다. 그 소문을 들은 백성들은 직접 군영으로 와서 자수했다. 조조가 말했다.

"만약 너희들을 죽이지 않으면 내 명령이 통하지 않을 것이고, 또 너희들을 죽이려니 차마 그렇게 하지 못하겠다. 너희들은 속히 산으로 들어가 숨어 나의 군사들에게 잡히지 않도록 하라."

백성들은 모두 눈물을 흘리면서 떠났다.

원담이 군사를 이끌고 성을 나와 조조의 군사와 맞섰다. 양쪽 군사들이 마주 보며 둥그렇게 진을 이루자 조조가 진 앞으로 말을 타고 나오더니 채찍으로 원담을 가리키며 꾸짖었다.

"내 너를 후하게 대접했거늘 너는 어찌하여 다른 마음을 먹었느냐?"

원담이 반박했다.

"너는 내 땅의 경계를 침범했고, 나의 성을 빼앗았으며, 나에게 주겠다던 아내도 보내지 않았다. 그러고도 도리어 나에게 다른 마음을 먹었다고 한단 말이냐?"

조조는 크게 노하여 서황을 출전시켰다. 원담은 팽안彭安에게 맞아 싸우게 했다. 두 말이 어울리고 몇 합이 지나지 않아 서황이 팽안을 베어 말 아래로 떨어뜨렸다. 원담의 군사는 패하여 달아나 남피

성으로 들어갔다. 조조가 군사를 보내 사면으로 성을 에워쌌다. 당황한 원담은 신평에게 조조를 만나 항복을 약속하게 했다. 조조가 말했다.

"원담 녀석은 변덕이 심해서 믿기가 어렵소. 그대의 아우 신비를 내가 이미 중용하고 있으니 그대도 이곳에 남는 게 좋겠소."

신평이 대답했다.

"승상의 말씀은 틀렸습니다. '주인이 귀해지면 신하도 영광스럽고, 주인이 환난을 당하면 신하도 욕을 본다'고 하더이다. 제가 원씨를 섬긴 지 오랜데 어찌 그를 저버리겠습니까?"

조조는 신평을 붙잡아 둘 수 없음을 알고 돌려보냈다. 신평이 돌아가 원담에게 조조가 항복을 허락하지 않더라고 전하자 원담은 대뜸 꾸짖었다.

"네 아우가 지금 조조를 섬기고 있는데 너마저 두 마음을 품은 게 아니냐?"

신평은 그 말을 듣고 기가 막힌 나머지 그대로 정신을 잃고 쓰러졌다. 원담이 사람을 시켜 부축해 나가도록 했지만 신평은 잠시 후 숨을 거두었다. 원담 역시 자신의 언동을 뉘우쳤다. 곽도가 원담에게 말했다.

"내일 백성들을 앞장세우고 그 뒤를 따라 군사들을 이끌고 나가 조조와 결사전을 벌여야겠습니다."

원담은 그 말을 따르기로 했다. 그날 밤 남피의 백성들을 모조리 동원하여 창칼을 들고 명령을 기다리게 했다. 이튿날 새벽, 남피의 네 대문이 활짝 열렸다. 군사들이 뒤에서 앞장선 백성들을 내몰아 고함을 치면서 일제히 몰려 나가 곧바로 조조의 영채에 이르렀다. 양쪽 군사들이 뒤섞여 어지러이 싸우는데 진시부터 오시까지 싸웠으나 승부가 나지 않았다. 시체가 땅에 즐비하게 널렸다. 완벽한 승리를 거두지 못한 것을 본 조조는 말을 버리고 산으로 올라가 직접 북을 쳤다. 장병들이 그 모습을 보고 있는 힘을 다하여 밀고 나갔다. 원담의 군사는 크게 패하고 피살된 백성들의 숫자도 헤아릴 수 없을 지경이었다. 위엄을 떨치며 적진으로 돌격하던 조홍은 때마침 원담과 맞닥뜨리자 칼을 들어 마구 찍었다. 마침내 원담은 진중에서 조홍에게 피살되고 말았다. 곽도는 진이 큰 혼란에 빠지자 급히 말을 달려 성으로 들어가려고 했다. 멀리서 바라보던 악진이 시위에 살을 메겨 해자를 향해 쏘았는데, 곽도가 그 살에 맞아 말과 함께 물에 처박혔다.

조조는 군사를 이끌고 남피성으로 들어가 백성들을 안정시켰다. 이때 별안간 한 떼의 군사가 달려오는데, 바로 원희 수하의 장수 초촉焦觸과 장남張南이었다. 조조가 몸소 군사를 이끌고 막으러 나갔는데, 두 장수는 병기를 거꾸로 잡고 갑옷을 벗은 채 투항하러 오는 길이었다. 조조는 그들도 열후로 봉했다. 또 흑산黑山의 산적 장연張燕이 10만 명의 군사를 이끌고 와서 항복하니, 조조는 그를 평북장군平北將軍으로 삼았다.

조조는 원담의 머리를 여러 사람에게 돌려 보이며 감히 곡을 하는 자가 있으면 목을 자르겠다는 영을 내리고 머리를 북문 밖에 내걸었다. 그런데 어떤 사람이 흰 천으로 만든 관을 쓰고 삼베로 만든 상복을 입고 원담의 머리 밑에서 곡을 했다. 조조의 수하들이 그를 잡아 조조에게 데려왔다. 조조가 물어보니 그는 청주 별가 왕수王修였다. 전에 원담에게 옳은 말을 간하다가 쫓겨났는데, 이제 원담이 죽었다는 소식을 듣고 와서 곡을 한다는 것이었다. 조조가 물었다.

"그대는 나의 명령을 아는가?"

왕수가 대답했다.

"알고 있습니다."

조조가 다시 물었다.

"그대는 죽음도 두렵지 않단 말인가?"

왕수가 대답했다.

"나는 그가 살았을 때 그의 녹을 먹었는데 그가 죽었는데도 울지 않는다면 의리가 아니지요. 죽음이 두려워 의리를 잊는다면 어찌 세상에 떳떳이 설 수 있겠습니까? 원담의 시신을 거두어 장사지낼 수 있게 해주신다면 죽어도 한이 없겠습니다."

조조가 탄식했다.

"하북에는 의로운 선비가 어찌 이다지도 많은가? 원씨가 그들을 제대로 쓰지 못한 게 애석하구나! 그들을 제대로 썼더라면 내 어찌 감히 눈을 바로 뜨고 이 땅을 넘볼 수 있었겠는가!"

조조는 원담의 주검을 수습하여 장사지내게 하고, 왕수를 상빈으로 대접하면서 사금중랑장司金中郎將으로 삼았다. 그러고는 그에게 물었다.

"원상이 이미 원희에게 갔는데 그를 잡으려면 어떤 계책을 써야 하오?"

왕수는 대답하지 않았다. 조조가 말했다.

"충신이로다."

곽가에게 계책을 물으니, 그가 대답했다.

"항복한 원씨의 장수 초촉과 장남을 시켜 공격하도록 하십시오."

조조는 그 말대로 하기로 하고 초촉, 장남, 여광, 여상, 마연, 장의에게 각각 자기 수하의 군사를 이끌고 세 길로 나누어 유주를 공격하도록 했다. 이와 때를 같이 하여 이전과 악진에게는 장연과 합쳐 병주로 가서 고간을 치게 했다.

한편 원상과 원희는 조조의 군사가 곧 도착할 것이라는 소식을 들었으나 맞서 싸우기는 어려울 것이라 짐작했다. 그래서 성을 버리고 군사를 이끌고 밤을 도와 요서遼西로 달아나 오환烏桓(중국 변방의 소수민족)에 의탁하려고 했다. 이때 유주 자사 오환촉烏桓觸은 유주의 관원들을 모아 피를 마셔 맹세하고 함께 원씨를 등지고 조조에게 가기로 의논을 모았다. 오환촉이 먼저 말했다.

"나는 조승상이 당대의 영웅임을 잘 알기에 지금 투항하러 가려 하오. 명령을 따르지 않는 자는 목을 치겠소."

그러고는 차례로 손가락을 찔러 피를 내고 그것을 술에 타서 마셨다. 그런데 별가 한형韓珩의 차례에 이르자 한형이 검을 땅에 던지며 소리높이 부르짖었다.

"우리는 원공 부자로부터 두터운 은혜를 입었소. 지금 주인이 패망하는 마당에 지혜가 모자라 주인을 구하지 못하고 용기가 모자라 죽지도 못하다니, 의리로 볼 때 비열한 행동이오! 조조를 주인으로 받들어 항복하는 일이라면 나는 하지 않겠소!"

모두의 낯빛이 변했다. 오환촉이 말했다.

"큰일을 일으키려면 대의를 세워야 하오. 일이 이루어지고 이루어지지 않는 건 어느 한 사람에게 달려 있는 게 아니오. 한형의 뜻이 그렇다면 마음대로 하시오."

그는 한형을 그 자리에서 퇴출시켰다. 오환촉은 마침내 성에서 나가 세 길로 오는 군사를 영접하고 곧장 조조에게 가서 항복했다.

크게 기뻐한 조조는 오환촉의 벼슬을 높여 진북장군鎭北將軍으로 삼았다.

이때 정찰병이 와서 보고했다.

"악진, 이전, 장연이 병주를 공격하는데 고간이 호관壺關의 길목을 지키고 버티는 바람에 깨뜨릴 수가 없습니다."

조조는 직접 군사를 거느리고 나아갔다. 세 장수가 그를 맞으며 고간이 관을 차지하고 막고 있어 공격하기 어려운 사정을 설명했다. 조조는 장수들을 모아 고간을 깨뜨릴 계책을 상의했다. 순유가 말했다.

"고간을 깨뜨리려면 반드시 사항계詐降計를 써야 할 것입니다."

조조는 그 말을 옳게 여기고 항복한 장수 여광과 여상을 불러 그들의 귀에 입을 대고 이리저리 하라고 일러 주었다. 여광 등은 군사 수십 명을 이끌고 곧장 관 아래로 다가가 소리쳤다.

"우리는 원씨 수하의 옛 장수들인데 부득이하여 조조에게 항복했소. 그러나 조조는 변덕이 심한데다 우리를 박대까지 하더이다. 그래서 다시 옛 주인을 섬기려고 돌아왔으니 속히 문을 열고 우리를 받아 주시오."

고간은 그 말을 믿지 않았다. 그래서 장수 둘만 관 위로 올라와 이야기하라고 했다. 두 장수는 갑옷을 벗고 말도 버린 채 관문 안으로 들어가 고간에게 말했다.

"조조의 군사는 방금 도착했소이다. 그들의 군심이 아직 안정되지 않았으니 이 틈을 이용하여 오늘 밤 영채를 습격하십시오. 저희들이 앞장을 서겠습니다."

고간은 기뻐하며 그 말에 따르기로 했다. 그날 밤 여씨 형제에게 1만여 명의 군사를 이끌고 앞장서게 했다. 그런데 조조의 영채에 거의 이르렀을 때쯤 등 뒤에서 함성이 크게 진동하며 사방에서 복병이 일어났다. 계책에 떨어진 줄을 직감한 고간은 급히 호관성으로 돌아갔다. 그러나 이미 관은 악진과 이전이 빼앗은 뒤였다. 고간은 길을 열고 달아나 선우單于(흉노의 왕)에게 의탁하러 갔다. 조조는 군사를 거느리고 관을 지키면서 사람을 보내 고간을 추격하게 했다. 고간이 선우의 경계에 이르러 마침 북번北番(북방의 이민족. 여기선 흉노)의 좌현왕左賢王과 마주쳤다. 고간은 말에서 내려 땅에 엎드려 절을 올리고 말했다.

"조조가 강토를 삼키고 지금은 왕자님의 땅을 침범하려 합니다. 그러니 제발 저희를 구원하여 함께 힘을 합쳐 저희 땅을 되찾고 북방도 보존토록 하소서."

좌현왕이 대답했다.

"나는 조조와 원수진 일이 없거늘 어찌 그가 내 땅을 침범한단 말이오? 그대는 나를 조씨와 원수로 만들려는 게 아니오?"

좌현왕은 고간을 꾸짖어 물리쳤다. 고간은 아무리 궁리해 보아도 갈 데가 없어서 하는 수 없이 유표에게 몸을 붙이러 갔다. 그런데 상락上洛에 이르러 그만 도위 왕염王琰의 손에 피살되고 말았다. 왕염은 고간의 머리를 조조에게 가져갔고, 조조는 왕염을 열후에 봉했다.

병주를 평정한 조조는 서쪽으로 오환을 칠 대책을 상의했다. 조홍 등이 말했다.

"원희와 원상은 군사가 패하고 장수들이 죽자 세력과 힘이 다 하여 멀리 사막으로 달아났습니다. 지금 우리가 서쪽으로 치러 갔다가 만약 유비와 유표가 빈틈을 노리고 허도를 습격하면 미처 구할 겨를이 없을 것입니다. 그리되면 화가 적지 않을 것입니다. 청컨대 군사를 돌리고 진군하지 마십시오. 그것이 상책입니다."

곽가가 반대했다.

"여러분이 말씀한 바는 틀렸소이다. 주공의 위세가 비록 천하를 진동시키고 있다 하나 사막 사람들은 자기들이 변두리에 멀리 떨어져 있는 것만 믿고 틀림없이 방비를 하지 않고 있을 것이오. 그들에게 방비가 없는 틈을 이용하여 급작스레 들이친다면 반드시 깨뜨릴 수 있을 것이오. 더욱이 원소는 오환에 은혜를 베풀었고, 원상과 원희 형제가 아직 살아 있으니 제거하지 않을 수가 없는 일이오. 유표는 자리에 앉아서 객담이나 즐기는 사람일 뿐 유비를 다루기에는 재주가 부족함을 스스로도 알 것이오. 유비에게 무거운 소임을 맡기면 통제할 수 없을까 겁이 나고, 그렇다고 시시한 일만 맡기면 유비가 제대로 일을 하지 않을 것이오. 이러한 상황이니 비록 나라를 비우고 멀리 정벌을 나간다 할지라도 주공에겐 걱정할 일이 없소이다."

조조가 말했다.

"봉효의 말이 지극히 옳소."

조조는 마침내 삼군을 총동원하여 수천 대의 수레를 움직여 진군을 시작했다. 눈앞에는 누런 모래만 아득하게 펼쳐지고 거친 바람이 사방에서 몰아쳤다. 도로는 사람과 말이 움직이기 어려울 정도로 험난했다. 조조는 군사를 되돌리고 싶은 마음이 들어 곽가에게 물었다. 이때 곽가는 기후와 풍토가 맞지 않아 병이 나서 수레에 누워 있었다. 조조가 눈물을 흘리며 말했다.

"내가 사막을 평정할 욕심에 이 먼 길에 공을 끌고 다니며 고생만 시키다가 병까지 들게 만들었으니, 내 마음이 어찌 편안하겠소?"

곽가가 말했다.

"저는 승상의 크나큰 은혜에 감격할 뿐입니다. 죽더라도 그 은혜의 만분의 일도 갚지 못할 것입니다."

조조가 물었다.

"내가 보니 북쪽 땅은 길이 너무 험난하여 군사를 되돌렸으면 하는데, 어떠하오?"

곽가는 단연코 반대했다.

"군사는 신속하게 움직이는 것을 귀하게 여긴다고 했습니다. 지금 천리 밖의 적을 기습하는 것이니 치중이 많으면 빨리 움직이기 어렵습니다. 차라리 경무장한 병사들을 빠르게 진군시켜 저들이 미처 대비하지 못했을 때 들이치는 것이 낫습니다. 하지만 반드시 길을 잘 아는 사람을 구해 길잡이로 삼아야 할 것입니다."

조조는 마침내 곽가를 역주易州에 남겨 병을 치료하게 하고 길을 안내할 향도관嚮導官을 구했다. 누군가 원소 수하에 있었던 전주田疇가 이곳 지리를 잘 안다고 추천했다. 조조가 전주를 불러 물으니 이렇게 대답했다.

"이 길은 여름과 가을 사이에는 물이 드는데, 그 수심이란 게 수레나 말이 지나기에는 깊고 배를 띄우기에는 얕아서 움직이기가 대단히 곤란합니다. 차라리 군사를 돌려 노룡새盧龍塞 어귀로 나가 험준한 백단白檀을 넘어 황야 지대로 나가는 게 낫습니다. 그리하여 유성柳城 가까이까지 가서 그들이 방비하지 않을 때 갑자기 들이친다면 답돈蹋頓(요서 지역에 살던 오환족의 수령)을 한번 싸움으로 사로잡을 수 있을 것입니다."

조조는 그 말에 따라 전주를 정북장군靖北將軍으로 임명하고 향도관으로 삼아 선발대가 되게 했다. 장료는 그 뒤를 따라가고, 조조는 뒤에서 직접 군량을 호송했다. 가벼운 차림의 경기병輕騎兵은 평소보다 배나 빠른 속도로 전진했다. 전주가 장료를 안내하여 백랑산白狼山에 이르렀을 때였다. 때마침 답돈의 기병 수만 명과 합세하여 마주 오는 원희·원상과 마주쳤다. 장료가 나는 듯이 조조에게 보고했다. 조조는 친히 높은 곳으로 올라가 고삐를 잡아당겨 말을 세우고 바라보았다. 답돈의 군사는 대오도 없이 들쭉날쭉 제멋대로였다. 조조가 장료에게 말했다.

"적군은 대오도 정돈되어 있지 못하니 즉시 공격하시오."

그러고는 지휘 깃발을 장료에게 주었다. 장료는 허저, 우금, 서황을 이끌고 네 길로 나누어 산을 내려가며 힘을 떨쳐 급히 공격했다. 답돈의 무리는 큰 혼란에 빠졌다. 장료가 말을 다그쳐 몰아 답돈을 베어 말 아래로 떨어뜨리자 나머지 무리는 모두 항복했다. 원희와 원상은 수천 기를 이끌고 요동으로 달아났다.

조조는 군사를 거두어 유성으로 들어가서, 전주를 유정후柳亭侯로 봉해 그곳을 지키도록 했다. 전주가 눈물을 흘리며 거절했다.

"저는 의리를 저버리고 도망친 사람일 뿐입니다. 두터운 은혜를 입어 목숨이 붙어 있는 것만 해도 다행인데 어찌 노룡의 요새를 팔아

상이나 녹을 얻겠습니까? 죽을지언정 감히 제후의 작위는 받지 못하겠습니다."

조조는 전주를 의롭게 여겨 의랑으로 삼았다. 선우를 비롯한 오환 사람들을 위로한 조조는 준마 1만 필을 거두어 그날로 회군했다. 그런데 때는 춥고 건조한 계절이라 2백 리를 가도 물이 없었다. 땅을 3,40 길이나 파야 겨우 물을 얻을 수 있는데다가 군중에 양식이 모자라 말까지 잡아먹었다. 역주로 돌아온 조조는 떠나기 전에 자신을 말리던 사람들에게 후한 상을 내리고 장수들에게 말했다.

"내가 이번에 위험을 무릅쓰고 멀리 정벌을 나가서 요행히 성공을 거두었소. 비록 이겼다고는 하지만 하늘이 도와서 그렇게 된 것이니 이번 일을 본받아서는 아니 되오. 여러분의 충고는 그야말로 만 번 안전한 계책이었으므로 상을 내리는 것이오. 이후에도 충고하는 것을 어려워하지 마시오."

조조가 역주에 이르렀을 때 곽가는 벌써 며칠 전에 죽어서 관을 관청에 안치해 두고 있었다. 조조는 그곳으로 가 제사를 지내면서 통곡했다.

"봉효가 죽다니, 이는 하늘이 나를 망하게 하려는 것이로다!"

조조는 관원들을 돌아보며 말했다.

"여러분은 모두 나와 나이가 비슷하고 봉효가 가장 젊기에 뒷일을 부탁하려 했소. 그런데 뜻밖에도 중년에 요절을 하다니, 내 가슴

이 무너지고 창자가 찢어지는구려!"

곽가를 가까이에서 모시던 사람들이 곽가가 죽기 전에 남긴 글을 바쳤다.

"곽공께서 돌아가실 무렵 손수 이 글을 써서 저희들에게 맡기면서, '승상께서 편지에 적힌 대로만 하시면 요동의 일은 평정될 것이다'라고 하셨습니다."

조조는 겉봉을 뜯어 읽어보더니 고개를 끄덕이며 감탄했다. 사람들은 모두 그 뜻을 알 수 없었다. 이튿날 하후돈이 사람들을 이끌고 와서 말씀을 올렸다.

"요동 태수 공손강公孫康은 오래 전부터 조정에 복종하지 않았습니다. 그런데 이제 또 원희와 원상까지 그곳으로 가 의탁했으니 반드시 후환이 될 것입니다. 그들이 아직 움직이지 않는 틈을 노려 속히 정벌하는 것이 낫겠습니다. 그러면 요동을 얻을 수 있을 것입니다."

조조가 웃으며 말했다.

"여러분이 번거롭게 호랑이 같은 위풍을 뽐내지 않아도 될 것이오. 며칠 뒤면 공손강이 자진해서 원씨 형제의 머리를 보내올 것이오."

장수들은 아무도 이 말을 믿지 않았다.

한편 원희와 원상은 기병 수천 기를 이끌고 요동으로 달아났다. 요동 태수 공손강은 본래 양평襄平 사람으로 무위장군武威將軍 공손도公孫度의 아들이다. 이날 원희와 원상이 의탁하러 온다는 말을 들은 그는 관원들을 모아 대책을 상의했다. 공손공公孫恭이 말했다.

"원소는 살아 있을 때 늘 요동을 삼킬 마음을 품고 있었습니다. 그런데 이제 원희와 원상이 완전히 패망하여 의지할 데가 없어지자 이곳으로 오니, 이는 까치둥지를 빼앗으려는 뻐꾸기 같은 계획입니다. 그들을 받아들이면 뒷날 틀림없이 우리를 없애려 할 것입니다. 차라리 그들을 성안으로 꾀어 들인 다음 죽여서 그 머리를 조공에게 바치는 편이 낫겠습니다. 그러면 조공은 반드시 우리를 무겁게 대접할 것입니다.”

공손강이 걱정했다.

“다만 두려운 것은 조조가 군사를 이끌고 요동으로 내려오지나 않을까 하는 것일세. 그리되면 차라리 원씨 형제를 받아들여 우리를 돕게 하는 편이 낫지 않겠는가?”

공손공이 말했다.

“사람을 보내 알아보십시오. 만약 조공의 군사가 쳐들어온다면 원씨 형제를 살려 두고, 조공의 군사가 움직이지 않는다면 두 원씨를 죽여 그 머리를 조공에게 보내도록 하시지요.”

공손강은 그 말에 따라 사람을 보내 소식을 탐지하게 했다.

한편 요동에 이른 원희와 원상은 은밀히 대책을 상의했다.

“요동의 병력은 수만이나 되니 충분히 조조와 맞붙어 승부를 겨룰 만하다. 지금 잠시 몸을 의탁하고 있다가 후에 공손강을 죽이고 이 땅을 빼앗기로 하자. 그리하여 힘을 길러 중원과 맞선다면 하북을 되찾을 수 있을 것이다.”

상의를 마친 두 사람은 성안으로 들어가 공손강을 만나려 했다. 공손강은 그들을 역관에 머무르게 하고는 병이 났다는 핑계를 대면서 얼른 만나 주지 않았다. 하루가 지나지 않아 첩자가 돌아와 보고했다.

“조조의 군사들은 역주에 주둔하고 있는데, 요동으로 내려올 기미는 전혀 보이지 않았습니다."

크게 기뻐한 공손강은 도부수들을 바닥까지 드리우는 큰 휘장 뒤에 매복시키고 두 원씨를 불러들였다. 서로 인사를 마치고 공손강이 두 원씨더러 자리에 앉으라고 했다. 날씨가 엄청나게 추울 때였다. 좁고 긴 평상에 깔개가 없는 것을 보고 원상이 공손강에게 말했다.

"깔개를 좀 깔아 주시오."

공손강이 눈을 부라리며 내뱉었다.

"너희 둘의 머리가 만 리 길을 가야 할 텐데 무슨 자리가 필요하단 말이냐?"

원상은 소스라치게 놀랐다. 공손강이 호령했다.

"좌우는 손을 쓰지 않고 무엇을 하느냐!"

그 말에 도부수들이 우르르 몰려나오더니 그 자리에서 두 사람의 머리를 찍어 넘겼다. 공손강은 그 머리를 나무함에 담고 사람을 시켜 역주로 보내 조조를 만나게 했다. 이때 조조는 역주에서 군사를 묶어둔 채 움직이지 않고 있었다. 하후돈과 장료가 들어와서 말했다.

"요동을 치지 않으시려면 허도로 돌아가시지요. 유표가 딴 마음을 품지나 않을까 걱정입니다."

조조가 대답했다.

"원씨 형제의 수급이 오면 즉시 회군하겠소."

이 말을 들은 사람들은 속으로 웃었다. 그런데 갑자기 요동의 공손강이 사람을 시켜 원희와 원상의 수급을 보내왔다는 보고가 들어왔다. 여러 사람은 모두들 깜짝 놀랐다. 사자가 공손강의 편지를 바쳐 올리자 조조는 호탕하게 웃으며 말했다.

"봉효의 헤아림에서 벗어나지 않았구나!"

조조는 사자에게 무거운 상을 내리고 공손강을 양평후襄平侯에 봉하고 좌장군으로 임명했다. 관원들이 물었다.

"어찌하여 봉효의 헤아림에서 벗어나지 않았다고 하십니까?"

조조는 마침내 곽가의 서찰을 꺼내 사람들에게 보여 주었다. 글은 대강 이런 내용이었다.

지금 듣자니 원희와 원상이 요동으로 간다는데, 명공께서는 절대로 군사를 보내서는 안 됩니다. 공손강은 오래 전부터 원씨가 자기네 땅을 병탄하지나 않을까 두려워했으니 두 원씨가 의탁하러 가면 틀림없이 의심할 것입니다. 만약 군사를 움직여 요동을 친다면 반드시 원씨 형제와 힘을 합쳐 맞서 싸울 것이니 급히 깨뜨리기가 어렵게 됩니다. 그러나 공격을 늦추면 공손강과 원씨네는 반드시 저희들끼리 서로 죽일 일을 꾸밀 것입니다. 그들의 형세가 그러합니다.

여러 사람은 모두가 펄쩍 뛰면서 훌륭하다고 칭찬했다. 조조는 관원들을 이끌고 다시 곽가의 영전에 제사를 지냈다. 곽가가 죽던 때 나이는 38세였다. 싸움에 따라다닌 지 11년 동안 뛰어난 공도 많이 세웠다. 후세 사람이 시를 지어 찬탄했다.

하늘이 내리신 천재 곽봉효여 / 뛰어남은 뭇 영웅 중에 으뜸이라. //
뱃속에는 경전과 사서를 감추고 / 가슴에는 갑옷과 병기를 숨겼네.

지모 운용은 월나라 범려와 같고 / 계책을 결정함에는 진평과 같네. //
너무 애석하다 몸이 먼저 죽으니 / 중원 땅의 대들보가 기울어지네.

天生郭奉孝, 豪傑冠群英. 腹內藏經史, 胸中隱甲兵.

運謀如范蠡, 決策似陳平. 可惜身先喪, 中原棟梁傾.

군사를 거느리고 기주로 돌아간 조조는 먼저 사람을 시켜 곽가의
영구를 허도로 옮겨 안장하도록 했다.

정욱을 비롯한 사람들이 청했다.

"북방은 이미 평정되었으니 이제 허도로 돌아가 강남으로 내려갈
계책을 빨리 정하도록 하십시오."

조조가 웃으며 말했다.

"내가 그 뜻을 품은 지는 오래되었소. 여러분의 말은 바로 내 뜻
과 합치되오."

이날 밤 조조는 기주성 동쪽 귀퉁이에 있는 누각에 묵으면서 난간
에 기대어 천문을 살폈다. 이때 조조의 곁에는 순유가 있었다. 조조
가 남쪽을 가리키며 말했다.

"남방의 기운이 왕성하게 빛나니 아직은 도모할 때가 아닌 듯하
구려."

순유가 말했다.

"승상의 하늘같은 위엄으로 누군들 복종시키지 못하겠습니까?"

이렇게 하늘을 처다보고 있는 사이 별안간 땅에서 한 줄기 황금빛

이 일어났다. 순유가 말했다.

"이는 틀림없이 땅 밑에 보물이 있는 것입니다."

성루에서 내려온 조조는 사람을 시켜 빛이 나오는 곳을 파게 했다. 이야말로 다음 대구와 같다.

별이 바야흐로 남쪽 하늘 가리키자 /
보물은 금방 북쪽 땅에서 나오누나
星文方向南中指　金寶旋從北地生

조조는 무슨 물건을 얻을 것인가, 다음 회를 보라.

34

용마, 단계를 뛰어넘다

채부인은 병풍 뒤에서 비밀을 엿듣고
유황숙은 말을 달려 단계를 뛰어넘다
蔡夫人隔屛聽密語 劉皇叔躍馬過檀溪

조조는 황금빛이 쏟아져 나오는 곳에서 구리로 만든 참새를 파내고,
순유에게 물었다.

"이게 무슨 징조요?"

순유가 대답했다.

"옛날 순舜임금의 어머니는 옥으로 만든 참새가 품속
으로 들어오는 꿈을 꾸고 순임금을 낳았
다고 합니다. 이제 구리 참새를 얻
으셨으니, 이 역시 상서로운 징조입
니다."

조조는 크게 기뻐하며 마침내 높은
대를 쌓아 그 일을 경축하기로 했다. 그날
로 터를 고르고, 나무를 자르고 기와를 굽
고 벽돌을 갈아 장하漳河 위에 동작대銅鵲臺
를 짓기 시작했다. 대략 계산해 보니 1년은 지

나야 공사가 끝날 것 같았다. 작은 아들 조식曹植이 말했다.

"여러 층의 누대를 지으시려면 반드시 세 채를 세우셔야 합니다. 중간에 가장 높은 것을 동작대라 이름 하고, 왼쪽의 한 채는 옥룡대玉龍臺라 부르며, 오른쪽의 한 채는 금봉대金鳳臺라 하소서. 다시 두 개의 구름다리를 만들어 공중에 가로질러 놓으면 참으로 장관일 것입니다."

조조가 찬탄했다.

"내 아들의 말이 참으로 훌륭하구나. 누대가 완성되면 충분히 노후를 즐길 수 있겠구나!"

조조에게는 아들 다섯이 있었는데, 조식이 제일 민첩하고 지혜로우며 문장을 잘 지어서 조조가 평소에 가장 사랑했다. 조조는 조식과 조비를 업군에 남겨 동작대를 짓게 하고, 장연에게는 북방의 영채를 지키게 했다. 그런 다음 새로 얻은 원소의 군사까지 합쳐 모두 5,60만 명의 군사를 거느리고 허도로 회군하여 공을 세운 신하들에게 높은 벼슬을 내렸다. 또 조정에 표문을 올려 곽가의 시호를 정후貞侯로 추증하고, 곽가의 아들 곽혁郭奕을 승상부에 데려다 길렀다. 그런 다음 다시 모사들을 모아 남쪽으로 유표를 정벌할 일을 상의했다. 순욱이 제의했다.

"대군이 이제 겨우 북방 정벌에서 돌아왔으니 아직은 움직이면 안 됩니다. 우선 반 년 정도 쉬면서 정기를 양성하고 예기를 기른다면 북을 한번만 울려도 유표와 손권을 무너뜨릴 수 있을 것입니다."

조조는 그 말을 따라 마침내 군사를 둔전屯田*으로 나누어 농사를 지으면서 출전 명령을 기다리도록 했다.

---

*둔전|군량 자급을 위해 마련된 농지. 군사들은 전쟁이 없는 평시에는 이곳에서 농사를 짓고 전쟁이 나면 병사로 동원된다.

한편 현덕이 형주에 온 이후로 유표는 그를 매우 두텁게 대접했다. 하루는 두 사람이 모여 술을 마시고 있는데 항복한 장무張武와 진손陳孫이 강하江夏에서 백성들의 물건을 약탈하며 함께 반란을 꾀한다는 보고가 들어왔다. 유표는 놀랐다.

"두 도적이 또 반란을 일으켰다면 그 화가 적지 않겠구나!"

현덕이 말했다.

"형님께서는 걱정하실 필요 없습니다. 이 비가 가서 그들을 토벌하겠습니다."

유표는 크게 기뻐하며 즉시 3만 명의 군사를 점검하여 현덕에게 주었다. 현덕은 명령을 받들고 떠나서 하루가 지나지 않아 강하에 이르렀다. 장무와 진손이 군사를 이끌고 마주 나왔다. 현덕이 관우, 장비, 조운과 함께 진문 앞 깃발 아래로 나가 멀리 바라보니 장무가 탄 말이 지극히 웅장하고 빼어났다. 현덕이 말했다.

"저건 틀림없이 천리마일 테지."

그 말이 채 끝나기도 전이었다. 조운이 창을 꼬나들고 나가더니 곧바로 적진으로 돌진했다. 장무가 말을 달려 마주 나왔다. 그러나 세 합도 어울리지 않아서 장무는 조운이 내지른 창에 찔려 말 아래로 떨어졌다. 조운은 말고삐를 그러잡더니 그 말을 끌고 돌아섰다. 그 광경을 본 진손이 말을 빼앗으러 뒤쫓아 왔다. 장비가 냅다 호통을 치면서 장팔사모를 꼬나들고 한달음에 달려 나가 진손을 찔러 죽였다. 장무와 진손의 무리는 모두 흩어져 달아났다. 현덕은 잔당들의 항복을 받고 강하의 여러 현을 평정한 다음 군사를 철수시켜 회군했다. 유표가 성밖까지 나와 영접하고선 잔치를 베풀어 공로를 치하했다. 술기운이 거나하게 오르자 유표가 말했다.

유단택 그림

"내 아우의 재주가 이처럼 뛰어나니 형주도 의지할 곳이 생겼네. 다만 남월南越이 시도 때도 없이 와서 침략하고, 장로張魯와 손권도 모두 걱정거리일세."

현덕이 제의했다.

"이 아우에게 그런 일을 맡길 만한 장수 세 명이 있습니다. 장비에게 남월의 경계 지대를 순찰하게 하고, 운장에게는 고자성固子城을 지키면서 장로를 누르게 하며, 조운에게는 삼강을 지키며 손권을 막게 한다면 무슨 근심이 있겠습니까?"

유표가 좋아하며 그 말을 따르려 했다. 채모가 누이동생인 채부인에게 이 일을 알렸다.

"유비가 세 장수를 밖으로 내보내 머물게 하고 자신은 형주에 들어앉으려 하니, 오래되면 반드시 걱정거리가 될 것이오."

채부인이 밤에 유표에게 말했다.

"제가 듣기에 형주 사람들 중에 유비와 만나는 사람이 많다고 하니 방비하지 않을 수가 없어요. 지금 그를 성안에 살게 하면 이로울 게 없으니 차라리 다른 곳으로 보내는 편이 낫겠어요."

유표가 말했다.

"현덕은 어진 사람이야."

채부인이 말했다.

"남들이 당신 마음과 같을 줄 아세요?"

유표는 생각에 잠긴 채 대꾸하지 않았다.

이튿날 성을 나가 현덕이 탄 말을 보니 대단한 준마였다. 물어보고 장무가 타던 말이라는 것을 알게 된 유표는 칭찬을 그치지 않았다. 현덕은 즉시 그 말을 유표에게 선사했다. 유표는 크게 기뻐하며 그 말을 타고 성으로 돌아왔다. 괴월이 보고 어디서 생긴 말이냐고 묻자 유표가 대답했다.

"현덕이 선사한 말일세."

괴월이 말했다.

"돌아가신 저의 형님 괴량蒯良이 말의 상을 아주 잘 보았기 때문에 저 역시 제법 볼 줄 압니다. 이 말은 눈 밑에 눈물샘이 있고 이마 언저리에 흰 점이 있습니다. 이런 말을 '적로的盧'라고 하는데 이런 말을 타면 주인이 해를 당합니다. 장무가 이 말 때문에 죽었으니 주공께서 타셔서는 아니 됩니다."

그 말을 들은 유표는 이튿날 현덕을 청해 술을 마시다가 말했다.

"어제 좋은 말을 주어 그 후의에 깊이 감사드리네. 그러나 다시 생각해 보니 아우님은 수시로 전쟁터에 나가야 하니 그 말은 아우님에게 더 필요하겠더구먼. 그래서 돌려 드리겠네."

현덕이 자리에서 일어나 고맙다고 인사하자 유표가 다시 말했다.

"아우님이 이곳에 오래 계시면 군사 일을 놓을까 걱정일세. 양양에 속한 신야현新野縣은 돈과 식량이 꽤 있는 곳일세. 아우가 데려온 군사를 이끌고 그곳에 가서 주둔하면 어떻겠는가?"

현덕은 선뜻 응낙했다. 이튿날 유표에게 작별을 고한 현덕은 군사를 이끌고 곧장 신야로 향했다. 바야흐로 성문을 나서는데 웬 사람이 말 앞에서 허리를 굽혀 길게 읍揖하면서 말했다.

"공이 타고 계신 말은 타서는 아니 되는 말입니다."

현덕이 보니 바로 유표의 막빈幕賓 이적伊籍이었다. 그는 자가 기백機伯으로, 산양山陽 사람이다. 현덕이 급히 말에서 내려 까닭을 묻자 이적이 대답했다.

"어제 괴이도異度(괴월의 자)가 유형주에게, '이런 말은 적로라고 하는데, 이런 말을 타면 주인이 해를 당한다'고 말하는 걸 들었습니다. 그래서 공에게 말을 돌려준 것인데, 공이 이 말을 타셔서야 되겠습니까?"

현덕이 말했다.

"선생이 나를 아끼는 마음에 깊이 감사하오. 그러나 사람이 죽고 사는 것은 하늘의 명에 달렸는데 말이 어찌 방해할 수 있겠소?"

이적은 현덕의 높은 식견에 감복하여 이때부터 늘 현덕과 교류했다.

현덕이 신야에 당도하자 군사와 백성들이 모두 좋아했고 정치도

진명대 그림

완전히 새로워졌다. 건안 12년(207년) 봄, 감甘부인이 아들 유선劉禪을 낳았다. 이날 밤, 백학 한 마리가 현청 아문의 지붕 위로 날아와 마흔 몇 번을 울고는 서쪽으로 날아갔다. 해산할 때에는 방안에 기이한 향기가 가득 했다. 감부인이 밤에 얼굴을 쳐들고 북두北斗를 삼키는 꿈을 꾸고 임신했기에 유선의 아명을 아두阿斗라고 불렀다.

이때 조조는 군사를 거느리고 나가 한창 북쪽을 정벌하고 있었다. 현덕은 이에 형주로 가서 유표에게 권했다.

"지금 조조가 군사를 총동원하여 북쪽 정벌을 나가는 바람에 허도가 텅 비었습니다. 이 틈을 타고 형주의 군사를 모아 습격한다면 큰일을 이룰 수 있을 것입니다."

그러나 유표는 포부가 크지 않았다.

"나는 형주의 아홉 군을 차지하고 있는 것으로 만족하네. 어찌 다른 궁리를 하겠는가?"

현덕은 할 말이 없었다. 유표가 현덕을 청해 후당으로 가서 술을 마셨다. 취기가 오르자 유표가 별안간 길게 한숨을 내쉬었다. 현덕이 물었다.

"형님께서는 무슨 까닭으로 장탄식을 하십니까?"

유표가 대답했다.

"나에게도 쉽게 밝히지 못할 걱정거리가 있네."

현덕이 다시 물으려 하는데 내실에 있던 채부인이 병풍 뒤로 나와서는 걸 보고 유표는 머리를 숙이고 말을 하지 않았다. 잠시 후 술자리가 끝나고 현덕은 신야로 돌아갔다.

이해 겨울, 조조가 유성柳城에서 돌아왔다는 소식이 전해졌다. 현덕은 유표가 자신의 말을 들어주지 않은 것을 매우 한탄했다. 그러던 어느 날, 갑자기 유표가 사람을 보내 현덕에게 형주로 와 달라고 청했다. 현덕은 사자를 따라갔다. 유표가 맞이하여 인사를 마치더니 후당으로 안내하여 술을 마시면서 현덕에게 말했다.

"요즈음 듣자니 조조가 군사를 거느리고 허도로 돌아왔는데, 그 기세가 날로 강성해진다고 하니 틀림없이 형주를 삼킬 마음을 가질 것일세. 지난번 아우님의 말을 듣지 않아 그 좋은 기회를 놓친 일이 후회가 되네."

현덕이 위로했다.

"지금 천하가 분열되어 전쟁이 날마다 벌어지고 있으니, 기회가 어찌 모두 끝났겠습니까? 다음에도 기회를 잡을 수 있을 터이니 너무 아쉬워하실 건 없습니다."

유표도 맞장구를 쳤다.

"아우님의 말씀이 참으로 옳으이."

두 사람이 마주 앉아 술을 마시는데, 거나하게 취하자 별안간 유표가 눈물을 주르르 흘렸다. 현덕이 그 까닭을 묻자 유표가 대답했다.

"내 걱정거리가 있어 지난번에 아우님에게 하소연하고 싶었는데 기회를 얻지 못했네."

현덕이 물었다.

"형님께 무슨 결정하기 어려우신 일이 생겼습니까? 만약 이 아우를 이용할 데가 있으시다면 비록 죽더라도 마다하지 않겠습니다."

유표가 자신의 고민을 털어놓았다.

"전처 진씨陳氏가 낳은 맏아들 기琦는 인품은 어질지만 너무 나약해서 큰일을 하기에는 부족하고, 후처 채씨가 낳은 작은 아들 종琮은 자못 총명한 편이네. 내 맏아들을 폐하고 작은아들을 세우자니 예법에 어긋날 것 같고, 그렇다고 맏아들을 세우자니 채씨 종족들이 군사 일을 장악하고 있어 뒷날 반드시 난리가 일어날 것 같으니 어찌하면 좋겠는가? 이 때문에 꾸물거리며 결단을 내리지 못하고 있네."

현덕이 말했다.

"예로부터 맏아들을 폐하고 작은아들을 세우는 것은 난리의 길로 들어서는 일이었습니다. 만일 채씨의 권력이 지나쳐 근심스러우시면 천천히 그 세력을 줄여 나가면 될 것입니다. 사랑에 눈이 멀어 작은아들을 세워서는 아니 됩니다."

이 말에 유표는 입을 다물었다.

채부인은 평소부터 현덕을 의심하고 있었기 때문에 유표가 그와 만나 이야기만 할라치면 반드시 와서 몰래 엿들었다. 이때도 바로 병풍 뒤에 있던 채부인이 현덕의 말을 듣고 매우 괘씸하게 여겼다. 현덕은 자기가 한 말에 실수가 있음을 깨닫고 즉시 일어나 뒷간으로 갔는데 오랫동안 말을 타지 않고 편히 지낸 덕에 두둑하게 불어난 허벅지의 군살이 보였다. 그것을 보자 저절로 눈물이 주르르 흘렀다. 조금 뒤 술자리로 돌아오자 유표가 현덕의 얼굴에 난 눈물 자국을 보고 이상하게 여기며 물었다. 현덕은 길게 한숨을 쉬며 대답했다.

"비가 지난날엔 몸이 말안장에서 떠날 겨를이 없어 허벅지에 군살이라곤 없었습니다. 그런데 요즘 한동안 말을 타지 않았더니 허벅지에 군살이 생겼군요. 세월은 덧없이 흘러가고 늙음은 곧 찾아오는데, 아무런 공도 세우지 못했으니 이를 슬퍼했을 뿐입니다."

유표가 위로했다.

"듣자니 아우님이 허도에서 조조와 푸른 매실을 안주하여 술을 마시면서 영웅론을 펼칠 때, 아우님이 거론한 당대의 명사들을 조조는 하나도 인정하지 않고 '천하의 영웅은 오직 사군과 조조뿐'이라고 했다더군. 조조의 막강한 권력으로도 감히 그 이름을 아우보다 앞에 두지 못했거늘 어찌하여 공을 세우지 못할까 걱정하는가?"

현덕은 술기운이 오른 바람에 그만 실언을 하고 말았다.

"이 비에게 근거지만 있다면 천하의 녹록한 무리들쯤이야 진실로 걱정할 나위도 없습니다."

이 말을 들은 유표는 입을 굳게 다물었다. 스스로 말실수를 한 것을 깨달은 현덕은 취했다는 핑계를 대고 자리에서 일어나 역관으로 돌아가 쉬었다. 후세 사람이 시를 지어 현덕을 칭찬했다.

조조가 첫 손가락으로 꼽으며 말하기를 /
천하의 영웅은 오직 나와 사군뿐이라오. //
허벅지 군살 생겼다고 한탄하고 있으니 /
어떻게 천하를 셋으로 나누지 못할쏜가?
曹公屈指從頭數, 天下英雄獨使君. 髀肉復生猶感歎, 爭教寰宇不三分?

한편 현덕의 말을 들은 유표는 입으로는 별말을 하지 않았지만 속으로는 상당히 언짢았다. 현덕과 헤어져 안채로 들어가자 채부인이 말했다.

"방금 제가 병풍 뒤에서 현덕이 하는 말을 들으니 사람을 아주 깔보더군요. 그러니까 그에게 형주를 삼킬 생각이 있음을 충분히 알 수 있어요. 지금 제거하지 않는다면 훗날 반드시 걱정거리가 될 거예요."

유표는 대답 없이 고개만 저을 뿐이었다. 채씨는 이에 은밀히 채모를 불러 이 일을 상의했다. 채모가 말했다.

"우선 역관으로 가서 그를 죽일 테니, 주공께는 그 뒤에 알리도록 하시지요."

채씨는 그 말을 옳게 여겼다. 밖으로 나온 채모는 바로 그날 밤으로 군사를 점검했다.

한편 현덕은 역관에서 촛불을 밝히고 앉아 있다가 3경이 넘자 비로소 잠자리에 들려고 했다. 이때 별안간 누군가 문을 두드리고 들어왔다. 바로 이적이었다. 이적은 채모가 현덕을 해치려 한다는 정보를 알아내고 특별히 알려주려고 온 것이었다. 이적은 채모의 음모를 현덕에게 알려주고 속히 떠나라고 재촉했다. 현덕이 말했다.

"경승景升(유표의 자)에게 작별 인사도 하지 않고 어떻게 그냥 떠나겠소?"

이적이 말했다.

"공이 인사를 하려다간 반드시 채모에게 해를 당할 것입니다."

현덕은 이적에게 사례하고 작별한 뒤 급히 종자들을 불러 일제히 말에 올라서 날이 밝기를 기다리지도 않고 밤을 도와 신야로 달아났다. 채모가 군사를 거느리고 역관에 이르렀을 때 현덕은 이미 떠난 지 오래였다. 채모는 못내 아쉬워하다가 벽에 시 한 수를 적어 놓고 곧장 유표에게로 가서 고자질했다.

"현덕은 모반의 뜻을 품고 벽에다 반시反詩를 적어 놓고 작별 인사도 하지 않고 떠나 버렸습니다."

유표는 믿기지가 않아 친히 역관으로 가 보았다. 과연 벽에는 시 네 구절이 적혀 있었다.

여러 해 헛되이 고생만 했기에 / 속절없이 옛 산천만 바라보누나. //

용이 어찌 몸 굽혀 못 속에 살랴 / 우레 타고 하늘로 오르고 싶어라.

數年徒守困, 空對舊山川. 龍豈池中物, 乘雷欲上天.

유표는 시를 보고 크게 노하여 검을 뽑아 들고 다짐했다.

"맹세코 이 의리 없는 놈을 죽이고야 말리라!"

그러나 몇 걸음도 걷지 않아 갑자기 깨닫는 바가 있었다.

'내가 현덕과 상종한 지 오래지만 아직 한번도 그가 시를 짓는 것을 본 적이 없다. 이는 틀림없이 다른 사람이 우리 사이를 이간시키려는 수작이다.'

즉시 역관으로 되돌아간 유표는 검 끝으로 그 시를 긁어 버렸다. 그러고는 검을 내던지고 말에 올랐다. 채모가 와서 청했다.

"군사 점검은 이미 다 마쳤습니다. 즉시 신야로 가서 유비를 사로잡을 수 있습니다."

유표가 대꾸했다.

"아직은 경솔하게 굴 일이 아니네. 천천히 손을 써야 하네."

유표가 머뭇거리는 것을 본 채모는 몰래 채부인과 상의했다. 수일 내로 관원들을 대대적으로 양양에 불러 모아 그 자리에서 현덕을 처치하기로 했다. 이튿날 채모가 유표에게 건의했다.

"근년에 풍년이 들었으니 마땅히 모든 관원들을 양양에 모아 어루만지면서 격려하는 뜻을 보여주셔야 하겠습니다. 주공께서 한번 가시기를 청합니다."

유표가 대답했다.

"요즈음 내가 기력이 쇠약해지는 병이 도져 갈 수가 없다. 두 아이들이 주인이 되어 손님을 접대하도록 하라."

채모가 옳다구나 하고 이렇게 말했다.

"공자들은 나이가 어려 예절에 벗어나지나 않을까 걱정됩니다."

유표가 대답했다.

"그럼 신야로 가서 현덕을 청하여 손님을 접대토록 하라."

채모는 자신의 계책이 바로 적중한 것을 은근히 기뻐하며 곧 사람을 보내 현덕을 양양으로 청했다.

한편 부랴부랴 신야로 돌아온 현덕은 자신의 실언으로 화를 불러온 것을 알았지만 사람들에게는 아무 말도 하지 않았다. 그런데 별안간 사자가 와서 양양으로 와 달라고 청하는 것이었다. 손건이 말했다.

"어제 주공께서 급히 돌아오시는 모습을 보고 매우 언짢은 것 같다고 생각했습니다. 어리석은 생각으로는 형주에서 틀림없이 무슨 사고가 생겼을 것으로 짐작됩니다. 그런데 지금 갑자기 모임에 나오라고 청하니 섣불리 가서서는 아니 되겠습니다."

현덕은 그제야 전날 있었던 일들을 여러 사람에게 말했다. 운장이 말했다.

"형님께선 스스로 말에 실수가 있었다고 의심하시지만 유형주께선 결코 나무랄 생각이 없었던 것 같군요. 남의 말을 가볍게 믿어서는 안 됩니다. 양양은 여기에서 멀지도 않은데 가시지 않으면 유형주가 오히려 의심할 것입니다."

현덕이 말했다.

"운장의 말이 옳네."

장비는 반대했다.

"'술자리 치고 좋은 술자리 없고, 모임 치고 좋은 모임 없다'는 말이 있소. 차라리 가지 않는 게 좋겠소."

조운이 나섰다.

"제가 기병과 보병 3백 명을 이끌고 함께 가서 주공께 일이 생기지 않도록 보호하겠습니다."

현덕이 찬성했다.

"그러면 참으로 좋겠네."

현덕은 조운과 함께 그날로 양양으로 떠났다. 채모가 성밖까지 나와 영접하는데, 뜻이 대단히 공손했다. 뒤이어 유표의 두 아들 유기와 유종이 한 무리의 문무 관원을 이끌고 마중 나왔다. 현덕은 두 공자公子가 함께 있는 것을 보고 더 이상 의심하지 않았다. 유씨 형제와 채모가 현덕을 역관으로 모시고 잠시 쉬게 하자, 조운이 군사 3백 명을 거느리고 둘레를 에워싼 채 현덕을 보호했다. 갑옷을 걸치고 허리에 검을 찬 조운은 앉으나 서나 현덕의 곁을 떠나지 않았다. 유기가 현덕에게 고했다.

"아버님께선 기력이 쇠약해지는 병이 도져 움직이지 못하시므로 특별히 숙부님을 모셔다 손님을 접대하고 각지를 다스리는 관원들을 어루만지고 격려해 주라고 하시더이다."

현덕이 대답했다.

"나는 원래 이런 일을 감당할 그릇이 못 되지만 형님의 명이 계셨다니 따르지 않을 수가 없겠네."

이튿날 9군 42현의 관원들이 모두 당도했다는 보고가 들어왔다. 채모는 괴월을 청해 미리 계책을 상의했다.

"유비는 당세의 효웅梟雄이오. 이곳에 오래 남겨 두었다간 뒷날 반드시 해가 될 것이니 오늘 바로 없애야 되겠소."

괴월이 말했다.

"선비와 백성들의 신망을 잃지 않을까 두렵소."

채모가 거짓말을 했다.

"내 이미 유형주의 밀명을 받들었소."

괴월이 말했다.

"그렇다면 미리 준비를 해야겠군요."

채모가 계획을 말했다.

"동문의 현산峴山으로 가는 큰길은 이미 내 아우 채화蔡和에게 군
사를 이끌고 지키게 했고, 남문 밖은 채중蔡中을 보내 지키게 했으며,
북문 밖도 이미 채훈蔡勳에게 지키게 해 두었소. 서문은 지킬 필요가
없소. 그 앞에 단계檀溪가 가로막고 있어 비록 몇 만 명의 무리가 있
어도 건너기 쉽지 않을 테니까요."

괴월이 또 걱정을 했다.

"보아하니 조운이 앉으나 서나 현덕의 곁을 떠나지 않던데, 손을
쓰기 어렵지 않을까 걱정이구려."

채모가 대답했다.

"군사 5백 명을 성안에 매복시켜 준비해 두었소."

괴월이 말했다.

"하지만 문빙文聘과 왕위王威를 시켜 따로 바깥 대청에 상을 차려
무장들을 대접하게 하시지요. 먼저 조운을 그곳으로 불러낸 뒤에 일
을 벌여야 할 것이오."

채모는 그 말을 따랐다. 이날, 소 잡고 말 잡아 큰 잔치를 베풀었
다. 현덕은 적로마를 타고 주 아문에 이르자 아랫사람에게 말을 후

원으로 끌고 가 매어 두라고 했다. 관원들이 모두 대청에 이르렀다. 현덕이 주인 자리에 앉고 유표의 두 아들이 양쪽으로 나뉘어 앉았다. 나머지 관원들도 모두 서열에 따라 순서대로 자리에 앉았다. 조운은 검을 찬 채 현덕 곁에 서 있었다. 문빙과 왕위가 들어와 밖에 마련해 둔 자리로 가자고 조운을 청했다. 조운은 사양하며 가지 않으려 했다. 현덕이 가보라고 이르자 조운은 명령을 어길 수 없어 마지못해 그곳을 떠났다. 바깥을 수습하여 철통같이 에워싼 채모는 현덕이 데려온 군사 3백 명을 모두 숙소로 돌려보냈다.

만반의 준비를 마친 그는 취기가 오르기를 기다려 신호를 보내 손을 쓰려고 했다. 술이 세 순 째 돌고 나자 이적이 잔을 들고 일어나 현덕의 앞으로 다가왔다. 술을 권하는 체하며 현덕을 똑바로 바라보며 나직한 음성으로 말했다.

"뒷간으로 가시지요."

현덕은 그 뜻을 알아채고 즉시 자리에서 일어나 뒷간으로 갔다. 잔을 잡은 이적이 사람들에게 골고루 술을 권하고 나서 부리나케 후원으로 들어갔다. 그는 현덕을 만나 귓가에 입을 대고 알려주었다.

"채모가 계책을 짜고 공을 해치려 합니다. 성밖 동, 남, 북 세 곳은 모두 군사들이 지키고 있으니, 오직 서문으로만 달아날 수 있습니다. 공은 속히 달아나야 합니다!"

현덕은 깜짝 놀랐다. 급히 묶여 있던 적로마를 풀어 후원 문을 열고 밖으로 끌어냈다. 몸을 날려 말에 오른 현덕은 따라온 자들을 내버려 둔 채 단신으로 말을 몰아 서문을 향해 달려갔다. 문지기가 무슨 일이냐고 물었지만 현덕은 대꾸도 하지 않고 말에 채찍을 가해 문을 빠져나갔다. 현덕을 막지 못한 문지기는 나는 듯이 채모에게 달려가 알렸다. 채모는 즉시 말에 올라 5백 명의 군사를 이끌고 뒤따라 쫓아갔다.

한편 서문으로 뛰쳐나간 현덕이 채 몇 리도 가지 못했는데 큰 냇물이 길을 가로막았다. 너비가 수십 자나 되는 단계는 양강襄江으로 흘러가는데 물살이 매우 세찼다. 시냇가에 이른 현덕은 도저히 건너갈 수 없다고 판단하고 말머리를 되돌렸다. 멀리 바라보니 성 서쪽에서 먼지가 자욱이 피어올랐다. 추격병이 곧 들이닥칠 기세였다. 현덕의 입에서 비명이 튀어나왔다.

원휘·봉준 그림

"이번에는 죽었구나!"

현덕은 즉시 냇가로 말을 되돌렸다. 뒤돌아보니 추격하는 군사
는 어느새 가까워졌다. 당황한 현덕은 급히 말을 달려 시내로 내려
갔다. 그런데 몇 걸음 가지 못해 말의 앞굽이 갑자기 물에 푹 빠지면
서 옷이 흠뻑 젖었다. 현덕은 채찍으로 말을 후려치며 큰소리로 외
쳤다.

"적로! 적로! 오늘 나를 죽일 셈이냐?"

말이 끝나자마자 적로는 갑자기 물속에서 몸을 솟구치더니 단번
에 30자나 뛰어 건너 날듯이 서쪽 기슭으로 올라섰다. 현덕은 마치
구름과 안개 속을 뚫고 건너온 기분이었다. 후세에 소학사蘇學士가
고풍시古風詩 한 편을 지어, 단기로 말을 달려 단계를 뛰어넘은 일
을 읊었다.

청춘은 가고 꽃이 지고 봄날도 저무는데 /
벼슬길 떠돌다 우연히 단계 길 이르렀네. //
마차 세우고 구경하며 혼자서 서성이니 /
눈앞에는 떨어져서 흩날리는 붉은 꽃잎.

가만히 생각하면 함양 화덕이 쇠한 건지 /
용과 범들이 다투며 서로 으르렁거리네. //
양양의 잔치 자리 왕손들이 술 마시는데 /
좌중의 현덕 몸에 위태로움이 다가왔네.

살길 찾아 홀로 서문으로 나와 도망치니 /

등 뒤에서 추격 군사가 다시금 따라잡네. //
안개에 덮여 가득히 출렁이는 단계 물결 /
황급하게 소리치며 말을 몰아 뛰어드네.

말발굽에 부서지는 거울 같은 푸른 물결 /
바람소리 울리는 곳 황금 채찍 휘두르네. //
귓가에 들리노니 무수한 기병 닫는 소리 /
물결 속에서 홀연히 쌍룡이 날아오르네.

서천 땅을 혼자 제패할 진정한 영주가 /
용마 위에 앉으니 두 용이 서로 만났네. //
단계의 물은 여전히 동쪽으로 흐르건만 /
용마와 영주는 지금 모두 어디 있는고?

물결 보며 내뿜는 탄식 가슴만 쓰린데 /
저녁노을만 쓸쓸하게 빈산을 비추누나. //
천하삼분 웅대한 사업 모두가 꿈결인데 /
발자취만 부질없이 세상에 남아 있구려.

老去花殘春日暮, 宦游偶至檀溪路. 停驂遙望獨徘回, 眼前零落飄紅絮.
暗想咸陽火德衰, 龍爭虎鬪交相持. 襄陽會上王孫飮, 坐中玄德身將危.
逃生獨出西門道, 背后追兵復將到. 一川烟水漲檀溪, 急叱征騎往前跳.
馬蹄踏碎靑玻璃, 天風響處金鞭揮. 耳畔但聞千騎走, 波中忽見雙龍飛.
西川獨霸眞英主, 坐下龍駒兩相遇. 檀溪溪水自東流, 龍駒英主今何處!
臨流三嘆心欲酸, 斜陽寂寂照空山. 三分鼎足渾如夢, 蹤迹空留在世間.

진전승 그림

단계를 건너뛰어 서쪽 기슭에 오른 현덕이 동쪽 기슭을 돌아보니, 채모가 이미 군사를 이끌고 시냇가까지 쫓아와 소리를 높여 외쳤다.

"사군! 무슨 까닭으로 자리를 피해 떠나시오?"

현덕이 물었다.

"내 자네와 원수진 일이 없거늘 무슨 까닭으로 나를 해치려 하는가?"

채모는 변명했다.

"저는 결코 그런 마음이 없소이다. 사군께선 남의 말을 듣지 마시오."

채모가 활을 들고 전통에서 화살을 뽑는 광경을 본 현덕은 급히 말머리를 돌려 서남쪽을 바라고 달려갔다. 채모가 곁에 있는 자들을 돌아보며 말했다.

"이게 무슨 귀신의 도움이란 말이냐?"

막 군사를 거두어 성으로 돌아가려고 할 때였다. 문득 서문 안에서 조운이 3백 명의 군사를 이끌고 쫓아왔다. 이야말로 다음 대구와 같다.

뛰어오른 용 같은 말 주인을 구해 내더니 /
쫓아온 호랑이 장수 원수를 죽이려 하네
躍去龍駒能救主 追來虎將欲誅仇

채모의 목숨은 어떻게 될 것인가, 다음 회를 보라.

35

수경선생 사마휘

현덕은 남장에서 숨은 선비를 만나고
선복은 신야에서 영명한 주인 만나다
玄德南漳逢隱淪 單福新野遇英主

채모가 막 성으로 돌아가려고 하는데, 조운이 군사를 이끌고 성을 나와 쫓아왔다. 원래 술을 마시고 있던 조운은 갑자기 말과 사람들이 움직이는 것을 보고 급히 안으로 들어가 살펴보았다. 자리에 있어야 할 현덕이 보이지 않았다. 깜짝 놀란 조운은 한달음에 역관으로 달려갔다. 거기서 사람들이 하는 말을 들었다.

"채모가 군사를 이끌고 서쪽으로 쫓아갔습니다."

조운은 급히 창을 들고 말에 올라 데려온 3백 명의 군사를 이끌고 서문으로 달려갔다. 때마침 채모와 마주친 조운이 급히 물었다.

"우리 주인은 어디 계시오?"

채모는 시치미를 뗐다.

"사군께서 자리를 피해 나가셨는데, 어디로 가셨는지 모르겠소."

조운은 신중하고 세심한 사람이었다. 당황하지 않고 즉시 말에 채찍을 가하여 달려갔다. 멀리 큰 냇물이 보일 뿐 달리 갈 만한 길이라곤 보이지 않았다. 이에 다시 말을 돌린 그는 채모에게 호령조로 물었다.

"그대는 우리 주인을 잔치에 초청해 놓고 어찌하여 군사를 이끌고 추격했는가?"

채모는 태연스레 대답했다.

"아홉 군 마흔 두 현의 관료들이 모두 이곳에 있는데, 내가 상장上將으로서 어찌 그들을 보호하지 않을 수 있겠나?"

조운이 다시 소리쳤다.

"그대가 우리 주인을 핍박해 어디로 가시게 했느냐?"

채모가 대답했다.

"사군께서 홀로 말을 달려 서문을 나가셨다는 보고를 받고 이곳으로 왔지만 보이지 않네."

조운은 놀랍고 의심스러운 마음이 진정되지 않았다. 곧바로 냇가로 달려가 살펴보니 맞은편 기슭 일대에 물기가 보일 뿐이었다. 조운은 속으로 생각했다.

'설마 말을 타신 채 이 냇물을 뛰어넘으신 건 아닐 테지?'

3백 명 군사를 사방으로 흩어 찾아보게 했다. 그러나 끝내 유비의 자취는 보이지 않았다. 조운이 다시 말을 돌렸을 때 채모는 이미 성 안으로 들어간 뒤였다. 조운이 문을 지키는 병졸들을 붙잡고 캐물었지만 대답은 한결같았다.

"유사군께서는 나는 듯이 말을 달려 서문을 빠져나가셨습니다."

다시 성으로 들어갈 생각도 했으나 매복이 있지나 않을까 두려웠다. 마침내 조운은 급히 군사를 이끌고 신야로 돌아갔다.

한편 말을 타고 단계를 뛰어넘은 유비는 취한 듯 얼이 나간 듯 어리둥절하고 있었다.

'이토록 넓은 냇물을 단번에 뛰어넘다니, 이 어찌 하늘의 뜻이 아니겠는가?'

구불구불한 길을 따라 남장南漳을 향해 말을 채쳐 가노라니 해가 어느덧 서쪽으로 기울었다. 한창 가는데 한 목동이 소를 타고 피리를 불면서 오는 게 보였다. 현덕은 탄식했다.

"내 처지가 저 아이보다 못하구나!"

말을 세우고 그 모습을 지켜보았다. 목동 역시 소를 세우고 피리를 멈추더니 현덕을 찬찬히 살펴보았다. 그러고는 물었다.

"장군께선 혹시 황건적을 깨뜨린 유현덕이 아니세요?"

뜻밖의 물음에 현덕은 놀랐다.

"너 같은 시골 아이가 어떻게 내 이름을 아느냐?"

목동이 대답했다.

"저도 본래는 몰랐는데 스승님을 모시면서 손님들이 오시는 날이면 늘 듣는 말이 있거든요. 유현덕은 키가 7척 5촌이고, 손이 무릎 아래까지 내려오며, 눈으로는 자기 귀를 볼 수 있는 사람인데 당대의 영웅이라는 말씀들을 자주 하셨어요. 지금 장군의 생김새를 보고 틀림없이 그 분이라고 생각했지요."

현덕이 다시 물었다.

"너의 스승이 누구시냐?"

목동이 대답했다.

"우리 스승님께선 성은 복성으로 사마司馬씨이고, 함자는 휘徽이며, 자는 덕조德操이신데, 영천 사람이에요. 도호를 수경선생水鏡先生이라고 부르지요."

현덕은 또 물었다.

"너의 스승은 누구와 벗하시느냐?"

동자는 또박또박 대답했다.

"양양의 방덕공龐德公과 방통龐統 같은 어른들과 사귀시지요."

현덕은 계속 물었다.

"방덕공과 방통은 어떤 분들이냐?"

동자가 대답했다.

"삼촌과 조카 사이세요. 방덕공 선생의 자는 산민山民인데 저의 스승님보다 열 살이 많으시고, 방통 선생의 자는 사원士元인데 저의 스승님보다는 다섯 살 젊으시죠. 하루는 스승님께서 나무 위에서 뽕잎을 따고 계시는데 마침 방통 선생이 찾아와 나무 밑에 앉아 이야기를 나누셨어요. 두 분은 하루 종일 이야기하면서도 싫증을 내지 않으셨어요. 저의 스승님께선 방통 선생을 매우 사랑하여 아우라고 부르세요."

현덕이 물었다.

"너의 스승은 지금 어디에 계시느냐?"

목동이 조금 먼 곳을 가리켰다.

"저 앞에 보이는 숲속에 장원이 있어요."

현덕이 부탁했다.

원휘·봉준 그림

"내가 바로 유현덕이다. 나를 안내하여 너의 스승을 뵙게 해주겠느냐?"

목동은 곧 현덕을 인도했다. 2리 남짓 가자 장원 앞에 당도했다. 말에서 내린 현덕이 동자를 따라 들어가 중문中門에 이르렀을 때 별안간 아름다운 거문고 소리가 들렸다. 현덕은 동자에게 잠시 알리지 말라고 당부하고 거문고 소리에 귀를 기울였다. 그러자 거문고 소리가 갑자기 그치더니 한 사람이 웃으면서 나왔다.

"맑고 그윽하던 거문고 가락에 느닷없이 높고 우렁찬 소리가 일어나니, 이는 필시 영웅이 엿듣는 것이로다."

동자가 그 사람을 가리키며 현덕에게 말했다.

"이분이 저의 스승이신 수경선생이세요."

현덕이 그 사람을 보니 소나무 같은 모습에 학 같은 골격으로 풍채가 비범했다. 황급히 앞으로 나아가 예를 올리는데, 물에 젖은 옷자락은 그때까지 마르지 않은 채였다. 수경선생이 말했다.

"공께선 오늘 요행히 큰 재앙을 면하셨구려!"

현덕이 놀라 마지않는데, 동자가 스승을 보고 말했다.

"이분은 유현덕이십니다."

수경이 현덕을 초당草堂으로 맞아들이고, 두 사람은 손님과 주인 자리로 나누어 앉았다. 현덕이 살펴보니 서가에는 책이 가득하고 창밖에는 소나무와 대나무가 무성하며, 거문고는 돌 침상 위에 가로놓여 있었다. 초당에는 맑은 기운이 감돌았다. 수경이 물었다.

"명공은 어떻게 오셨소?"

현덕이 대답했다.

"우연히 이곳을 지나다가 동자가 가르쳐 주어 왔습니다만 존귀하신 얼굴을 뵙게 되어 참으로 기쁩니다."

수경이 웃으며 말했다.

"공께선 감출 필요가 없소이다. 지금 난을 피해 이곳으로 오신 게지요."

현덕은 마침내 양양에서 일어났던 일을 말해 주었다. 수경이 말했다.

"나는 공의 기색을 보고 이미 알아차렸소이다."

그러고는 현덕에게 물었다.

"명공의 큰 명성을 들은 지는 오래되었는데, 어찌하여 여태까지 실의에 빠져 불우하게 지내시오?"

현덕이 대답했다.

"운명이 기구하여 이 지경에 이르렀습니다."

수경이 말했다.

"그렇지 않소이다. 장군께선 마땅히 보필할 사람을 얻지 못했기 때문이지요."

현덕은 그 말에 동의할 수 없었다.

"저는 비록 재주가 없지만 문관으로는 손건·미축·간옹이 있고, 무장으로는 관우·장비·조운 등이 있어 충성을 다하여 보좌하고 있으므로 그들에게 크게 의지하고 있습니다."

수경이 말했다.

"관우·장비·조운은 모두 만 명을 대적할 수 있는 장수들이지만 그들을 제대로 활용할 수 있는 사람이 없는 게 애석하지요. 손건이나 미축 같은 무리야 백면서생白面書生일 뿐, 세상을 구제할 만한 경륜을 갖춘 인재는 못 되지요."

현덕이 말했다.

"저 역시 산골에 숨어 사는 현명한 이를 구하려 무던히 애를 썼지만 아직 그런 사람을 만나지 못했으니 어찌하겠습니까?"

수경이 말했다.

"공자孔子께서 '열 가구 정도가 사는 작은 고을에도 반드시 충성스럽고 믿을 만한 사람은 있다'고 하지 않으셨소? 어찌 사람이 없다고 하겠습니까?"

현덕이 부탁했다.

"이 비는 우매하여 현명한 이를 알아볼 줄 모르니 부디 가르쳐 주십시오."

수경이 대답했다.

"공께선 형양군의 여러 고을에서 아이들이 부르는 노래를 듣지 못하셨소? 이런 노래지요.

8,9년에 쇠약해지기 시작하여 / 13년이 되면 남는 게 없으리라. //
마침내 천명이 돌아갈 데가 있으니 /
흙 속에 서렸던 용이 하늘로 날아가리.
八九年間始欲衰, 至十三年無孑遺. 到頭天命有所歸, 泥中蟠龍向天飛.

이 노래는 건안 초년부터 불리기 시작했습니다. 건안 8년에 유경승이 전처를 잃자 집안에 난리가 생겼으니, 이것이 '쇠약해지기 시작했다'는 것이지요. '남는 게 없다'는 말은 경승이 세상을 뜨고 나면 문관과 무장들이 떨어져 나가 남는 게 없을 거라는 뜻이오. '천명이 돌아갈 데가 있다'는 것과 '용이 하늘로 날아가리'라는 말은 아마 장군께 해당하는 말인 것 같소."

이 말을 들은 현덕은 깜짝 놀라 사양하며 말했다.

"이 비가 어찌 감히 그런 말을 감당하겠소이까?"

수경이 말했다.

"지금 천하의 뛰어난 인재들이 모두 이곳에 있으니, 공은 가서 찾아야 할 것이오."

현덕이 급히 물었다.

"뛰어난 인재는 어디 있으며, 어떤 사람들입니까?"

수경이 대답했다.

"복룡伏龍과 봉추鳳雛 두 사람 중 하나만 얻어도 천하를 편안히 할 수 있을 것이오."

현덕이 다시 물었다.

"복룡과 봉추란 어떤 사람들입니까?"

수경은 손뼉을 치면서 껄껄 웃었다.

"좋아요, 좋아!"

현덕이 다시 묻자, 수경은 말을 돌렸다.

"날이 이미 저물었으니 장군께선 여기서 하룻밤 묵으시지요. 날이 밝으면 말씀드리리다."

그러고는 동자에게 음식을 갖추어 현덕을 대접하게 하고, 말은 후원으로 끌고 가 여물을 먹이게 했다.

현덕은 저녁 식사를 마치고 곧바로 초당 곁에서 잠자리에 들었다. 그러나 수경이 하던 말이 떠올라 아무리 해도 잠을 이룰 수가 없었다. 밤이 한창 깊었을 때쯤, 어떤 사람이 문을 두드리고 초당으로 들어서는 소리가 들렸다. 수경이 물었다.

"원직元直이 무슨 일로 왔소?"

현덕이 침상에서 일어나 가만히 들으니 그 사람이 대답했다.

"오래 전부터 유경승이 착한 사람을 좋아하고, 악한 사람을 미워하여 멀리한다는 말을 들었기에 특별히 그를 찾아갔지요. 하지만 만나고 보니 모두가 헛소문이더군요. 착한 사람을 좋아해도 쓸 줄을 모르고, 악한 자를 미워하지만 버릴 줄을 모르니 말입니다. 그래서 글을 남겨 작별을 고하고 이리로 왔소이다."

수경이 말했다.

"공은 제왕을 보좌할 재주를 지닌 사람으로 주인을 가려 섬겨야 하거늘 어찌하여 경솔하게 경승을 찾아갔단 말이오? 더구나 영웅호걸은 바로 눈앞에 있는데도 공이 스스로 알아보지 못할 따름이오."

그 사람이 맞장구를 쳤다.

"선생의 말씀이 옳소이다."

그 말을 듣고 현덕은 대단히 기뻤다. 속으로 이 사람은 틀림없이 복룡 아니면 봉추일 것이라 짐작하고 즉시 나가 만나고 싶었지만 경망하게 비치지 않을까 걱정이 되기도 했다.

현덕은 날이 새기를 기다려 수경을 만나서 물었다.

"어젯밤에 온 사람은 누구입니까?"

"내 벗이오."

현덕이 그 사람과 만나게 해 달라고 하자 수경이 대답했다.

"그 사람은 현명한 주인을 찾아 의탁하려고 이

미 다른 곳으로 떠났소."

현덕이 그 사람의 이름을 묻자 수경은 또 웃으면서 대답을 피했다.

"좋소, 좋아!"

현덕은 다시 한번 물었다.

"복룡과 봉추는 어떤 사람들입니까?"

수경은 여전히 웃기만 했다.

"좋소, 좋아!"

현덕이 수경에게 절하며 산에서 나가 함께 한나라 황실을 보좌하자고 권했다. 수경이 말했다.

"산야에서 한가하게 지내던 사람이라 세상일을 감당할 수 없소이다. 나보다 열 배는 나은 사람이 제 발로 공을 도우러 갈 것이니 공은 그 사람을 찾아보구려."

한창 이야기를 나누고 있는데 별안간 장원 밖에서 사람들이 떠들고 말이 울부짖는 소리가 들렸다. 동자가 들어와 알렸다.

"웬 장군이 수백 명의 군사를 이끌고 장원으로 왔습니다."

현덕이 깜짝 놀라 나가 보니 바로 조운이었다. 현덕은 대단히 기뻤다. 조운은 말에서 내려 장원으로 들어와서 말했다.

"저는 어제 현으로 돌아가 아무리 찾아도 주공을 만나지 못하고 밤새 물어물어 여기까지 왔습니다. 주공께서는 속히 현으로 돌아가시지요. 누군가 현으로 쳐들어와 싸움이 벌어지지나 않았을지 걱정입니다."

현덕은 수경에게 작별 인사를 하고 조운과 함께 말을 타고 신야로 갔다. 몇 리를 가지 못해 한 떼의 인마가 마주 왔다. 살펴보니 운장과 익덕이었다. 세 형제는 서로 만나 크게 기뻐했다. 현덕이 말을 달려 단계를 뛰어넘은 사연을 이야기하자 모두들 놀라며 감탄했다.

현덕은 현에 도착하여 손건 등과 대책을 상의했다. 손건이 말했다.

"우선 경승에게 편지를 보내 이 일을 알리시지요."

현덕은 그 말에 따라 즉시 손건에게 글을 주어 형주로 가게 했다. 손건이 형주에 이르니 유표가 불러들여 물었다.

"내가 현덕에게 양양의 모임에 참석해 달라고 부탁했는데 무슨 까닭으로 자리를 떠났다고 하던가?"

손건은 현덕의 편지를 바치면서 채모가 음모를 꾸며 현덕을 해치려 한 사실과 말이 단계를 뛰어넘은 덕분에 현덕이 위기를 벗어난 사연을 자세히 이야기했다. 크게 노한 유표는 급히 채모를 불러들여 호되게 꾸짖었다.

"네놈이 어찌 감히 내 아우를 해치려 했느냐!"

당장 밖으로 끌어내 목을 치라고 명했다. 채부인이 급히 나와 통곡하며 살려 달라고 빌었다. 그러나 유표의 화는 좀처럼 풀리지 않았다. 손건이 사정했다.

"채모를 죽이시면 황숙이 이곳에 편안히 계실 수가 없을 것입니다."

이에 유표는 채모를 꾸짖기만 하고 풀어 주었다. 그러고는 맏아들 유기더러 손건과 함께 현덕에게 가서 사죄하라고 했다. 유기가 명을 받들고 신야로 가니 현덕이 맞이하여 잔치를 베풀었다. 술기운이 거나해지자 유기가 별안간 눈물을 떨어뜨렸다. 현덕이 까닭을 물으니

862

유기가 대답했다.

"계모 채씨가 늘 저를 해칠 마음을 품고 있지만 이 조카에겐 화를 피할 대책이 없습니다. 바라건대 숙부님께서 방법을 좀 가르쳐주십시오."

현덕이 권했다.

"조심하며 효도를 다한다면 저절로 화가 사라질 것일세."

이튿날 유기는 눈물을 흘리며 작별을 고했다. 현덕은 성밖까지 말을 타고 나가 유기를 전송하면서 자기 말을 가리키며 유기에게 말했다.

"이 말이 아니었다면 나는 이미 황천객이 되었을 걸세."

유기가 말했다.

"그것은 말의 힘이 아니라 숙부님의 홍복洪福입니다."

말을 마치고 유기는 눈물을 뿌리며 떠났다.

현덕이 말머리를 돌려 성으로 들어오려는데 저잣거리에서 갈건葛巾에 베옷을 입고, 검은 띠에 검은 신을 신은 사람이 소리를 길게 빼어 노래를 부르면서 다가왔다.

하늘과 땅이 뒤집힘이여, 타던 불길 꺼지려 하네. /
큰 집이 무너지려 함이여, 기둥 하나로 받치기 어렵네. //
산골에 어진이 있음이여, 밝은 주인 찾으려 하네. /
밝은 주인 어진이 구함이여, 오히려 나를 몰라보시네.
天地反復兮, 火欲殂. 大廈將崩兮, 一木難扶.
山谷有賢兮, 欲投明主. 明主求賢兮, 却不知吾.

노래를 들은 현덕은 속으로 생각했다.

'이 사람이 혹시 수경선생이 말한 복룡과 봉추 가운데 하나가 아닐까?'

현덕은 즉시 말에서 내려 그 사람과 인사하고 현의 아문으로 청해 들여 이름을 물었다. 그 사람이 대답했다.

"저는 영천潁川 사람으로, 성은 선單이고 이름은 복福이라고 합니다. 오래 전부터 사군께서 현명한 인재를 받아들이신다는 소문을 듣고 당장 달려오고 싶었습니다. 하지만 감히 선뜻 나설 수가 없어서 사군의 귀에 들어가도록 일부러 저잣거리에서 노래를 불렀습니다."

현덕은 크게 기뻐하며 선복을 귀한 손님으로 대했다. 선복이 말했다.

"방금 사군께서 타고 계시던 말을 다시 한번 보여 주십시오."

현덕은 말의 안장을 벗기고 대청 아래로 끌고 오게 했다. 선복이 말했다.

"이건 적로마가 아닙니까? 비록 천리마이기는 하지만 주인을 해치는 말이니 타서는 안 됩니다."

"이미 그런 일을 겪었다오."

현덕은 단계를 뛰어넘은 일을 자세히 이야기했다.

선복이 말했다.

"그것은 주인을 구한 것이지 주인을 해친 것이 아닙니다. 그러나 끝내 한번은 주인을 해칠 것인데, 저에게 액땜할 방법이 한 가지 있습니다."

현덕이 물었다.

왕굉희 그림

"액땜할 방법을 말씀해 보시오."

선복이 대답했다.

"공께서 원한을 품은 사람에게 이 말을 주십시오. 말이 그 사람을 해친 다음에 타시면 자연히 무사할 것입니다."

그 말에 현덕은 얼굴빛을 바꾸었다.

"공은 오자마자 올바른 도리는 말씀해 주지 않고 오히려 자신의 이익을 위해 남을 해칠 일이나 가르치다니, 이 비는 감히 듣지 못하겠소."

선복은 웃으며 사과했다.

"이전부터 사군께서 어질고 덕성스럽다는 말을 들었지만 곧이곧대로 믿을 수가 없어 일부러 사군을 떠본 것뿐입니다."

현덕 역시 얼굴빛을 고치고 일어나며 사과했다.

"이 비에게 어찌 다른 사람에게 미칠 만한 인덕仁德이 있겠소마는 그저 선생께서 가르쳐 주시기 바랄 뿐이오."

선복이 말했다.

"제가 영천에서 이곳으로 오는 길에 신야 사람들이 부르는 노래를 들었습니다. 백성들은 '신야 목 유황숙님, 이곳에 오고부터 백성들이 풍족하네'라고 노래하고 있었습니다. 이런 걸 보면 사군의 어진 덕이 여러 사람에게 미치고 있음을 알 수 있습니다."

현덕은 마침내 선복을 군사軍師로 임명하여 본부의 인마를 조련하게 했다.

한편 기주에서 허도로 돌아온 조조는 항상 형주를 손에 넣을 생각을 품고 있었다. 그래서 특별히 조인·이전과 항복한 장수 여광·여상 등에게 3만 명의 군사를 이끌고 번성에 주둔하면서 호시탐탐 형양을 주시하며 허실을 탐지하게 했다. 이때 여광과 여상이 조인에게 건의했다.

"지금 유비가 신야에 주둔하고 있는데 군사를 모으고 말을 사들이며 마초와 식량을 비축하고 있으니, 그 뜻이 작지 않은 것 같습니다. 일찌감치 손을 써야 할 것입니다. 우리 두 사람은 승상께 항복한 이후 아직 조그마한 공도 세우지 못했습니다. 정예 군사 5천 명만 주신다면 유비의 머리를 베어다 승상께 바치겠습니다."

조인은 대단히 기뻐하며 여씨 형제에게 군사 5천 명을 주어 신야로 싸우러 가게 했다. 정찰병이 나는 듯이 신야로 달려가 현덕에게 이 소식을 알렸다. 현덕은 선복을 청해 대책을 상의했다. 선복이 말했다.

"이미 적군이 온다면 경계 안으로는 들어오지 못하게 해야 합니다. 관공은 한 떼의 군사를 이끌고 왼쪽으로 나아가 적군과 중도에서 대적하게 하고, 장비에게 한 떼의 군사를 주어 오른쪽으로 나아가 적군의 후미를 대적하게 하며, 주공께서는 친히 조운을 데리고 출병하시어 전면에서 적을 맞아 싸우시면 격파할 수 있을 것입니다."

현덕은 즉시 그 말대로 관우와 장비 두 사람을 내보냈다. 자신은 선복, 조운과 함께 군사 2천 명을 이끌고 관에서 나가 적을 맞기로 했다. 몇 리 가지도 않았을 때 산 뒤에서 먼지가 자욱하게 일어나더니 여광과 여상이 군사를 이끌고 왔다. 양편에서 각각 진세를 벌였다. 현덕이 진문 앞 깃발 아래로 말을 타고 나가 크게 외쳤다.

"거기 오는 자는 누구기에 감히 나의 경계를 침범하느냐?"

여광이 진 앞으로 말을 타고 나오며 대꾸했다.

"나는 대장 여광이다. 승상의 명을 받들어 특별히 너를 잡으러 왔노라!"

크게 노한 현덕은 조운을 내보냈다. 두 장수가 어울린 지 몇 합이 되지 않아 조운이 단 창에 여광을 찔러 말에서 떨어뜨렸다. 현덕이 군사를 휘몰아 들이치자 여상은 당해 내지 못하고 군사를 이끌고 달아났다. 여상이 한창 달려가고 있는데 길가에서 급작스레 한 떼의 군사가 돌격해 나왔다. 앞장선 대장은 관운장이었다. 한바탕 거세게 몰아치자 여상은 군사가 태반이나 꺾인 채 길을 앗아 달아났다. 그러나 10리도 못 가서 다시 한 떼의 군사가 앞길을 가로막았다. 앞장선 대장이 창을 꼬나들고 벼락같이 소리쳤다.

"장익덕이 여기에 있다!"

그러고는 곧바로 여상에게 덤벼들었다. 여상은 미처 손을 놀려 볼 사이도 없이 장비가 내지른 창을 맞고 몸을 뒤집으며 말에서 떨어져 죽었다. 나머지 무리는 사방으로 흩어져 달아났다. 현덕이 군사를 합쳐 추격하여 반 이상을 사로잡았다. 승전한 현덕은 현으로 돌아와 선복을 무겁게 대접하고 삼군에 푸짐한 음식과 상을 내렸다.

한편 살아 돌아간 패잔병들이 조인을 뵙고 보고했다.

"여씨 형제가 피살되고 많은 군사가 사로잡혔

습니다.”

깜짝 놀란 조인이 이전과 대책을 상의했다. 이전이 말했다.

“두 장수는 적을 깔보는 바람에 죽었습니다. 지금은 군사를 움직이지 말고 승상께 보고하여 대군을 일으켜 정벌하러 오시도록 하는 것이 상책입니다.”

조인은 반대했다.

“그렇지 않소. 지금 두 장수가 싸우다 죽었고, 또한 많은 군사를 잃었으니 당장 이 원수를 갚지 않을 수 없소. 신야쯤이야 콩알만한 땅인데 어찌 승상의 대군에게 수고를 끼친단 말이오?”

이전이 말했다.

“현덕은 인걸입니다. 가볍게 보아서는 안 됩니다.”

조인은 대수롭게 여기지 않았다.

“공은 무엇 때문에 그렇게 겁을 내는 거요?”

이전이 대답했다.

“병법에 ‘상대를 알고 자기를 알면 백 번 싸워 백 번 이긴다知彼知己 百戰百勝’고 했습니다. 저는 싸움을 겁내는 것이 아니라 이기지 못할 걸 걱정할 따름입니다.”

조인은 화가 났다.

“공은 두 마음을 품고 있는 게 아니오? 나는 기필코 유비를 사로잡고야 말겠소!”

이전이 말했다.

“장군께서 가시겠다면 저는 번성을 지키겠습니다.”

조인이 소리쳤다.

“그대가 함께 가지 않겠다면 정말로 두 마음을 품은 것이렷다!”

이전은 하는 수 없이 조인과 함께 2만 5천 명의 군사를 점검하여 강을 건너 신야로 갔다. 이야말로 다음 대구와 같다.

편장이 시체를 수레에 싣는 욕을 당하니 /
주장이 다시 수치 씻을 군사를 일으키네
偏裨旣有輿尸辱　主將重興雪恥兵

승부는 어떻게 될 것인가, 다음 회를 보라.

36

떠나가는 서서

현덕은 계책을 써서 번성을 습격하고
원직은 말을 달려 제갈량을 추천하다
玄德用計襲樊城 元直走馬薦諸葛

분노한 조인은 대대적으로 본부 군사를 일으켜 밤을 새워 강을 건너 신야를 짓밟으려 달려갔다.

한편 선복은 승리하여 현으로 돌아와서 현덕에게 말했다.

"조인이 번성에 주둔하고 있는데, 지금쯤 두 장수를 잃었다는 사실을 알았을 테니 틀림없이 대군을 일으켜 쳐들어올 것입니다."

현덕이 물었다.

"어떻게 맞서야 하겠소?"

선복이 말했다.

"그가 군사를 총동원하여 쳐들어 온다면 번성은 텅 비었을 것입니다. 그 틈을 이용하여 성을 빼앗으면 될 것입니다."

현덕이 계책을 물었다. 선복 은 현덕의 귀에 입을 대고 이리저리 하면 된다고 낮은 소리로 일러 주었다. 현덕은 기뻐하며 미리 준비를 마쳤다. 그때 정탐병이 와서 보고했다.

"조인이 대군을 이끌고 강을 건너 쳐들어옵니다."

선복이 말했다.

"과연 제 짐작대로군요."

현덕에게 즉시 군사를 출동시켜 적을 맞아 싸우라고 했다. 양쪽 군사가 마주 보며 둥그렇게 진을 이루자 조운이 말을 타고 나가 상대편 장수를 불렀다. 조인이 이전에게 진을 나가 조운과 싸우라고 했다. 이전은 10여 합쯤 싸웠을 때 당할 수 없다는 걸 짐작하고 말머리를 돌려 자기 진으로 달아났다. 조운이 말을 달려 추격하자 조인 진영의 양쪽 날개에서 화살을 날려 조운을 막았다. 드디어 양군은 싸움을 그만두고 각각 영채로 돌아갔다.

이전이 돌아와 조인을 뵙고 말했다.

"저쪽 군사의 기세가 매우 날카로워서 섣불리 대적할 수 없겠습니다. 번성으로 돌아가는 편이 낫겠습니다."

조인은 크게 노했다.

"네놈은 출병도 하기 전에 이미 군사들의 마음을 흩트리더니 지금은 또 일부러 졌으니 목을 쳐야 마땅하다!"

즉시 도부수들에게 호령하여 이전을 끌어내 목을 치라고 했다. 장수들이 용서해 달라고 애걸하여 이전은 겨우 죽음을 면했다. 조인은 이전을 뒤로 돌려 후군을 거느리게 하고, 자신이 직접 군사를 이끌고 선봉이 되었다. 이튿날 북을 울리며 진군하여 진세를 펼친 조인은 사람을 시켜 현덕에게 물었다.

"내가 친 진이 무슨 진인지 알겠느냐?"

선복이 높은 곳에 올라가 살펴보고 현덕에게 말했다.

"이 진은 팔문금쇄진八門金鎖陣입니다. 팔문이란 휴休·생生·상傷·두杜·경景·사死·경驚·개開의 여덟 문을 말하는데, 생문·경문景門·개문으로 들어가면 길하고, 상문·경문驚門·휴문으로 들어가면 다치고, 두문·사문으로 들어가면 죽습니다. 지금 저들의 팔문진은 제법 정연하게 갖추어지긴 했습니다만 가운데 지휘부가 완전하지 못합니다. 동남쪽 모퉁이의 생문으로 쳐들어가서 곧바로 서쪽의 경문景門으로 나오면 저 진은 틀림없이 어지러워질 것입니다."

현덕은 군사들에게 진의 양쪽 귀퉁이를 단단히 지키라고 명하고, 조운에게 5백 명의 군사를 이끌고 동남쪽으로 들어가 곧장 서쪽으로 나가라고 했다. 명을 받은 조운은 창을 꼬나들고 군사를 이끌고 곧장 동남쪽 귀퉁이로 달려갔다. 함성을 지르며 중군으로 쳐들어가자 조인은 즉시 북쪽으로 달아났다. 조운은 조인을 쫓아가지 않고 오히려 서문으로 돌격해 나갔다가 다시 서쪽에서부터 쇄도하여 동남쪽 귀퉁이로 돌아왔다. 조인의 군사는 큰 혼란에 빠지고 말았다. 현덕이 군사를 휘몰아 들이치자 조인의 군사는 크게 패하여 물러갔다. 선복은 더 이상 추격하지 말라고 명하고 군사를 거두어 돌아왔다.

한편 조인은 한바탕 지고 나서야 비로소 이전의 말을 믿게 되었다. 그래서 다시 이전을 불러 대책을 상의했다.

"유비의 군중에 유능한 자가 있는 게 틀림없소. 내 진이 깨어지는 것을 보면 말이오."

이전이 걱정했다.

"몸은 이곳에 있으나 번성이 몹시 근심스럽습니다."

그러나 조인은 물러서기가 싫었다.

"오늘 밤 적의 영채를 습격합시다. 이기면 다시 대책을 상의하고, 이기지 못하면 곧바로 군사를 물려 번성으로 돌아가겠소."

이전이 반대했다.

"안 됩니다. 유비는 틀림없이 대비하고 있을 것입니다."

그러나 조인은 아직도 큰소리쳤다.

"그렇게 의심이 많아서야 어떻게 군사를 부린단 말이오?"

조인은 끝내 이전의 말을 듣지 않고 직접 군사를 이끌고 앞장을 서고 이전에게는 뒤에서 지원하게 했다. 그날 밤 2경에 현덕의 영채를 습격하기로 했다.

한편 선복이 영채 안에서 한창 현덕과 일을 논의하는데, 별안간 예사롭지 않은 바람이 몰아쳤다. 선복이 말했다.

"오늘 밤 틀림없이 조인이 우리 영채를 습격할 것입니다."

현덕이 물었다.

"어떻게 대적하지요?"

선복이 웃으며 대답했다.

"이미 예상하고 대책을 정해 두었습니다."

선복은 꼼꼼하게 군사들을 배치했다. 2경 무렵, 조인의 군사가 영채 가까이에 이르렀다. 그때 홀연 영채 안에서 사방을 둘러싸고 불길이 일어나더니 영채와 방어용 목책에 불이 붙어 타올랐다. 조인은 적이 미리 대비하고 있었음을 알고 급히 퇴각 명령을 내렸다. 바로 이때 조운이 쳐들어왔다. 조인은 미처 영채로 돌아갈 겨를도 없어 허둥지둥 북하北河를 향해 달아났다. 강변에 이르러 막 배를 찾아 강을 건너려는데 기슭에서 한 떼의 군사가 쏟아져 나왔다. 앞장선 대장은 장비였다. 조인은 죽기로써 싸우고 이전 또한 조인을 보호하여 배를 타고 강을 건넜다. 조인의 군사는 태반이 물에 빠져 죽었다. 겨우 강을 건너 기슭에 오른 조인은 번성으로 달려갔다. 문을 열라고 소리치니 성 위에서 한바탕 북소리가 울리며 한 장수가 군사를 이끌고 나타나 호통을 쳤다.

"내 번성을 차지한 지 오래되었노라!"

모두들 놀라서 살펴보니 바로 관운장이었다. 소스라치게 놀란 조인은 즉시 말머리를 돌려 도망쳤다. 운장은 바짝 추격했다. 조인은 또다시 수많은 인마를 잃고 밤낮으로 말을 달려 허창으로 갔다. 도중에서 선복이 군사가 되어 계책을 정하고 작전을 세웠다는 사실을 들었다.

조인이 패하여 허도로 돌아간 이야기는 잠시 접어 두자. 크게 승리한 현덕이 군사를 이끌고 번성으로 들어가자 현령 유필劉泌이 나와 영접했다. 현덕은 백성들을 위로하여 안정시켰다. 유필은 장사長沙 출신으로 역시 황실의 종친이기도 했다. 그는 현덕을 자기 집으로 모시고 잔치를 베풀어 대접했다. 한 젊은이가 유필을 모시고 섰는데, 현덕이 보니 용모가 훤칠하고 늠름했다. 그래서 유필에게 물었다.

"이 사람은 누구요?"

유필이 대답했다.

"저의 생질 구봉寇封입니다. 본래 나후羅侯(나라 이름) 구씨의 아들인데 부모가 모두 돌아가 이곳에 와서 의지하게 되었습니다."

현덕은 구봉이 몹시 사랑스러워 양자로 삼고 싶었다. 유필도 기꺼이 그 뜻을 받아들여 즉시 구봉더러 현덕에게 절을 올려 아버지로 모시게 하고, 이름을 유봉劉封으로 바꾸었다. 현덕은 유봉을 데리고 돌아와 운장과 장비에게 삼촌으로 모시는 절을 올리게 했다. 운장이 말했다.

"형님께는 이미 아들이 있는데 무엇 때문에 양자를 들이십니까? 뒷날 반드시 분란이 생길 것입니다."

현덕이 대답했다.

"내가 아들처럼 대하면 저도 반드시 나를 아비처럼 섬길 터인데 무슨 분란이 있을 거란 말인가?"

그러나 운장은 마음이 언짢았다. 현덕은 선복과 상의하여 조운에게 1천 명의 군사를 거느리고 번성을 지키게 하고, 자신은 군사를 이끌고 신야로 돌아갔다.

한편 조인은 이전과 함께 허도로 돌아와 조조를 뵙고 땅에 엎드려 눈물을 흘리며 벌을 청했다. 그리고 장수와 군사들을 잃은 사연을 자세히 이야기했다. 조조가 말했다.

"이기고 지는 것이야 군사를 부리는 사람들이 늘 겪는 일이다. 그런데 유비를 위해 계책을 꾸민 자가 누구인지는 알아냈느냐?"

조인이 선복이란 자의 계책이라고 대답하자 조조가 물었다.

"선복은 어떤 사람인가?"

정욱이 웃으며 말을 받았다.

"그 사람의 본명은 선복이 아닙니다. 그는 어릴 적부터 검술 배우기를 좋아했는데, 중평中平(184~189년) 말년에 다른 사람의 원수를 갚아 주느라 살인을 하고는 머리카락을 풀어헤치고 변장을 하여 달아났다가 관원에게 잡혔습니다. 이름을 물어도 대답하지 않자, 관원은 그를 수레 위에 묶고 북을 두드리며 저잣거리를 돌아다니며 그를 아는 사람을 찾았습니다. 하지만 그를 알아보는 사람들도 감히 입을 열지 않았습니다. 그러다가 친구들이 몰래 빼내 주어 이름을 바꾸고 달아났지요. 그때부터 이전의 행실을 고치고 이름난 스승을 두루 찾아다니며 공부를 하기 시작했는데, 일찍이 사마휘와도 담론한 적이 있다고 합니다. 이 사람은 영천의 서서徐庶로, 자는 원직元直입니다. 선복은 그가 지어낸 이름입니다."

조조가 정욱에게 물었다.

"서서의 재주는 그대와 비교하면 어떠하오?"

"이 욱보다 열 배는 낫습니다."

조조가 탄식했다.

"아깝도다! 현명한 인재가 현덕에게 돌아가다니! 현덕에게 날개가 생겼으니 어떻게 한단 말인가?"

정욱이 말했다.

"서서가 비록 저쪽에 있지만 승상께서 등용하시려면 불러오기는 어렵지 않습니다."

조조가 물었다.

"어떻게 하면 그가 내게로 오겠소?"

정욱이 대답했다.

"서서는 효성이 지극한 사람입니다. 어려서 부친을 여의고 집에는 나이 많은 모친만 계시는데, 지금은 그의 아우 서강徐康마저 죽어 노모를 봉양할 사람이 없습니다. 승상께서 사람을 보내 그의 모친을 구슬려 허창으로 데려와서 편지를 보내 아들을 부르게 하십시오. 그러면 서서는 반드시 올 것입니다."

크게 기뻐한 조조는 영천으로 사람을 보내 서서의 모친을 데려오게 했다. 하루가 지나지 않아 서서의 모친을 데리고 왔다. 조조는 그 노인을 후하게 대접하면서 말했다.

"듣자니 아드님 서원직은 천하의 기재라 하오. 지금 신야에서 역신 유비를 도우면서 조정을 배반하고 있으니 그야말로 아름다운 옥이 더러운 진흙 속에 빠진 격이라 참으로 애석하구려. 번거롭겠지만 노모께서 아드님께 편지를 보내 허도로 부르시면 내 천자께 추천하여 반드시 중한 상을 내리도록 할 것이오."

그러고는 즉시 붓과 종이, 먹과 벼루를 받들어 올리게 하고, 서서의 모친더러 편지를 쓰게 했다. 서서의 모친이 물었다.

"유비는 어떤 사람이오?"

조조가 대답했다.

"패군沛郡의 조무래기인데 망령되이 황숙이라고 일컫지만 신의라고는 없는 사람이오. 군자의 탈을 쓴 소인배라 할 수 있지요."

서서의 모친이 엄숙한 목소리로 말했다.

"그대는 어찌 그런 거짓말을 하는가? 나는 오래 전부터 현덕이 중산정왕의 후예이고 효경황제 각하의 현손이라는 말을 들었다. 아랫사람에게도 몸을 낮추고 사람을 공경하며 어질다는 소문이 널리 퍼져 있다. 어린아이부터 머리 허연 늙은이까지, 산야의 목동과 나무꾼이라도 모두가 그의 이름을 모르는 사람이 없으니 진실로 당대의 영웅이 아닌가? 내 아들이 그런 인물을 보좌한다면 옳은 주인을 만난 것이다. 그대는 비록 한의 승상이라고 하나 실로 한나라의 역적인데, 오히려 현덕을 역신이라 모함하며 내 아들을 광명을 등지고 암흑으로 오게 하라니 스스로 부끄럽지 않은가?"

말을 마친 서서의 모친은 벼루를 들어 조조를 때렸다. 조조는 노하여 무사들에게 서서의 모친을 밖으로 끌어내어 목을 치라고 호령했다. 무사들이 목을 치려고 하는데 정욱이 급히 그들을 제지하고 안으로 들어와 조조에게 간했다.

"서서의 어미가 승상의 비위를 거스른 것은 죽기를 바라서입니다. 승상께서 그를 죽이시면 의롭지 못하다는 소문만 나게 되고, 그 어미의 덕을 완벽하게 만들어 주게 됩니다. 어미가 죽으면 서서는 필사적인 마음으로 유비를 도와 원수를 갚으려 할 것입니다. 차라리 그 어미를 살려 두어 서서의 몸과 마음을 두 곳으로 갈라지게 하십시오. 그러면 설사 현덕을 돕는다 해도 힘을 다하지 못할 것입니다. 당분간 서서의 어미를 살려 두십시오. 제게 서서를 구슬려 이곳으로 불러 승상을 돕게 할 계책이 있습니다."

조조는 그 말을 옳게 여기고 드디어 서서의 모친을 죽이지 않고 별실로 보내 돌봐 주게 했다. 정욱은 날마다 서서의 모친을 찾아가 문안을 드렸다. 서서와는 일찍이 형제의 의를 맺었다고 거짓말을 하면서 친어머니처럼 공대하고, 수시로 선물을 보내면서 반드시 편지를 넣어 보내니 서서의 어머니 역시 편지를 적어 회답했다. 이렇게 해서 모친의 필적을 얻은 정욱은 그 필체를 모방하여 아들에게 보내는 편지 한 통을 꾸몄다. 그런 다음 심복에게 편지를 주어 신야현으로 달려가게 했다. 신야에 이른 심복이 선복의 거처를 물으니 군사들이 그를 서서에게 데려다 주었다. 서서는 어머니가 편지를 보냈다는 말을 듣고 급히 불러들여 물었다. 편지를 가지고 온 사람이 말했다.

"저는 역관에서 심부름하는 병졸입니다. 노부인의 말씀을 듣고 편지를 가져왔습니다."

서서가 뜯어보니, 다음과 같은 사연이 적혀 있었다.

근래에 네 아우 강康이 죽고 나니 아무리 둘러보아도 혈육이라고는 없구나. 슬픔에 잠겨 있는데 뜻밖에도 조승상이 사람을 보내 나를 속여 허도에 데려와서는 네가 배반했다 하여 나를 감옥에 가두려 하는 것을 정욱 등이 애쓴 덕에 갇히지는 않게 되었다. 네가 항복하면 내가 죽음은 면할 수 있을 것 같구나. 이 글을 받는 대로 너를 낳아 기르느라 고생한 어미를 생각하여 밤중이라도 달려와서 효도를 다하도록 하여라. 그런 뒤에 천천히 고향으로 돌아가 농사나 지으면서 큰 화를 면할 방도를 찾아보자꾸나. 내 목숨은 지금 가느다란 실낱에 매달린 듯 위태롭기 그지없어 네가 구해 주기만을 바라고 있다. 여러 말 하지 않으마.

편지를 읽은 서서의 눈에 눈물이 샘솟듯 흘렀다. 서서는 그 편지를 들고 현덕을 찾아갔다.

"저는 원래 영천 사람 서서로 자는 원직인데 난을 피해 다니느라 이름을 선복으로 고쳤습니다. 전에 유경승이 현명한 이를 모으고 선비를 받아들인다는 말을 듣고 찾아갔습니다. 그러나 함께 일을 토론하면서 무능한 사람임을 알게 되어 편지를 남겨 두고 떠나왔습니다. 그 길로 사마수경을 찾아가 깊은 밤에 장원에 도착했습니다. 제가 일을 하소연했더니 수경은 주인도 알아보지 못한다며 저를 몹시 나무라고는, 유예주가 여기 있는데 어찌하여 그를 섬기지 않느냐고 하더군요. 그래서 미친 척하며 저잣거리에서 일부러 노래를 불러 사군의 마음을 움직인 것입니다. 다행히 사군께서 버리지 않으시고 즉시 중용하시는 은혜를 입었습니다. 그러나 어찌하오리까? 지금 조조가 간사한 계책으로 늙은 어머님을 허도로 데려다 가두고 해치려 하고 있습니다. 노모께서 손수 편지를 보내 부르시니 가지 않을 수 없게 되었습니다. 견마지로를 바쳐 사군께 보답하고 싶지 않은 것은 아니지만 어머님께서 잡혀 계시니 어찌 힘을 다하지 않을 수 있겠습니까? 지금은 하직하고 어머님께 돌아가야 합니다만 훗날 다시 만나 뵐 방도를 찾아보겠나이다."

현덕은 그 말을 듣고 통곡했다.

"모자의 정은 하늘이 내린 천륜이니 원직은 이 유비 때문에 걱정할 필요는 없소이다. 노부인을 만나 뵌 다음 혹시 기회가 생기면 다시 가르침을 받을까 하오."

서서가 절을 올리고 떠나려 하자 현덕이 말했다.

"하룻밤만 더 머물러 주시면 내일 송별연을 베풀겠소."

손건이 은밀히 현덕에게 말했다.

"원직은 천하에 보기 드문 인재로 오랫동안 신야에 있었기에 아군의 사정을 속속들이 알고 있습니다. 지금 조조에게 보내면 반드시 중용할 것이니 우리가 위험해집니다. 주공께서는 그를 붙잡아 보내지 마십시오. 조조는 원직이 가지 않으면 틀림없이 그 모친을 죽일 것입니다. 자기 어머니가 죽은 걸 알면 원직은 원수를 갚기 위해 전력을 다해 조조를 공격할 것입니다."

현덕은 그 말을 받아들이지 않았다.

"안 될 말이오. 남의 어머니를 죽게 하고 그 자식을 쓰는 건 어질지 못한 일이고, 가지 못하게 붙잡아서 그들 모자의 정을 끊는 것은 의롭지 못한 일이오. 나는 차라리 죽을지언정 어질지 못하고 의롭지 못한 일은 하지 못하겠소."

사람들은 모두 감탄했다.

현덕이 주연을 마련하고 서서를 청하자 서서가 사양했다.

"늙은 어머님께서 갇혀 계시다는 말을 듣고 나니 천하의 명주인

금파주金波酒나 옥액주玉液酒라도 목으로 넘어가지 않을 듯합니다.”

현덕도 슬퍼했다.

“나 또한 공이 떠난다는 말을 듣고는 두 손을 잃는 듯하오. 용의 간이나 봉황의 골수라도 맛있는 줄을 모르겠구려.”

두 사람은 마주 보고 눈물을 흘리며 날이 샐 때까지 앉아 있었다. 장수들이 성밖에 상을 차리고 송별연을 베풀 채비를 마쳤다. 현덕과 서서는 말머리를 나란히 하여 성을 나섰다. 성에서 10리 떨어진 정자까지 와서 두 사람은 말에서 내려 작별했다. 현덕이 잔을 들고 서서에게 말했다.

“이 비는 복이 적고 인연이 모자라 선생과 함께 할 수 없게 되었소. 선생께선 새 주인을 잘 섬겨 공명을 이루기 바라오.”

서서는 눈물을 흘리며 대답했다.

“저는 재주도 미약하고 지혜도 천박한데 사군께서 중용해 주시는 은혜를 입었습니다. 이제 불행히도 중도에서 헤어지는 것은 실로 늙은 어머님 때문입니다. 조조가 아무리 핍박해도 이 서는 평생 그를 위해서는 한 가지 계책도 내지 않을 것입니다.”

현덕이 말했다.

“선생이 떠난 뒤 나 역시 먼 산림으로 들어가 은둔할까 하오.”

서서가 말했다.

“제가 사군과 함께 천하를 도모하려 했던 것은 제 마음을 믿었기 때문입니다. 이제 늙은 어머님 때문에 마음이 헝클어졌으니 이곳에 남아 있더라도 사군의 일에 도움이 되지 못할 것입니다. 사군께서는 달리 훌륭한 인재를 찾아 보좌를 받으시며 대업을 도모하면 될 것을 어찌 그리 낙담하십니까?”

현덕이 한숨을 쉬었다.

"천하에 아무리 뛰어난 사람도 선생보다 나은 이는 없을 거요."

서서가 대답했다.

"저야 가죽나무나 상수리나무같이 하찮은 재목인데 어찌 그런 과중한 칭찬을 감당하겠습니까?"

떠나기에 앞서 그는 장수들을 둘러보며 말했다.

"여러분은 사군을 잘 섬겨 죽백竹帛에 이름을 드리우고 청사靑史에 공을 남기시기 바라오. 절대 끝까지 함께 하지 못하는 이 서를 본받지 마시오."

장수들도 모두 슬퍼했다. 현덕은 차마 헤어지기가 아쉬워 십리를 배웅하고도 다시 십리를 더 갔다. 서서가 말렸다.

"사군께서는 수고롭게 멀리까지 배웅하지 마십시오. 이 서는 여기서 작별하겠습니다."

현덕은 말 위에서 서서의 손을 잡고 말했다.

"선생께서 이번에 가시면 서로 다른 하늘 밑에 있게 될 것이니 언제 다시 만날지 알 수가 없구려!"

말을 마친 현덕의 눈에는 눈물이 비 오듯 쏟아졌다. 서서 역시 눈물을 뿌리며 헤어졌다. 현덕은 숲가에 말을 세우고 서서와 종자들이 총총히 떠나가는 모습을 바라보다가 소리쳐 울면서 말했다.

"원직이 가고 말았구나! 나는 장차 어떻게 해야 할꼬?"

눈물을 글썽이며 바라보는데 숲이 시야를 가렸다. 현덕은 채찍으로 숲을 가리키며 말했다.

"내 저 나무들을 모조리 베어 버리고 싶구나."

여러 사람이 까닭을 묻자 현덕이 대답했다.

"내가 서원직을 바라보는 시야를 막기 때문이야."

현덕이 하염없이 바라보고 있는데, 별안간 서서가 말을 다그쳐 되돌아오는 게 보였다.

"원직이 돌아온다! 혹시 떠날 뜻이 없어진 것이나 아닐까?"

현덕은 기꺼운 마음으로 말을 다그쳐 나아가 맞으며 물었다.

왕굉희 그림

"선생께서 돌아오시는 걸 보니 무슨 생각이 있는가 보오."

서서는 고삐를 당겨 말을 멈추며 현덕에게 말했다.

"제가 마음이 삼대처럼 뒤엉겨 드릴 말씀이 있는 걸 깜빡 잊었습니다. 이 근방에 아주 뛰어난 인재가 한 사람 있는데, 양양성에서 20리쯤 떨어진 융중隆中에 살고 있습니다. 사군께서는 어찌하여 그를 찾지 않으셨습니까?"

현덕이 부탁했다.

"원직께서 번거롭겠지만 나를 위해 그를 불러오시면 어떻겠소?"

서서가 대답했다.

"이 사람은 자기가 먼저 오지는 않을 것입니다. 사군께서 친히 가셔서 부탁하십시오. 이 사람을 얻는다면 주周나라가 여망呂望(이름은 여상呂尙. 속칭 강태공)을 얻고 한나라가 장량張良을 얻은 것과 다름이 없습니다."

서서가 그 사람을 치켜세우자 현덕이 물었다.

"그 사람의 재주와 덕은 선생과 비교하여 어떠하오?"

서서가 대답했다.

"저를 그와 비교하는 건 둔한 말과 기린麒麟을 나란히 놓고, 갈가마귀와 봉황을 짝 지우는 것과 같습니다. 이 사람은 평소 자신을 관중管仲(춘추시대 제齊나라의 정치가)과 악의樂毅(전국시대의 명장)에 비유하곤 하는데, 제가 보기에는 관중과 악의도 이 사람에는 미치지 못할 듯합니다. 이 사람은 천하를 경영할 재주를 지녔으니, 둘도 없는 인재입니다!"

현덕은 매우 기뻤다.

"그 사람의 이름을 말해 주시겠소?"

서서가 대답했다.

"그는 낭야琅琊 양도陽都 사람으로 성은 제갈諸葛이고 이름은 양亮이며, 자는 공명孔明이라 합니다. 한나라 사례교위 제갈풍諸葛豊의 후손인데 그의 아버지 제갈규諸葛圭는 자가 자공子貢으로, 태산군의 승丞(태수의 보좌관)을 지냈으나 일찍 세상을 떴습니다. 그래서 양은 삼촌 현玄을 따르게 되었는데, 현이 형주의 유경승과 친구여서 유경승에게 의지하게 되어 양양에다 집을 마련했습니다. 후에 현이 죽고 양은 아우 제갈균諸葛均과 함께 남양南陽에서 농사를 지으며 '양보음梁父吟(악부樂府의 곡조 이름)'을 즐겨 부릅니다. 그가 사는 곳에 와룡강

조지전 그림

臥龍岡이라는 고개가 있어서 스스로 호를 와룡선생臥龍先生이라고 지었습니다. 이 사람은 절세의 기재이니 사군께서는 속히 그를 찾아가십시오. 만약 이 사람이 사군을 보좌한다면 천하를 평정할 일이 무슨 걱정이겠습니까?"

현덕이 물었다.

"지난번 수경선생께서 '복룡과 봉추 중에 하나만 얻으면 천하를 편안히 할 수 있다'고 하셨는데, 지금 말씀하시는 사람이 아마도 복룡이나 봉추인가 보오?"

서서가 대답했다.

"봉추는 양양의 방통이고, 복룡이 바로 제갈공명입니다."

현덕은 펄쩍 뛰면서 말했다.

"오늘에야 '복룡과 봉추'가 무슨 말인지 알게 되었소. 대현大賢이 눈앞에 있을 줄이야 어찌 알았겠소? 선생이 알려주지 않았다면 이 비는 눈뜬장님이었을 것이오!"

후세 사람이 서서가 말을 달려 제갈량을 천거한 일을 칭송하여 시를 지었다.

재주 높은 인재 다시 보지 못함이 한스러워 /
갈림길에서 눈물 뿌리는 두 마음 애달퍼라. //
돌아와 전하는 한마디 봄날 우렛소리 같아서 /
남양 땅에서 잠자던 와룡을 깨워 일으키리라.
痛恨高賢不再逢, 臨岐泣別兩情濃. 片言却似春雷震, 能使南陽起臥龍.

서서는 제갈량을 추천하고는 다시 현덕과 작별하고 말을 채쳐 떠났다. 현덕은 서서의 말을 듣고 비로소 사마덕조가 한 말을 깨달았다. 마치 술에 취했다가 막 깨어난 듯, 깊은 꿈에서 깨어난 듯 정신이 새로웠다. 장수들을 데리고 신야로 돌아온 그는 곧 두터운 선물을 갖추고 관우, 장비와 함께 남양으로 공명을 찾아 나서려 했다.

한편 현덕과 헤어진 서서는 차마 헤어지지 못해 섭섭해 하던 정이 가슴에 와 닿았다. 또한 공명이 산을 나와 현덕을 도와주려 하지 않을 일도 염려되었다. 그래서 말을 달려 곧장 와룡강 아래 초가로 가서 공명을 만났다. 공명이 찾아온 뜻을 물으니 서서가 대답했다.

"나는 본래 유예주豫州를 섬기려 했소. 그러나 노모께서 조조에게 잡혀 계시며 편지를 보내 부르시니 부득이 유예주를 버리고 가지 않을 수가 없게 되었소. 떠날 때 공을 현덕에게 추천했으니 머지않아 현덕이 와서 공을 찾아 뵐 것이오. 바라건대 공은 물리치지 마시고 평생 기른 큰 재주를 펼쳐 그를 보좌해 주시오. 그러면 참으로 다행이겠소."

그 말을 들은 공명은 낯빛을 바꾸었다.

"그대는 나를 제사상의 제물로 삼으려 하는가?"

공명은 소매를 떨치고 집안으로 들어가 버렸다. 서서는 머쓱하여 물러났다. 그러고는 말에 올라 길을 서둘러 모친을 뵈러 허창으로 갔다. 이야말로 다음 대구와 같다.

벗에게 한마디 부탁은 주인을 사랑해서고 /
집 찾아 천리 길 감은 어머님 그리워서네
囑友一言因愛主　赴家千里爲思親

뒷일은 어떻게 될 것인가, 다음 회를 보라.